D1732485

Jörg W. Gronius
HORCH

Roman   Weidle Verlag

Semper similis est finis initiis.

Origenes

Horch, horch!
Wieder erdröhnen
Die furchtbaren Donner!

Sophokles, Ödipus auf Kolonos (E. Buschor)

Prisca iuvent alios.

Ovid, Ars Amatoria

Eins **Die Mitte**

Lange Zeit bin ich spät schlafen gegangen. Manchmal fielen mir die Augen, während der Fernseher lief, so schnell zu, daß ich keine Zeit mehr hatte zu denken: »Jetzt schlafe ich ein.« Und eine halbe Stunde später wachte ich über dem Gedanken auf, daß es nun Zeit sei, ins Bett zu gehen; ich wollte den Fernseher ausmachen, hörte aber die von kurzen Atmern unterbrochene Stimme Alexander Kluges und starrte weiter auf den Schirm. Dann kam die Wiederholung einer widerlichen amerikanischen Sitcom in einem schmierigen Ambiente, und ich zappte weiter zu Eurosport, wo anstelle der Sportler blonde Frauen sich auf Barren und Trampolinen auszogen. Rasch gelangweilt von der perfekten Austauschbarkeit der makellosen Körper, wechselte ich zum Quizkanal. Eine der Nackten von Eurosport posierte hier vor einer mit Automobilmarken handbeschriebenen Tafel und flehte darum, angerufen zu werden. Im türkischen Fernsehen zeterte eine zentimeterdick geschminkte junge Frau mit schwarzlackiertem Haar in das ausdruckslose, kopftuchumbundene Gesicht ihrer vermeintlichen Mutter. Bei den Marokkanern saßen Lautenspieler und Schalmeienbläser in einer langen Reihe und begleiteten einen Sänger, der einen roten Fez trug. Bei Al Dschasira glänzte ein mächtiger schwarzer Schnauzbart quer über das Format. Auf CNN bestanden die »breaking news« aus rauchenden Straßen mit zerschossenen Fassaden in Grosny und einem Mann mit Basecap, der nach dem Tornado vor einem Haufen Bretter in der Wüste von South Carolina stand und sagte: »My home is gone.« Bei QVC präsentierten taillenlose Rentnerinnen mit silbernen Dreiwettertaftfrisuren bügelfreie Hängekleider am eigenen Körper. In der nächsten Runde winkten die Teletubbies und erinnerten mich an die Zeit: sieben Uhr morgens. Wieder eine Nacht vor den horizontlosen Bildern der Glotze verplempert.

Zwischen den Glasbetonwänden der Werbeagentur schleppte ich mich durch den Tag. Es ging um die Hebung des Ansehens des Flächenlandes Niedersachsen in den Augen der Wirtschaft. Auftrag der Landesregierung. Neue Firmen sollten sich ansiedeln, Investitionen tätigen. Wie lockte man Unternehmer auf den Acker?

Kennst du das Land, wo die Kartoffeln blühn,
Wo an dem stets bewölkten Himmel niemals Sterne glühn,
Wo man am Nachmittag zur Sommerzeit um vier
Schon Licht anmachen muß beim Bier?
Kennst du es wohl?

Immerhin war der Kartoffelanbau bereits weitgehend in der Hand eines namhaften Knabbergebäck-Konzerns. Kartoffelchips mit und ohne Paprika. Die Knollenpflanzen für Chips mit Paprika blühten rot, die für ohne weiß. Man könnte mit der Doppelbedeutung des Wortes »Chip« spielen, um das Land als tauglich für Computerhersteller oder Software-Entwickler anzupreisen. »Chip Chip Hurra!« Nee, das war zu blöd. Obwohl die Bayern mit »Laptop und Lederhose« warben. In Niedersachsen gab es keine typische Tracht oder Folklore. Hier gab es weder blauen Himmel noch weiße Wolken. Hier gab es nur Regen und Wind. Wie wäre es mit »Hopp heißa bei ...«? – Aber das versteht doch kein Mensch!

Zwischendurch schlürfte ich mit den anderen Mitarbeitern der Agentur die vom Vietnamesen um die Ecke geholte Nudelsuppe aus dem Styropornapf. Die Kreativdirektorin konnte auch während des Essens nicht aufhören zu reden und übersäte dabei den Screen ihres Laptops mit roten Spritzern scharfer Sojasoße.

Mit einem Matjesbrötchen von »Nordsee« für den Abend versorgt, ließ ich mich ins Auto fallen und fuhr die 60 Kilometer zurück zu meiner Wohnung in der Abgeschiedenheit des ehemaligen Zonenrandgebiets, öffnete, dort angekommen, die gut gekühlte Flasche Chablis, verzehrte das Brötchen und knallte mich vor den Fernseher. Der ersten Flasche folgte eine zweite, sodann eine halbe Flasche Beefeater, und der Rest siehe oben.

So ging das nicht Wochen, sondern Monate. An den Wochenenden, sofern sie nicht durch Sonderschichten der von Ministerpräsident und Staatskanzlei gepeitschten Werbeagentur okkupiert waren, schrieb ich an meinem Vortrag für das Heinz-von-Foerster-Institut in Wien. Ich freute mich über diese Einladung, zumal ich Wien seit meiner Arbeit an den Theatern der Stadt als eine Art zweiter Heimat empfand. Wien hatte eine ähnliche Atmosphäre wie Berlin, geprägt durch slawische Frechheit und jüdischen Witz. Das Heinz-von-Foerster-Institut befaßte sich mit Apokatastasis in Kunst und Politik. Was das ist, wird noch zu erklären sein. Jedenfalls ist es ein Lieblingsthema von mir. Mir gefällt, daß jeder, dem ich mit dem Wort Apokatastasis auf die Frage antworte, womit ich mich gerade beschäftige, in ein heftiges Nicken fällt oder gar ein geflüstertes »Donnerwetter!« hören läßt. Das Wort tut die Wirkung, die sein Klang verspricht.

Die Arbeit an meinem Vortrag für das Institut war die einzige anspruchsvolle Tätigkeit in dieser Zeit. Endlich würde ich wieder einmal Gelegenheit haben, ein paar Gedanken unredigiert durch Politbürohengste einem interessierten Publikum, das unmittelbar darauf reagieren würde, vorzutragen. Außerdem blieben die Wochenenden, da sie ernstem Denken gewidmet waren, halbwegs alkoholfrei. Mit Ungeduld wartete ich auf die Reise.

An einem schneidend kalten Morgen im Januar war es dann endlich soweit. Ich fuhr um 9 Uhr 23 von Hannover nach Wien-West, direkt und ohne Umsteigen. Ankunft 18 Uhr 54. In meiner alten Pension Felicitas wurde ich wiedererkannt und mit Freude von der kleinen Inhaberin begrüßt, die noch kleiner, dafür aber runder geworden war. Abendessen am Resopaltisch im Café Hummel, wo sogar der Kellner sich an mich zu erinnern meinte. In Wien war alles noch wie früher. Am nächsten Morgen um zehn der Vortrag.

Freunde und Kollegen, die ich in Wien kannte, waren im Institut versammelt, dazu viele mir Unbekannte. Der Vortrag hielt sich wie von selbst und stieß sowohl auf begeisterte Zustimmung wie auf energischen Widerspruch und löste dadurch beinahe leidenschaftliche Diskussionen aus. Der Schluß provozierte bei manchen empörtes Gemurmel. Am Ende der Veranstaltung, als die Direktoren des Instituts schon zum Wagen vorgegangen waren, der uns zu Oswald und Kalb bringen sollte, kam ein Mädchen auf mich zu, sah mir lange ernst ins Gesicht und sagte mit leiser, aber fester Stimme: »Du sollst der Vater meiner Kinder sein.«

Nahezu unbemerkt von den anderen schloß sie sich der Runde zum Mittagessen an. Ich machte die Direktoren auf das Mädchen aufmerksam. Es war ihnen im Institut noch niemals aufgefallen. Im Restaurant bestellte sie nur eine Suppe und beobachtete mich während des ganzen Essens über ihren Teller hinweg. Sie schwieg, es sprach sie aber auch niemand an. Nachdem ich mit den beiden Gastgebern die Bäckerstraße noch ein Stück Richtung Rotenturm gegangen war, verabschiedeten wir uns. Die Direktoren nahmen ein Taxi zum Institut, ich wollte noch ein wenig durch den 1. Bezirk spazieren. Das Mädchen stand vor mir, lächelte und sagte nichts. Dunkler Parka mit pelzbesetzter Kapuze, unter der ihr Haar verschwand. Ein weicher, knupperroter Mund von hellem, kaum sichtbarem Haarflaum umgeben, der in der winterlichen Mittagssonne an manchen Stellen glitzerte. Der in der Kälte sichtbare Hauch unseres Atems vermischte sich. Da wirbelte es. Ein Geruch in der Nase. Ein Geschmack auf der Zunge. Wonach? Etwas wehte. Welcher Atem? Welcher Wind? Welche Luft? Ein leises, rasches Rauschen, aber nicht von hier. Nicht von der Rotenturmstraße am Lugeck, wo wir jetzt standen, nicht von den Autos, den Fiakern mit den glotzenden Touristen, nicht von den Menschen, die einander zuredeten, womöglich gut zuredeten, während sie an uns vorbeigingen, um uns herumgingen, uns ausweichend, weil wir mitten auf dem Bürgersteig standen, umhüllt von einem unsichtbaren Wirbelwind. Es zischte was und traf mich. Aber was? Ich sagte ihr, daß ich verabredet sei, drehte mich um und ließ sie stehen. Stromerte davon Richtung Graben. Kam mir leichter vor. Irgendwie angehoben. Wie ein Wilder.

Im Café Prückel wurde der Tisch von Reinhold Schneider gerade frei. Hier hatte er im Winter 57/58 Tag für Tag seine kleine Postkartensammlung aus dem Kunsthistorischen Museum ausgebreitet und sich davon zu seinen historischen Essays inspirieren lassen und an seinem letzten Tagebuch geschrieben. Er hatte den Winter in Wien als eine eisige, staubige, schneidende Herausforderung empfunden, der er sich nicht mehr gewachsen fühlte. In tiefer Depression war er im März nach Freiburg zurückgekehrt, das ihn nicht aufheitern konnte. Am Ostersonntag ist er gestorben; nach seinem Winter in Wien. Ich ließ mich von der Melange wärmen, während ich des frommen, gebückten Mannes gedachte und der pelzbekappten Dame am Nebentisch beim Verzehr eines Indianerkrapfens zusah.

Der alte Oberkellner mit dem leicht schleppenden Schritt mag ihn noch gekannt, eventuell gar hier an diesem Tisch bedient haben. Er ließ seinen Blick über die Tische schweifen drüben im großen Saal, über die Kuchenvitrine mit den Kipferln und Strietzeln, den Bratzerln, den Waschermadln und den Schlosserbuam, und im Blick zurück waren sie dann alle versammelt: Karl V. und Camões, Las Casas und Loyola, Vasco da Gama, Calderon, Corneille und Marlowe. Saßen vor ihrem Häferlkaffee und warteten, daß Reinhold Schneider ihnen ein kleines Denkmal setze. Aber das war ja schon alles vorüber, ihre Schicksale hatte er schon alle durchlitten, sie waren nur Masken noch, die ihm nichts mehr zu erzählen hatten, was er nicht gewußt und nicht durchdacht hätte. Er seufzte und schaute zum Fenster hinaus, wo Frauen in dicken Mänteln mit Kopftüchern kleingeschnittenes Brot an die Tauben verfütterten auf dem Luegerplatz unter der kalten, kahlen Platane, die heute nicht mehr steht. »Die Beschenkten flattern zurück in den Dachstuhl des Dominikanerklosters – und wieder ist ein Wintertag besiegt.« So schrieb er es in sein Tagebuch, und das Lueger-Denkmal am Luegerplatz stand immer noch da, steht heute noch. Ich hörte, wie das Klavier gespielt wurde, vorn gegenüber dem Eckeingang. Camões und Vasco erhoben sich. Wir hörten einige Takte Schubert, und es war Maria João Pires, die ihre Finger zart über die Tasten gleiten ließ. Ich schob meine Postkarten zusammen, aber es waren ja gar nicht meine. Es waren die Kunstpostkarten von Reinhold Schneider, die der alte Oberkellner vor mir ausgebreitet hatte und nun wieder abtrug, als er die Rechnung brachte. Zehn Schilling gab ich ihm dafür, daß er mich die Bilder und die Masken hatte sehen lassen.

Im Hinausgehen warf ich einen Blick auf die Wiener Tageszeitungen, die in hölzernen Haltern eingespannt auf einem Tisch gegenüber dem Office lagen. Man konnte sie noch immer mit zwei Blicken überfliegen und alles Wichtige erfassen. Leicht gebückt gegen den kalten Wind, ging ich die Wollzeile hoch, betrachtete die Schaufenster der Antiquariate und ließ mich von den Strömen der mit glänzenden Boutiquentüten behängten Wienerinnen durch die Gassen treiben. Am Schottentor stieg ich in die 38 nach Grinzing. Die »Bim«, wie die Wiener ihre Straßenbahn nennen, quälte sich den Berg hoch und ersuchte mit automatischer Ansage, die Sitzplätze Alten und Gebrechlichen sowie Frauen mit Kindern zu überlassen. Hinter den Langen Lüssen fuhr die Tram in den Wendebogen. Ich beeilte mich, an den Touristenbussen vorbeizukommen und betrat den entlaubten Heurigengarten, dessen Rosenstöcke dick in Folie verpackt waren.

Beim Oppolzer traf ich mich mit Georg Held. Als er in seinem silbergrauen Pelz eintrat, ging ein Raunen über die Tische. Er sah buchstäblich blendend aus in seinem hellen Popelinehemd mit hochgestelltem Kragen. Der hochgestellte Hemdkragen war sein Markenzeichen; es wirkte, als hätte er immer Rückenwind. Ausgiebig schwelgten wir in Erinnerungen an die späte Wiener Erstaufführung jener Hochstaplerkomödie von Molnár, in der er die Hauptrolle gespielt hatte. Dann kamen wir auf Mimik und Maske, und ich erzählte ihm von der Begegnung am Nachmittag mit den Gesichtern auf den Postkarten von Reinhold Schneider. Held war begeistert. »Schau«, sagte er – er betonte den Wiener Akzent besonders stark, weil er gar kein Wiener war – »es san amol halt nur mia, die des kennan! Mia, heast?« Ja, ich hörte ihn. Es war ein nostalgischer, an roten Vierteln reicher Abend.

Nach einem kurzen Frühstück im Café Westend stieg ich in den Zug Richtung Hamburg. Den nächsten Tag würde ich wieder zwischen Glasbetonwänden verbringen. Ab und zu kam mir während der Fahrt das Mädchen in den Sinn. Ich wußte ja nicht mal ihren Namen. Immer wieder schob sich das Bild ihres überflaumten Gesichts vor meine Lektüre. Doch es wurde blasser und blasser, und hinter Würzburg war es so gut wie vergessen. Die kleine chinesische Brezelverkäuferin, die in Kassel einstieg und – angeblich ofenfrisches – Laugenbackwerk anbot, verließ in Göttingen wieder den Zug. »Schade«, dachte ich einen Moment, und Lehárs Frage: »Chinagirl, warum bist du kein Wiener Girl?« säuselte mir durch den Kopf.

Am Abend blieb ich in Hannover und aß mit van Geldern bei Utz & Utz Bratkartoffeln und Sülze. Van Geldern erzählte wieder von Projekten, die er niemals in die Tat umsetzte. Er war ein Zögerer und Zauderer, der geradezu davon geplagt war, die wunderbarsten und originellsten Ideen zu haben. Er konnte planen, recherchieren, phantasieren. Nur realisieren konnte er nichts. Manchmal hielt er im Ausmalen seiner Vorhaben inne und fragte mich: »Manche sagen, ich kriegte nichts auf die Reihe. Findest du das auch?« Darauf pflegte ich ausweichend zu antworten, etwa: »Das hängt davon ab, wie und wo man Schwerpunkte setzt.« Dazu nickten wir beide und bestellten die Folgegetränke. Im Fluß von Köpi und Doornkaat ließen wir uns in die Nacht treiben, die wir in Oscar's Bar beschlossen. Kaum lohnte noch das Bett, da erwarteten mich schon wieder Glasbeton, Laptop und die Frage, ob man Parteienreklame nicht einfach »Politische Kommunikation« nennen sollte.

Ein paar Tage drauf kam ich abends auf dem Lande an und fand eine Postkarte mit sauber, aber unbeholfen gemalten Zeilen. Die Briefmarke der Republik Österreich und eine Ansicht vom Wiener Stephansdom gaben mir den ersten Wink. In ungelenken Buchstaben wie mit Kinderhandschrift stand da: »Mein ist dein Herz. Prisca«. Natürlich wußte ich sofort, von wem das war. Sie mußte meine Adresse über das Institut erfahren haben. Ich betrachtete das Geschriebene, sah das runde, stupsnasige Gesicht vor mir und fand, daß Schrift und Gesicht zueinander paßten. Was aber hatte dieses Wesen bei meinem Vortrag gewollt?

Der Titel lautete: »Die Tragödie der Kommunikation oder warum wir uns immer mißverstehen und schließlich einander umbringen.« Ich versuchte darin einen großen kultur- und polithistorischen Bogen zu schlagen von der Orestie des Aischylos zum aktuellen Balkankrieg. Klar, daß man sich das in Wien mit besonderer Neugier anhörte, fand dieser Krieg doch in unmittelbarer Nachbarschaft statt mit spürbaren Auswirkungen für die Stadt. Die Schließung des internationalen Flughafens von Belgrad führte zu Überlastungen in Schwechat, was die Wiederbelebung des fast vergessenen Flughafens Bratislava zur Folge hatte. Nahezu pausenlos und bis in die Nacht überflogen Passagier- und Frachtmaschinen den sonst so stillen Lainzer Tiergarten. Was aber hatte dieses Mädchen bewogen, meinen Vortrag zu besuchen? Immerhin kannte ich jetzt ihren Vornamen. Die Schrift auf der Karte, auch das Ansichtsmotiv wiesen unzweifelhaft auf die Kindlichkeit der Schreiberin hin und weckten in mir eher Befürchtungen als auch nur den Funken einer erotischen Aufmerksamkeit.

Was hatte sie zu jener fatalen Äußerung mir gegenüber gebracht? Kein Wort meines Vortrages hätte einen Anlaß dazu geben können. Oder hatte sie diesen Satz nur in irgendeiner Soap aufgeschnappt und wollte mal ausprobieren, wie er wirkt? Während des Vortrages war sie mir nicht aufgefallen, obwohl sie in der ersten Reihe gesessen hatte, wie mir einer der Direktoren des Instituts sagte, den ich später nach ihr gefragt hatte. Bei der Diskussion hatte sie sich nicht geäußert, oder ich hatte es nicht bemerkt. Es hatte zum Schluß einen lautstarken Wortwechsel unter den Zuhörern gegeben. Meine Skepsis gegenüber der Macht der Sprache, des Rechts und der Diplomatie wurde mir von einigen als modischer Kulturpessimismus ausgelegt, worauf andere scharf nach Beweisen für das Gegenteil fragten. Ich hatte die Kontroverse mit dem Heidegger-Zitat beizulegen versucht: »Nur ein Gott kann uns retten.« Womöglich hatte sie dieser Satz beeindruckt. Jedenfalls vernahm man im Publikum einige mißfällige Stimmen.

Der Text auf der Postkarte war ein verdrehtes Operettenzitat. Absichtlich oder unabsichtlich verdreht? »Dein ist mein ganzes Herz.« Franz Lehár, Land des Lächelns. Rudolf Schock. Ich sehe ihn vor mir: Rudolf Schock steht, als Chinese geschminkt mit Zopf, an der Rampe, die rechte Hand auf dem Herzen, und singt mit schmerzverzerrtem Gesicht: »Dein ist mein ganzes Herz, wo du nicht bist, kann ich nicht sein.« Der Chinese des Schmerzes. Chinagirl, warum bist du kein Wiener Girl? Womöglich war das Ganze eine Provokation. Jemand, dem mein Vortrag politisch mißfiel, hatte sie vorgeschickt, um mich in eine kompromittierende Situation zu locken. Ging ich darauf ein, wären mit einem Knall die Paparazzi der Kronenzeitung um mich herumgetobt. Am Morgen danach: »Heideggerianer mißbraucht junge Chinesin!« Schlagzeilen heißen Schlagzeilen, weil sie schlagen. Andererseits: Kein Leser der Kronenzeitung weiß, wer Heidegger ist. Über meinen Vortrag war, außer einer Kurzmeldung im Standard, in der Wiener Presse nichts erschienen. Wer hätte etwas davon gehabt, ausgerechnet mich kompromittiert zu sehen? Niemand.

Daß »politische Kommunikation« vielleicht doch etwas zu »verkopft in der Anmutung« wäre, wandte tags darauf der Artdirector ein. »Machen wir's einfach englisch«, sagte ich: »Political Communication.« Der Artdirector schnob durch die Nase. »Okay«, sagte ich, »dann also: Polcom.« Kopfschütteln des Artdirectors. Zu sehr nach '68 klinge das, nach Zentralkomitee und Generalsekretär. »Noch kürzer: Poc.« Heitere Mienen. Erleichterung. Das war gekauft. Das ließe sich bei Bedarf noch intensivieren: PocPocPoc! Optimal.

Die Poc der nächsten Tage stand im Zeichen der Konzeption einer Wahlkampfstrategie. Die Werbeagentur nahm an einem Wettbewerb teil, den ein Verein ausgeschrieben hatte, der sich »große Volkspartei« nannte und beabsichtigte, den künftigen Bundeskanzler zu stellen. Gewinnen würde den Wettbewerb, den die Kreativdirektorin »Pitch« nannte, ein Wort, das, beim Essen ausgesprochen, besonders große Spritzer auf den Bildschirm beförderte, jene Agentur, die das beste Wahlkampf-Motto lieferte. Motto, Werbedeutsch: »Claim«, steht auf den Plakaten unten rechts neben der Abkürzung der Partei. In der Mitte ist so groß wie möglich der Kandidat zu sehen mit einem Spruch über dem Kopf, »Headline« oder einfach »Head«. Es galt, den Claim ebenso einprägsam wie nichtssagend zu formulieren. Zur Diskussion standen »Heute Verantwortung für morgen«, »Sicherheit auch in Zukunft für alle« und »Mitten in der Mitte«. Da alle Parteien im Wahlkampf in der Mitte sein wollten, lief es auf den letzten hinaus. Was an der Mitte politisch so attraktiv war, mochte verstehen, wer wollte. Für mich stand Mitte immer für Mittelmaß und faule Kompromisse. Aber das Volk, oder zumindest die Mehrheit der Wahlberechtigten, war damit offenbar zu gewinnen. Mitte signalisierte jedenfalls, daß man die Richtung nicht ändern wollte und alles so bleiben konnte, wie es war. Das mögen die Leute am liebsten.

So gingen wir mit dem Claim »Mitten in der Mitte«, rechts unterhalb eines strahlenden Spitzenkandidaten in blauem Anzug mit wehendem Haar, dessen Zähne in so grellem Weiß leuchteten, daß sie per Photoshop etwas nachgedunkelt werden mußten, und der Head »Fit für Verantwortung« in den Pitch und machten das Rennen. Haarscharf auf den Fersen war uns ein Konkurrent mit dem Vorschlag »Inmitten der Mitte«, der aber abgelehnt wurde mit der Begründung, das Wort »inmitten« verstünde heute kein Mensch mehr.

Nun mußte das Wahlprogramm in eine handliche Form gebracht werden: Zehn Gründe, warum man diese Partei wählen sollte und keine andere. Zehn Gründe, zehn Lügen. Denn es wurde das Blaue vom Himmel versprochen. Vollbeschäftigung und Rentenerhöhung, für jedes Kind einen Computer umsonst und Abitur mit der Geburtsurkunde. Elternurlaub, verdoppelte Gleichberechtigung der Frau, Lohnsteigerungen für Minderqualifizierte, Chancengleichheit für Analphabeten sowie die endgültige Abschaffung der Staus auf den Autobahnen. Das alles bei gleichzeitiger Haushaltskonsolidierung. Meinem Vorschlag, die Unsterblichkeit als elften Punkt und quasi als Verhandlungsmasse hinzuzufügen, wurde nicht stattgegeben. Dafür wurde dem Zehn-Punkte-Programm eine Postkarte angehängt. Damit konnte jeder, der sich öffentlich dazu bekannte, die Partei zu wählen, an einem Preisausschreiben teilnehmen. Erster Preis: ein Frühstück im Kanzleramt mit dem neuen Kanzler. Zweiter Preis: eine Besichtigung des Kanzleramts, wenn der Kanzler nicht da ist. Dritter Preis: tausend Blechschilder zum Anstecken mit dem Claim: »Mitten in der Mitte.«

Als der Wahlkampf losging, zeigte sich, daß wir genau richtig gelegen hatten. Auch die anderen Parteien warben mit ihren Claims um die Mitte: »Wir sind die Mitte«, »In der Mitte ist die Freiheit«, »Umwelt im Mittelpunkt«, »Deutschland: Mitte der Welt« und »Links ist die Mitte«. »Mitten in der Mitte« war kaum zu überbieten. Die Themen der Talkshows waren »Wo ist das Zentrum der Mitte?« oder »Wieviel Mitte verträgt die Mitte?«, und der populärste TV-Showmaster antwortete auf die Frage, wo er sich politisch einordne: »So in etwa genau in der Mitte.« Vier Wochen später war die Wahl mit unserem Spruch und den zehn Punkten gewonnen. Ob auch jemand das Kanzler-Frühstück gewonnen hatte und wer, hat man nie erfahren. Da es für eine Alleinregierung denn doch nicht reichte, bildete man eine Koalition der Mitte. Daß keines der zehn Versprechen auch nur ansatzweise eingehalten werden konnte, schob man auf den sich verschärfenden globalen Wettbewerb, in dem Deutschland mithalten mußte, um seine Spitzenposition in der Mitte nicht zu verlieren.

In dieser verlogenen Ödnis politisch sich gebärdenden Imponiergehabes leuchtete die Forderung der Wiener Postkarte wie das Licht der wilden Wahrheit am Ende des Tunnels alltäglichen Betrugs. »Mein ist dein Herz.« Das hatte ja was. Man mußte es zweimal lesen. Warum sich nach gewonnenem Wettbewerb und gewonnener Wahl nicht einen Urlaub gönnen? In Österreich übrigens könnte mit der Beschwörung einer wie auch immer definierten Mitte keine Partei eine Wahl gewinnen. Dort siegte, wer glaubwürdig zu versichern vermochte: »Mia san fesch.« Ein rundum herrliches Land!

An einem Sonntagabend betrachtete ich noch einmal die Postkarte, legte sie jedoch rasch beiseite. Im Fernseher machte der neue Kanzler, der sich kurz vor der Wahl hatte scheiden lassen, Sabine Christiansen vor laufender Kamera einen Heiratsantrag. Das war mal was Neues! Das Publikum im Studio hielt den Atem an. Der schmale Hühnerkopf der Christiansen zuckte ratlos hin und her. Am liebsten wäre sie im Boden versunken. Aber keine Bildstörung, kein Werbeblock, den es im Ersten ja nicht gab, keine Eilmeldung über einen verheerenden Vulkanausbruch in der Eifel oder die Ermordung des amerikanischen Präsidenten hatten ein Erbarmen. Der Kanzler feixte: »Ein Neuanfang in jeder Hinsicht! Kanzler und Fernsehen wie Mann und Frau. *Der* Kanzler, *die* Quote. Haha-haha!« Ein Mann der Macht in seinem Element. Die Christiansen atmete tief ein. Sie schien ihre Sprache wiedergefunden zu haben. Langsam, den Kopf mit dem spitzen Nasenschnabel zu ihm gewandt, sagte sie: »Die Dame geht links, der Herr rechts. Da bleibt für die Mitte nichts übrig.« Der Kanzler schlug sich brüllend auf die Schenkel. Er bekundete Respekt, blieb sonst aber unbeirrt: »Sie müssen sich ja nicht sofort entscheiden, nicht hier und nicht jetzt. Aber mein Angebot steht. Wir schaffen das!«

Die ARD nahm den Zwischenfall um 23 Uhr 30 zum Anlaß für einen »Brennpunkt«. Die Szene wurde mehrfach wiederholt, ein Kurzinterview mit der Exfrau des frischgebackenen Kanzlers eingeblendet. »So ist er eben«, sagte sie, mit neuer Frisur und angeredet mit ihrem Mädchennamen, »er kann einfach nicht alleine sein.« Sodann Menschen auf nächtlichen Straßen mit vor das Kinn gehaltenen Mikrofonen, starrend auf die blaue Schaumstoffkappe mit der Schrift »Das Erste«: »Daß der sich gar nicht schämt!« sagte eine ältere Dame über ihre Lesebrille am Bendel hinweg, und ein Bonvivant mit Seidenschal: »Er liebt eben die Dünnen mit den langen Zähnen.« Und so gab es denn auch ein kleines Panorama der fünf Ehen, die der Aufsteiger von ganz unten hinter sich hatte. Die erste Frau war Reinigungskraft in dem Studentenheim gewesen, das er bewohnt hatte. Die zweite war Rechtsanwaltsgehilfin in seiner Kanzlei, die dritte Tierärztin, die vierte Präsidentin der Tierärztlichen Hochschule und die fünfte Wissenschaftsministerin des benachbarten Bundeslandes. Und alle waren sie mager, hatten starke Wangenknochen und diese mächtigen Gebisse.

In der Nachtausgabe der Tagesschau war der ARD-Intendant zum Kommentar bestellt. Schließlich hatte man bereits am Abend seinen Rücktritt gefordert. »Ich spreche zu Ihnen als erster Vertreter der Arbeitsgemeinschaft der Rundfunkanstalten Deutschlands und nicht als Inhaber einer Heiratsvermittlung.« Na bitte, der Mann hatte Humor. Aber das war auch schon sein bester Satz. In gewundenen und mehr oder weniger unverständlichen Formulierungen distanzierte er sich von der Kanzleraktion, so etwas sei eben dem Charakter einer Live-Sendung geschuldet, dürfe im übrigen aber nie wieder vorkommen im Interesse eines gebührenzahlenden Zuschauers und der öffentlich-rechtlichen Verpflichtung zu unvoreingenommener Berichterstattung. Dabei hatte dem zahlenden Zuschauer gar nichts Besseres passieren können und der ARD-Einschaltquote auch nicht, denn mit Sicherheit schlugen sich zwischen Sonntag und erstem Werktag der Woche Millionen die Nacht um die Ohren, um immer wieder den innovativen Kanzler zu sehen mit seinem an die Christiansen gerichteten Satz: »Im übrigen wollte ich Sie schon länger mal fragen, ob Sie nicht meine Frau werden wollen.«

Das Zweite konkurrierte mit den Stellungnahmen der Koalitions-
und Oppositionsspitzen. »Das ist, das ist, das ist ...«, stotterte der
unterlegene Rivale im Trachtenanzug gegen den Lärm eines Bierzel-
tes an, um schließlich in die Mundart zu fallen, »... jo Herrschaftszeiten no amoll, des is a Hund is des!« Der Vorsitzende der nomi-
nierten Koalitionspartei und Vizekanzler in spe konnte vor Lachen
kaum antworten. »Früher in der Kommune, also ja ...«, prustete er
im weißen Bademantel mit der Aufschrift »Steigenberger« vor seiner
Haustür ins Mikrofon, »da haben wir es mit dem Heiraten nicht so
gehabt. Da wurde, ich meine ...«, dabei bog er sich vor Lachen und
hielt sich an der Türklinke fest, »nicht viel Federlesen gemacht.« Eine
aufgeschwemmte Liberale, zu dieser späten Stunde in einem Etablis-
sement aufgestöbert, das aussah wie ein Swingerclub, sichtlich und
hörbar angetrunken, erfand den Begriff »potentielle Prime-Time-
Pornographie« und versank glucksend in einem roten Ledersofa.

Die Agentur war am nächsten Tag in aufgeräumter Stimmung. Die
Kreativdirektorin, deren Lieblingsspeise neben der Nudelsuppe aus
dem Vietnam-Imbiß Schwarzwälder Kirschtorte war, hatte von Hagedorn eine kommen lassen, die den Konferenztisch zur Kaffeetafel
umfunktionierte. Espresso und Sekt hatten die Belegschaft bereits in
Schwung gebracht. Alle lobten die Schlagfertigkeit und den Witz, mit
der sich die Christiansen aus der Affäre gezogen hatte. Als der Ate-
lierleiter einwarf: »Sie hätte sagen sollen: Ich nicht, aber Anne Will«,
schmiß jemand jauchzend ein Sektglas gegen die Glasbetonwand,
und der Artdirector klatschte mit der flachen Hand auf die Torte. Gut,
daß die Kreativdirektorin in ihrem Büroschrank noch ein Ersatzkleid
hängen hatte.

Auf der Welt gibt es ja nichts Trostloseres als die Innenansicht einer
Werbeagentur. Bilder sollen in den Köpfen der sogenannten Krea-
tiven entstehen, nicht an den Wänden hängen. Die Wände meiner
Arbeitsstätte waren weiß und kahl, nur in der Buchhaltung hing der
großformatige Werbekalender einer Druckerei. Das Foyer aus Glas-

beton machte eine Ausnahme. Hier prangte, für jeden Eintretenden unübersehbar, ja, ihn nahezu anspringend, ein Männer-Trio bestehend aus einem Schlagersänger, einem Boxer und einem Quizmaster. Die drei hatten eines gemeinsam: jeweils eine ausländische Ehefrau. Das war kaum verwunderlich, lebte der Quizmaster doch sowieso im Ausland, war der Schlagersänger gebürtiger Ausländer und der Boxer bekannt dafür, daß er farbige Sängerinnen vernaschte, eine wie die andere, egal ob das seiner ebenfalls farbigen Gattin nun paßte oder nicht. So warben sie gemeinsam auf einem riesigen, natürlich farbigen Plakat der Internationalen Toleranzgesellschaft für toleranten Umgang mit Ausländerinnen und Ausländern. Eine Kampagne, für deren Gestaltung die Agentur einen Award bekommen hatte.

Der Konferenzraum hatte leere Wände, von denen eine aus Glasbetonsteinen war. Vor den Fenstern hingen Jalousien, deren Lamellen stets halb geschlossen waren, wodurch der Raum auch bei hellem Tageslicht grau war. Schien draußen die Sonne, wurden die Lamellen gänzlich geschlossen und das Licht eingeschaltet, das aus kalten Halogenleuchten auf das stumpfe schwarze Linoleum des Konferenztisches fiel. So entstand eine künstliche Atmosphäre beklemmender Sterilität. Auf einem Sideboard stapelten sich Photo-Zeitschriften und Kunstkataloge. Daneben das flache Telephon mit Konferenzschaltpult und eine runde Uhr aus Chrom in Extremdesign, ohne Ziffern mit einem einzigen Zeiger. Auf dem Konferenztisch lag ein aufgeklapptes, weißes iBook in Standby-Schaltung. Hier fanden die Konzeptionssitzungen statt. Die gingen oft von zehn Uhr vormittags bis tief in die Nacht, und so mußte man mitunter zwölf bis vierzehn Stunden auf einem stählernen Designerstuhl verbringen, dessen Sitzfläche und Rückenlehne mit Drahtseilen bespannt waren und der zum gefälligen Betrachten entworfen worden war, aber niemals zum Sitzen. Wenn ich an solchen Kreativ-Meetings teilnahm, bevorzugte ich spätestens in der dritten Stunde die Position rittlings, unterbrochen von Gängen durch den Raum, die ich mir herausnahm, wenn ich redete.

Die Dauer solcher Sitzungen war niemals beschränkt. Ich wußte von Agenturen, die sich ein Limit setzten, um auf diese Weise zielstrebig zu Ergebnissen zu kommen. Hier nahm man sich Zeit, und bevor nicht mindestens ein halbes Dutzend Konzepte verworfen war, gab es keine Entscheidung, auch wenn diese zugunsten der allerersten Idee ausfiel. Maßgabe jeder Werbekampagne war, die Zielgruppe dort abzuholen, wo sie sich, der Meinung der Agentur nach, befand. Bestand die Zielgruppe aus Müllmännern, holte man diese beim Müll ab. »Alles Müll oder was?« war eine legendär gewordene Headline für eine Recycling-Aktion.

Ich erfand, daß ich wegen einer unerwarteten Einladung zur Wiederholung meines Vortrages noch einmal nach Wien müßte, und verabschiedete mich so von der Agentur. Wiederholung meines Vortrages – das war nicht einmal komplett gelogen. Und es sollte ja auch gar kein Urlaub werden im Sinne von Freizeit, Vergnügen und Erholung. Nein, ich nahm mir vor, aus der Wiederbegegnung mit der Kartenschreiberin eine Inszenierung zu machen, ein Experiment, ein Projekt. Ich würde genau darüber Buch führen, und zwar im wörtlichen Sinn: ein Buch führen. Ich nahm ich mir vor, einen Versuch, einen Selbstversuch zu wagen. Ich wollte eine selbst erlebte Liebesgeschichte schreiben, also gleichsam protokollieren, einen dokumentarischen Roman mit mir und diesem Mädchen als Hauptpersonen.

Gebunden war ich nicht, weder an die Agentur, für die ich frei arbeitete, noch privat. Ich konnte machen, was ich wollte, also auch von einer Stunde zur anderen beschließen, irgendwohin zu reisen. Nun ja, eine gewisse Einschränkung des Gefühls, ein Zögern kam dennoch auf. Ich hatte bemerkt, daß in dem Supermarkt, in dem ich auf dem Weg zwischen Hannover und meinem Wohnort regelmäßig einkaufte, mich eine gewisse Enttäuschung, die mitunter an Traurigkeit grenzte, überfiel, wenn eine bestimmte Angestellte nicht da war. Sie saß an der Kasse, räumte aber auch Regale ein oder leere Kartons weg. Immer fand ich einen Vorwand, sie nach irgend etwas zu fragen.

Mir fiel auf, daß ich auf die Uhr kuckte, ob sie um dieselbe Zeit Dienst haben würde wie das letzte Mal. Eine kleine Frau, schlank, aber überall rund, wo es sein sollte, glänzend schwarzgefärbtes kurzes Haar, das vom Kopf abstand wie ein Mop, dunkelbraune Augen hinter einer modischen Brille mit großen, runden Gläsern und die auffällig faltigen, greisinnenhaft durchäderten Hände. Kurz: ich mochte die. Sie zog mich an. Erst nach und nach wurde mir dieser Umstand bewußt, und das Wissen darum machte mich keineswegs froh. Es war allzu klar, daß es keine Chance gab, mit ihr in nähere Berührung zu kommen. »Mein Mädel ist nur eine Verkäuferin in einem Schuhgeschäft mit 80 Franc Salär in der Woche ...« Mir gefiel auch ihre helle Stimme, die ein bißchen frech klang. Am Revers ihres Kittels stand »Fröhlich«, die Kolleginnen riefen sie »Hanni«, damit wußte ich ihren Namen: Hanni Fröhlich. Genau so sollte eine Geliebte heißen. Eine lustige Utopie: Schluß mit dem Emanzentanz. Und dann dieser Stimmungsabfall, wenn sie keinen Dienst hatte. Wenn sie jedoch Dienst hatte, ein gar nicht mal seltenes Glück, was war dann? Ich konnte meinen Aufenthalt zwischen den Regalen ja nicht unendlich ausdehnen, den an der Kasse schon gar nicht. Am Abend versank ich schließlich doch, allein mit den Getränken, vor dem Fernseher.

Damit war Schluß. Jetzt hatte ich eine Aufgabe. Nicht die gutbezahlte, bescheuerte Politiker mit Konfektionslügen zu beliefern, auf die jeder andere auch kommen konnte. Oder mit scheinheiligen Versprechen an den Leuten, die gar nicht daran dachten, sich in Zielgruppen zu formieren, vorbeizureden. Hier sollte es mal wieder um etwas gehen, was mir beim Schreiben immer wichtig war: das Wirkliche. Das war auf dem Markt nicht unbedingt angesagt. Ein Kritiker hatte meiner Trilogie vorgeworfen, es sei zwar bittere Realität, was da erzählt werde, aber gerade deshalb sei es völlig unspannend. »Unspannend«: Das war das Wort. Als hätte es sich um einen Kriminal- oder Abenteuerroman handeln sollen! Überhaupt ist »spannend« das Unwort des Jahrhunderts. Alles muß spannend sein. Das größte Kompliment macht man mit den Worten: »Ich finde dich ganz spannend.« Überreicht man einen bunten Blumenstrauß, sagte die Beschenkte: »Die Kombination finde ich spannend.« Fragt der Patient den Arzt nach der Diagnose, antwortet der: »Sie haben da was ganz Spannendes.« Das mag auch die vielen Kirchenaustritte erklären: Gnade ist nicht spannend. Auch das Wirkliche ist nicht spannend. Aber es wirkt. Nur was wirklich ist, wirkt. Theater mag spannend sein, wirkt aber nicht. Schluß mit dem Theater! Schluß mit der Hochstaplerkomödie! Jetzt heißt es: »Komm auf die Schaukel, Luise!« Das Wirkliche in Worte fassen; die eigene, unverwechselbare Stimme finden, mit der vom Wirklichen zu sprechen ist. Dem Wirklichen meine Sprache geben. Wenn das gelänge! Mehr kann Schreiben nicht sein. Ist es weniger, lohnt nicht mal das Lesen.

»Du sollst der Vater meiner Kinder sein.« Auch das klang ein bißchen nach Operette: »Du sollst der Kaiser meiner Seele sein«: Robert Stolz. In der Operette geschieht eigentlich keine explizite Familienanbahnung. Die Operette ist durchaus kinderfeindlich; eher frivol als familiär. Konnte natürlich auch aus einem x-beliebigen Groschenroman stammen. »Lange hatte Schwester Julia gezögert, bis sie eines Morgens ihr kleines klopfendes Herzchen ganz fest in beide Hände nahm und Dr. von Schröder vor dem OP abpaßte.« Und dann der Satz. Oder ein Film? Ein Film mit Lieselotte Pulver. Wieso kam ich auf Lieselotte Pulver? Hatte sie Ähnlichkeit mit ihr? Aber ich hatte sie nicht mal genau genug betrachtet, um das zu wissen. Das Unterbewußtsein speichert ja manchmal etwas ab. Und dann der Satz auf der Karte. Hatte sie ihn gewollt verändert, oder war er ihr als Zitat gar nicht bewußt? Irgendwo hatte ich den Satz in dieser Form auch schon einmal gelesen. Aber wo? Wann? Unter einem Holzschnitt von Masereel?

Aus derlei Überlegungen riß mich das Telephon. Die Werbeagentur. Ja, sie wußten, daß ich schon so gut wie weg war, aber eine Kleinigkeit noch. Die neue Bundesregierung wolle eine Kampagne machen unter Federführung des Bundesministeriums für Arbeit und Soziales.

Man habe dem Druck des Arbeitgeberverbandes nachgeben und ein Gesetz auf den Weg bringen müssen, nach dem die Arbeitnehmer jeweils die Hälfte ihrer Löhne und Gehälter selber aufbringen müssen. Die deutsche Wirtschaft müsse sich im globalen Wettbewerb behaupten, und da seien es eben hauptsächlich die Personalkosten usw., usw. Mir blieb die Spucke weg. Das hieße ja nichts anderes als fünfzig Prozent Einkommenskürzung für jeden abhängig Beschäftigten! Nun ja, so direkt dürfe man das natürlich nicht kommunizieren; dafür die Kampagne. Man habe einen Entwurf: im Bild Blaumänner mit gelben Helmen, Krankenschwestern, Lehrer und Schornsteinfeger, also alles positiv besetzte Berufsbilder, unten rechts steht »Mitten in der Mitte« und jetzt bräuchte man eben noch eine Head. Ich versprach einen Vorschlag in einer Stunde.

Schon nach zehn Minuten wußte ich den Satz, wartete aber die restlichen fünfzig noch ab. In der Zeit entwickelte ich zwei weitere Vorschläge zum Ablehnen. Nahm den Hörer, wählte die Agentur: »Meine Arbeit ist mir teuer.« Ich hörte den Artdirector brummen. Abgelehnt. »Mein Arbeitsplatz ist mir was wert.« Der Artdirector sog Luft durch die Zähne. Jetzt aber: »Ich laß mir meinen Job was kosten.« Erleichterung, Erlösung: gekauft. »Mitten in der Mitte.«

Wie funktioniert Poc? Wie kommt so eine irreführende Headline anläßlich einer derart hanebüchenen Maßnahme auf ein Plakat? Die Werber formulieren so: »Ich laß mir meinen Job was kosten.« Dazu die Abbildung von einem drohenden Vernichtungsschlag Betroffener, die dennoch strahlend lachen. Und so wird gedacht: Der Satz beginnt mit »Ich«, also groß geschrieben. Schon mal gut für die Identifikation des Betrachters. »Ich laß ...« zeugt von Souveränität: gelassen lasse ich etwas zu. Personalpronomen plus Besitzanzeige: »mir meinen«: Das Ich verfügt gelassen über eigenes Eigentum. Sodann das Schlüsselwort der Marktwirtschaft: Arbeitsplatz, hier modisch und englisch »Job« genannt. »Job« drückt noch einmal Gelassenheit, ja Lässigkeit im Umgang mit Arbeit aus. Was ist »was«? Es ist irgend etwas, nichts Bestimmtes, womöglich nur Quatsch. Zum Schluß das Verb der Wahrheit: »kosten«. Am Ende dieses vor Positivem nur so strotzenden Satzes hat man den Zusammenhang so gut wie vergessen. »Ich laß mir meinen Job was kosten.« Könnte auch heißen: »Ich darf vom Kuchenteig mal kosten.« Da läuft einem förmlich das Wasser im Munde zusammen. Unten rechts: »Mitten in der Mitte.« Da wollen alle hin. Wer zustimmt, ist dabei. Wir sind dabei. Wer dabei ist, ist gut, wer nicht, schlecht. Alles klar. »Auf diese Weise«, sagte der Artdirector, »lassen sich die Leute abholen.«

Der Reise stand nichts mehr im Weg. Aber wohin eigentlich in Wien? Ich hatte weder einen Familiennamen noch eine Adresse. Ob sie im Institut was hinterlassen hatte? Oder sollte ich einfach hinfahren und abwarten, was geschah? Im Interesse meines Projektes sicher die beste Lösung, weil die spannendste. Ein paar Tage flanieren zwischen Steffl und Ring, zwischen Volkstheater und Gürtel, Stubentor und Ungargasse. Eiles, Westend, Sperl, Hummel. Wie in einem Film. Wie in einem Film, in dem Sätze vorkommen wie: »Du sollst der Vater meiner Kinder sein« oder »Mein ist dein Herz«. So ein Film. Und plötzlich läuft sie mir über den Weg. Menschen, wohin ich schau, Großstadtgetriebe. Oder eben nicht. Läuft sie mir über den Weg, wollen's die Götter; wenn nicht, auch. Oder ich begegne jemand ganz anderem. Oder komme einem Komplott auf die Spur. Oder gehe in eine Falle. Werde gar ermordet. Sicherheitsbüro, Inspektor Marek. Sollte ich? Ich wählte die Nummer der Pension Felicitas und reservierte ein Zimmer für eine Woche. Frau Stöckl freute sich: »Jo, do san'S scho wieder do.« Mir war ganz leicht.

Zwei Schmerzhafte Muttergottes

Heute ist Horch lange vor dem Wecker wach, obwohl er bis nach zwei aufgewesen ist. Musik gehört, über das Dach des Marstalls in den nächtlich bewegten Himmel geschaut, sich vorgestellt, wie es sein wird am Abend des kommenden Tags. Wie immer man sich etwas vorstellt, es kommt mit Sicherheit anders. Je genauer man sich etwas vorstellt, desto eher läuft es auf das Gegenteil hinaus. Worauf man sich freut, fällt aus, wovor man sich fürchtet, wird schlimmer, als man es für möglich hielt. Geschlafen hat Horch nur oberflächlich, ist um sechs knallwach, wälzt sich hin und her, knufft das Kopfkissen zu einem dicken Polster zusammen, wartet auf das Klingeln des Weckers, stellt ihn schließlich ab und steht um sieben auf.

Waschen, rasieren, hier ja nur am Becken und elektrisch. Hier lebt er spartanisch, es ist das Atelier, die Werkstatt, das Büro. Normalerweise übernachtet er hier nicht, sondern fährt raus aufs Land in die Bangenfelder Wohnung. Nur wenn es am Abend spät wird oder, wie heute, er früh los muß, bleibt er in Hannover.

Von Schlafen heute nacht keine Spur. Das Aufstehen entsprechend zerfahren. Kein Wunder, daß die Firmen immer neue Elektrorasierer anpreisen, mit drei, vier, einem halben Dutzend sogenannten Scherköpfen, mit Trockenschaum und was allem. Es war, ist und bleibt kein Rasieren mit diesen Dingern. Eher ist es ein Abrubbeln des Bartes auf Kosten der Gesichtshaut. Aber ohne heißes Wasser geht es anders nicht.

Jetzt sitzt er, die Reisetasche ist längst gepackt, am Schreibtisch und sieht zum Fenster hinaus auf die kahlen, sich wiegenden Kronen der Kastanien hinter dem Marstall. Er könnte jetzt losgehen, zumal er

sowieso immer zu früh da ist. Am Bahnhof einen Kaffee trinken, ein
Brötchen essen oder sogar richtig frühstücken. Aber er bleibt sitzen.
Sitzt rum. Ist es richtig, was er da macht? Was er da anzettelt? Her-
aufbeschwört, ausbaldowert? Es gibt keine Antwort ohne die Erfahrung. Besser etwas falsch als gar nichts machen. Hier jetzt herum-
grübeln ist sinnlos. Also gut. Anrufbeantworter abstellen. Fenster
zu. Anlage aus? Nee, heute nacht vergessen. Gut, daß er nochmal gekuckt hat. Vom Rechner sicherheitshalber den Stecker ziehen. Hat er
alles? Fahrschein, Ausweis, obwohl man ja angeblich gar keinen mehr
braucht. Schengener Abkommen. Schengen in Luxemburg, extra um-
benannt für das Abkommen. Geschenktes Abkommen. Ausweis? Geschenkt. Jetzt darf man abkommen und ankommen ohne Personalausweis. Nimmt ihn aber doch mit, sicherheitshalber. Kommt noch
aus der Zeit in Berlin, wo man die Straße nicht betreten durfte ohne
den behelfsmäßigen Personalausweis dabeizuhaben. Behelfsmäßiger
Personalausweis: wies einen als behelfsmäßiges Personal aus. Hilfs-
personal. Unqualifiziert, Niedriglohnbereich. Womöglich Teil des
Morgenthau-Plans. In der Schule von gehört. Er hat sich das immer
vorgestellt wie eine Ackerlandschaft am frühen Morgen mit Tau auf
den Gräsern. Wie bei Onkel Paul und Tante Lene früher in Hadeln.
Vor Tau und Tag raus, die Ziegen füttern. Für die Reise dahin einen
Kinderausweis. Unter 16 Jahren. Stolz drauf gewesen, einen Ausweis
zu haben. Und der war nicht mal behelfsmäßig. Immerhin fährt er
heute ins Ausland.

EC-Karte, Kreditkarte, alles da. Mütze! Noch die Mütze in die Tasche,
wenn's regnet oder schneit. Horch haßt Schirme. Immer wieder hat
er einen Schirm geschenkt bekommen, immer wieder stehenlassen,
in Bahnen, Kneipen, Geschäften. Den letzten, einen Knirps, von den
Eltern zum Geburtstag bekommen. Eltern besucht, Knirps gekriegt,
mit der U-Bahn zurückgefahren, Knirps in der U-Bahn liegengelas-
sen. Eine Errungenschaft der dreißiger Jahre, der Knirps. Typisch
deutsch. Kein Engländer, kein Franzose würde so etwas in die Hand
nehmen. Erfunden von Hans Haupt. Klar, damit's nicht naß wird,

das Haupt. Den Namen soll sein Chauffeur beigesteuert haben. Typisches Dienstbotenwort: Knirps. Und albern. Mütze ist drin. Chauffeursmütze? Nee, flache Mütze, Schiebermütze, auch Schlägermütze. Schieber, Schläger, noch unterm Chauffeur. Aber paßt in jede Tasche, sogar in den Mantel. Die dreißiger Jahre waren das Ende der Hüte. Bis '33 sieht man auf den alten Photos noch alle Männer mit Hut. Auch die Arbeitslosen. Stellten sich zum Stempeln an mit Hut. Die Nazis führen die Mützen ein. Sturmriemen, kampfbereit. Hüte passen in keinen Koffer, in keine Tasche, Hüte passen nur auf Köpfe. Wo keine Köpfe sind, braucht man keine Hüte. Uff'n Kopp die Schlägerpfanne. Aber jetzt nur in die Tasche, zusammengeknüllt. Schlüssel. Abschließen. Flur lang, Treppe runter, die Jugoslawin kommt rauf. Fährt nachts Taxi. Nicht unmutig mit ihren zwei Prachtglocken. Müdes Zunicken. Erstmal 'ne Runde schlafen. Ja, mit ihr noch mal ein Stündchen unter die Decke kriechen. Zeit genug wäre ja. Horch weiß nicht mal, wie sie heißt. Kuckt sich nochmal um: auch der Hintern eine Wucht. Unbesiegbare Träume von anonymem Sex. Schau heimwärts, Engel. Jetzt unten Tür auf. Kalt. Feucht. Immer Sprühregen in Hannover, auch wenn's trocken ist. Heute ist trockener Sprühregen wie immer. Mildes deutsches Winterwetter.

Auf der Lister Meile alles noch zu. Morgendliche Ruhe. Ruhe-Hüte. Schöner Name. Alteingesessenes Fachgeschäft für Hüte, Mützen, Schirme, Handschuhe. Ja, auch Knirpse. Borsalino. Indiana Jones. Weiche Krempenfilze. Schlapphüte. Stetsons. Vom Kino bestimmt. Früher hieß es: Mit Hut ist man mehr. Hatte eben auch was: ein Mann, ein Hut. Heute nur Basecaps. Kappen für eine Sportart, die es hier gar nicht gibt. In der Grundschule so was wie Schlagball: eine kleine harte Lederkugel mit dem Knüppel treffen. Daher Schlägermütze? Wird sich nicht mehr lange halten können, dieser Laden. Der letzte Hutträger war Honecker. Hut-, aber kein Sympathieträger. Adenauer noch mit Glocke. Im Sommer Pepitahütchen in Cadenabbia. Ein Hut ist ein Kleidungsstück zur Bedeckung des Kopfes. Bedeckung zum Schutz gegen Witterung oder zum Zeichen einer Würde.

Harte Hüte wie Bowler und Zylinder sind Herrenhüte. Beerdigung und Stock Exchange. Lodenhüte mit und ohne Feder, Sombreros, eine Kreissäge für den Schrägen Otto. Bekleidung und Verkleidung. Ludwig Wittgenstein bezeichnete die Sprache als Verkleidung des Gedankens. Und zwar als eine Verkleidung, die nicht mal die Form des Gedankens andeute. Also von der Sprache keinen Rückschluß auf den Gedanken; vom Hut keinen auf den Kopf! Der Hut war ein Teil der Maske. Statt dessen heute Deppendeckel oder Baseballkappe verkehrt rum. Hinten keine Augen. Nur die Ruhe.

Bäckerei Hagedorn hat natürlich schon auf. Verwandt mit dem Dichter? Oft grenzt die Lust unwissend an dem Leide. Schon jetzt im Schaufenster die wagenradgroßen Obsttorten. Eine Frau kommt raus mit 'nem Gersterbrot. Liegt schwer im Magen. Hannöversche Spezialität. Im Grunde eine Art Kommißbrot, genau richtig für die Gegend hier hinterm Bahnhof. War ja alles Militär früher. Ernst Jünger ging hier zur Schule. Kadettenanstalt. Wir sind die Gascogner Kadetten! Wie heißt der noch gleich mit der langen Nase? Mehr Roggen als Weizen. Nicht auch noch Gerste. Warum dann Gerster? Ein feuchtes, klebriges Brot mit harter Kruste. Und wir Jünglinge sangen und empfanden wie Hagedorn.

Am Weißekreuzplatz liegen die Penner noch unter ihren Lumpen und Pappen. Keine schlafenden Hunde wecken. Penny macht gerade auf. Zeit für den Hastemanemark-Mann, der den Leuten Ausdrücke hinterherruft, die nicht bezahlen wollen. Wegelagerei der Faulpelze. Tunichtgute. Tagediebe. Je arbeitsloser, desto größer der Hund. Neulich sprach ihn einer auf dem Bahnsteig an, ordentlich gekleidet, Aktentasche unterm Arm. Fahrkarte verloren, Portemonnaie nicht dabei, müsse dringend nach Hameln. Ob ... Horch, erst verblüfft, überlegt dann schon. Kann einem ja auch mal passieren. Kommt einer mit roter Mütze von der Bahn: »Na, wo mußte denn heute hin?« Also doch. Das Parasitäre wird raffinierter.

Runter in die Passerelle. Leerstand wechselt ab mit Tinnefläden. Plastikfiguren aus Fantasyfilmen. Comics. Esoterikshop. So geht das weiter bis zum Kröpcke. Sollte man zuschütten, das Ganze. Beim Piazza Navona mit Rolltreppe wieder rauf. Der beste Italiener in Hannover, sagt Baerwald. Nur, weil er beim Umsteigen nirgendwo anders hinkann. Der Italiener in Reichweite ist für Baerwald immer der beste. Der beste in Berlin. Der beste in Niedersachsen. Der beste in Deutschland. In Rom natürlich der beste der Welt. Wo Baerwald hinkommt, ist alles bestens. Mindestens. Aß Baerwald immer in der Heide: das Beste von der Schnucke. War auch der erste, der Edelzwicker bestellte. »Ein Glas Edelzwicker!« und warf den Kopf dabei nach hinten. Wegen des Wortes »edel«. Vom Edlen das Beste. Kino am Raschplatz. Der neue Eric Rohmer. Marivaux der Jetztzeit. Das grüne Leuchten. Tja, das war eine andere Affäre. Eine Affäre, die nie eine wurde. Scheiden hätte er sich lassen wollen! Für welch einen Schwachsinn. »Ist's vorüber, lacht man drüber.« Vielleicht der beste Satz von Elfriede Jelinek.

Eine Handvoll Jugendlicher taumelt Horch entgegen. Vorsichtshalber macht er einen Bogen. Weichen aber schon von selbst aus und halten sich mit letzter Kraft am Geländer fest. Wo die Treppe zum Tanzpalast nach oben führt. Die letzten Abhänger der Bhagwan-Disco OSHO dieser Nacht. Zorba the Buddha. Victims of the night. Religion und Rock. Was hat das miteinander zu tun? Das Wummern der Bässe eine andere Gebetsmühle? Wegen der Bhagwan-Besitzer heißt der Schuppen in Hannover nur »die Baggi«. War ja auch gar keine Religion, dieses ganze Gechante, sondern ein Popkult in Orange mit Glatze. Hare Krishna hieß soviel wie: die Haare kriegste abgeschnitten. Haare? Rama dama. Frustrierte KPD/MLer landeten da, machten später als Waldorf-Lehrer Karriere. Veni creator spiritus. Hilfreich beim Fensterputzen.

Mit der U-Bahn-Rolltreppe wieder nach oben. Horch betritt den Bahnhof vom Raschplatz her, von der schlechten Seite, von hinten. Früher stand das Gefängnis hinterm Bahnhof. Erst das Gefängnis, dann die Kasernen. Dahinter die Schießplätze. Der Marstall vor Horchs Fenster zeugt noch von der militärischen Bebauung. Garnisonsstadt Hannover. Mit Soldaten garniert. Garde du Corps. Achte auf deinen Körper. Sieh dich vor. Fasse dich kurz. Nimm Rücksicht auf Wartende. Aufforderung in den alten Telephonzellen. Darunter die Reklame für Pfanni Knödel. Das Messer rechts, die Gabel links. Eine runde Sache.

Der Hauptbahnhof ist der Herzmuskel der Stadt. Jetzt wird er operiert. Preßspanwände versperren den Einblick. Flexgeräusche, Preßlufthämmer, brüllende Arbeiter. Der Brustkorb ist geöffnet, die Rippen klaffen auf. Wo Es war, soll Ich werden. Ich ist die Stadt der Weltausstellung, wo der ganze Wahnsinn von Industrie und Glück, Phantasie und Geschirr, Kapital und Charakter sich zu einem Rummel formiert, dessen Kettenkarussell endlich die ersehnten Tangentialflüge anbietet. Kinder und Wehrpflichtige die Hälfte. Horch drängelt sich wie alle anderen durch das ausgeschilderte Labyrinth der mit Holzbohlen und Stahlblechen ausgelegten Umwege. Ich ist ein anderer. Hannover wird ein Jahr blühen und dann welker sein als alles andere. Ab auf den Kompost. Der Zug nach Wien West geht von Gleis 3. Aber bis dahin ist reichlich Zeit. Die vordere Halle ist noch baufrei. Links die italienische Eisdiele, rechts die drei Machwitz-Mohren. Da kann man frühstücken. Da sitzt sie schon, die alte Frau beim Frühstück. Ihr sandfarbener Wollmantel liegt über der Lehne des Nebenstuhls. Abgetragen, blankgerieben, mal teuer gewesen. Vom Mäntelhaus Kaiser womöglich. Ihre braungefleckten Hände ragen aus weißen Rüschenärmeln, sind Haut und Knochen und hantieren mit Messer und Gabel. Sie frühstückt hier jeden Morgen. Den krempenlosen Filzhut behält sie auf, mit einem schmalen Schleier vor der Stirn. Eine Dame aus dem alten Hannover, als Jünger hier noch zur Schule ging, als Benn hier noch haderte, als Haarmann seinen Lovern die Halsschlagader durchbiß, als die Offiziere der Garnison noch flanierten. War'n doch nur Puppenjungs. Klages trug immer einen Revolver bei sich. Wird gewußt haben, warum. Der Garnisonsälteste ist heute der Oberbürgermeister. Er ist der Garnisonsälteste überhaupt. Eine Weltausstellung ist geplant. Dann wird er der Garnisonsälteste der Welt sein. Die Umbauarbeiten kehren das Untere der Stadt nach oben. 2000 Jahre. Davor schon mindestens 5000 in sogenannter Zivilisation. Wie lange soll das noch so weitergehen?

Die kleine Asiatin bedient. Ein Püppchen aus dem Land des Lächelns. China? Vietnam? Da kommen sie von so weit her, nur um zu kellnern. Horch bestellt ein Frühstück, wie die alte Dame es hat. Der Kaffee kommt im Kännchen. Machwitz. Jede Tasse Extraklasse. Die Brötchen kommen im Metallkorb. Behälter aus Geflecht. Kann man Metall flechten? Eisenbieger. Eisenflechter. Eisenwichser von Heinrich Henkel. Da fällt dir gleich der Sack ab. So was prägt sich ein. Was aus dem wohl geworden ist? Marmelade- und Honigkapsel. Eine Scheibe Käse, eine Scheibe Schinken. Ein Würfel Butter in Folie. Viertel Tomate, gefächerte Gurke und Petersilie als Garnitur. Garnisonsstadt. Ein gekochtes Ei. Glühend heiß und steinhart. In der Mikrowelle gekocht. Ein Ei wie Munition. Ist das Ei auch hart? Steinhart. Er läßt es abkühlen zum Mitnehmen. Die alte Dame pellt das Ei und schneidet es mit dem Messer in Scheiben, belegt eine Brötchenhälfte damit. Schiebt sie langsam zwischen die eingefallenen Lippen. Mümmeln unterm Schleier. Im Zickzack rast ein Kind zwischen den Tischen herum, hat sich irgendwo losgemacht. Mutter mit Rucksack und aufgerissenem Mantel hinterher. »Bleib hier, du verdammte Sardelle!« Im offenen Mantel klunkert eine lange Bernsteinkette vor der Brust. Mutterbrust. Packt das Kind von hinten und wirbelt es herum. Lacht kreischend. Immerhin jetzt keine Gewaltorgie. Aber Sardelle? Na gut, warum nicht. Schoß ja durch den Raum wie ein flinker Fisch. Glitzernd auch an den Seiten von einem Plastikranzen mit reflektierenden Silberstreifen. Als Büblein klein. Die Mutter fischt sich die Sardelle heraus. Aus diesem Aquarium der stumm sitzenden Menschen, die auf das Abfahren warten, auf das Abgefahrenwerden, Kaffee trinkend, Brötchen mümmelnd, Marmelade aus Plastikkapseln, ein steinernes Ei. Dazwischen rennt das Kind mit dem Ranzen. Wohin? Rennt einfach weg. Kann aber nicht weg, ist ja alles zu. Muß weiter warten mit der Mutter, die es abzieht zum Bahnsteig zu einer Reise irgendwohin. Hopp heißa bei Regen und Wind. Die Vietnamesin beugt sich über den Nebentisch und schiebt mit dem Vileda einen Kaffeebecher vom Resopal in den Gelben Sack.

Zahlen. Zum Bahnsteig wieder über Bohlengänge. Massig Zeit, ist aber auch ein weiter Weg, links und rechts mit Brettern vernagelt. Lieber zu früh als zu spät. Zwischen Gitterträgern hat viel zu früh Leysieffer eröffnet. Also reinschauen. Ein Schächtelchen Pralinen. Den Mut belohnen. Früher sagte man: Konfekt. Auf dem Schrank der Konfektkasten. Mutter holt den Konfektkasten runter. Kaum noch was drin. Immer mal'n Stück Konfekt. Weinbrandbohnen. Mit Zukkerkruste oder ohne. Kirschen drin oder Knickebein. Krokant, der zwischen den Zähnen sich festsetzt. Dann lieber Nougat. Stollwerck, Sarotti, Feodora. Wie hieß die Billigmarke: Karina oder Stockmeyer? Dann lieber Trumpfecken! Eismoritz. Jetzt aber Leysieffer. Nein, nichts mitbringen. Für wen? Das harte Ei in der Jackentasche. Auf dem Bahnsteig ist Horch dann wieder viel zu früh.

Am vorderen Ende von Gleis 3 sammeln sich langsam die Manager. Sie sehen alle gleich aus, Horch ist der auffällige Außenseiter. Lederjacke und knautschige Reisetasche. Ein Fremdkörper unter all den grauen Anzügen mit schwarzen Aktenköfferchen und Computertaschen. Im Einsteigen ein Mobiltelephon am Ohr. Im Setzen dann Köfferchen auf, BILD raus. Das Radaublatt bringt Farbe ins Grau. Durchschnittliche Lesezeit für die Titelseite: 30 Minuten. Unglaublich! Horch überblickt – wie jeder gesunde Mensch – Inhalt und Form der Seite in weniger als einer Minute. Doch der Manager vertieft sich in das nackte Mädel. Oder Model? Mädelmoddel. Mädel, mein Moddel, wie schlecht bist du. Versteift sich. Soviel Zeit muß sein. Nicht SPIEGEL und FAZ sind die Blätter der Entscheider, sondern BILD ist das einzig und allein seligmachende Blatt. Entscheider: allein das

Wort. Klingt wie Fettabscheider. Stimmt auch. Die Männer sind mager, wenn nicht dürre. Kommen vor lauter Entscheiden ja gar nicht zum Essen. Immer gehetzt, immer auf dem laufenden, dank Mobiltelephon immer unter Strom. Das nackte Mädel auf der BILD-Titelseite ist jeden Morgen die einzige Frau unter lauter Männern.

Horch geht durch den ersten Waggon zu den Raucherabteilen, sehen, ob eins frei ist. An einem Großraumtisch Uwe Seeler. Gerade bringt ihm der Kellner ein Weizenbier. Nimmt ein leeres Glas mit. Uwe Seeler? Doch, er ist es. Kopf eine rote Bombe, eine alte Frau neben ihm und gegenüber ein Mann mit ebensolchem Bier. Aufgeräumte Stimmung um halbzehn. Sportsfreunde. Die Frau ruft was von Piccolo. Horch ist schon weiter. Neulich war Dieter Thomas Heck im Zug. Gab allen Frauen Feuer; rauchte selbst Lord Extra. Stimmung bon im Papillon. Ein Abteil ist leer, keine Reservierungsschildchen. Hier kann Horch sich niederlassen ohne die abschätzigen Blicke der BILD-Entscheider auf seine FAZ.

Lange Bahnreisen sind nur in der 1. Klasse erträglich. Sonst Kinderrennen im Mittelgang, lautes Gequatsche über Bauchspeicheldrüsenkrebs, Zwölffingerdarm oder den letzten Film mit Til Schweiger. Die geile Kanone oder so ähnlich. So einer hält seine rotzfreche, vor Dummheit strotzende Drecksvisage in jede Kamera, aber Otto Sander kennt kein Mensch. Deutsche Leitkultur. Das Kisse-kisse-kisse aus den Kopfhörern. »Willste noch 'ne Stulle?« Einsteigen mit scharfem Zwiebeldöner. Sauce dem Sitznachbarn auf die Hose. Schwapp Kebab. »Och, Tschulljung.« In der Transsib würde man teilen. Im ICE kriegt man nur den Schmutz ab.

Immer hat Horch über seine Verhältnisse gelebt. Was sind das für Verhältnisse? Jedenfalls sind die Verhältnisse so, daß sie eine Reise in der 1. Bahnklasse eigentlich nicht zulassen. Aber war er nicht schon immer ein Hochstapler? Ja, von Kind an. Dafür haben ihn seine Eltern gehaßt. Schnell erkannten sie, daß sie einen Hochstapler zur

Welt gebracht hatten. Welche Eltern würde das nicht kränken? Auch die Manager hinter ihren BILD-Zeitungen erkennen den Hochstapler sofort. Sie tolerieren ihn nur, weil sie ihn beneiden.

Der Zug nach Wien ist niemals voll. Von Hannover fährt man nach Frankfurt, Hamburg und Berlin. Nach Nürnberg, Regensburg, Passau will niemand, geschweige denn nach Linz und Wien. Der Süden ist dem Hannoveraner unheimlich. Andererseits gibt es Ausnahmen. Eine davon ist Horch. Also kann er es sich in seinem Abteil allein bequem machen. Rauche, staune, gute Laune.

Natürlich hat er sich Lektüre mitgenommen. Er setzt sich ans Fenster, legt FAZ und Bücher auf den Sitz gegenüber. Die Zeitung nur am Rand anfassen, macht sonst schmutzige Finger. Der aktuelle Dreck des Tages färbt ab auf die, die ihn zur Kenntnis nehmen. Jeden Tag Dreck, derselbe Dreck. Deshalb hat die BILD-Zeitung auf ihrer Titelseite das nackte Mädchen, das niemals aktuell ist, sondern überzeitlich. Eine Allegorie des ewigen Begehrens. Ihre jeweilige Pose ist völlig gleichgültig. Erschiene über Tage hinweg immer das gleiche Photo, es würde niemandem auffallen. Das Abbild der nackten Weiblichkeit ist allgegenwärtig. Es ist so selbstverständlich wie die Atmosphäre, in der Menschen atmen. Erst ihr Fehlen würde Aufmerksamkeit erregen.

Dreimal fiept es, dann schlupfen die Türen sachte zu. Draußen fahren die Wartenden stehend zurück. Im Bewegen des Zuges das Gefühl: Jetzt geht es los. Jetzt, Schicksal, nimm deinen Lauf. Lauf Jäger lauf Jäger lauf lauf lauf! Und jedem Anfang wohnt ein Zauber inne, wir sollen heiter Raum um Raum durchschreiten, immer weiter, immer heiter, vielleicht auch noch die Todesstunde, Paech-Brot ist in aller Munde ... Braunschweiger Platz, l'univers est égal à son vaste appétit.

Links leuchtet Laatzen. Hier soll das Weltstädtchen entstehen. Jedem Land 'ne Bude. Kräne drehen wichtigtuerisch ihre Ausleger.

Kamele aus Abchasien, Feuerschlucker aus der hinteren Mongolei, Amerika mit der größten Raketenachterbahn aller Zeiten, die Russen legen eine Wodkapipeline von Novosibirjatomsk bis hierher. Am Ende wird Currywurst gefressen und Heineken gesoffen. Auf der Ausstellung der Welt ist das Bier aus Hannover verboten.

Die Landschaft beruhigt sich zu Fischteichen. Weiße Propeller auf hohen Masten stehen still. Ruhe vor dem Sturm. Langsam schiebt sich die Kultursteppe zu Hügeln auf. Sieben Berge, sieben Windräder. Erneuerbare Energie. Und in der Schule hieß es noch: Die Menge der Energie bleibt konstant.

Der Zug hat Geschwindigkeit aufgenommen. Horch betrachtet den Film, der links von ihm abläuft. Die Bildgeschwindigkeit des Films ist hoch genug, um dem Betrachter ein einziges Rollbild vorzutäuschen. Der Zug fährt parallel zum Horizont, und der Horizont nimmt kein Ende.

Horch läßt sich zurücksinken in den Sitz. Die Zeitung ist unberührt, auch die Bücher. So viel im Kopf, nicht auch noch lesen. Dieses Immer-lesen-Müssen. Lieber hinausschauen in die Welt, die neben dem Zug entlangstreift.

Personalwechsel. Das Personal wechselt, der Fahrschein bleibt. Kündigen sich selbst so an: Personalwechsel. Ich bin der Personalwechsel. Personalausweis. Personalcomputer. Wissen die Leute, was das mal war: eine Person? Darf's etwas sein aus dem Speisewagen? Die Person, die Maske, die Rolle, der Charakter. Charakterwechsel, die Fahrkarten bitte. Überhaupt eine Zumutung für Schaffner, auch noch zu kellnern. Lassen sich das bieten und sind auch noch freundlich dabei.

Im Speisewagen die Wiederholung. Eine Person? Ja. Eine Maske, du Charakter. Ein Mann mit Charakter. Der Politiker tritt zurück, also hat er Charakter. Gegenüber ein Mann mit der WELT vor der Nase.

Wer ist zurückgetreten? Nein, verlesen. Ein Spieler hat zurückgetreten. Eintracht. Sportseite, Fußball. Gelbe Karte, rote Karte, Speisekarte. Auf dem Tisch ein Reklameset. Eckart Witzigmann empfiehlt: Hirschragout mit Preiselbeerkompott. Da sind sie wieder, die Preiselbeeren. Und der Hirsch aus dem Jagdrevier. Nach Hirschen pirschen, nur nicht knirschen. Du, das ist nicht witzig, Mann. Soll sternemäßig sein, kommt aber aus der Mikrowelle. Man will die Fahrgäste verarschen. Und es gelingt. Horch nimmt wie immer die Nürnberger Würstchen. Ganz unwitzig, Mann. Wollen nicht mehr sein, als sie sind. Würstchen eben. Nürnberg vorgreifend. Kommt in einer Stunde. Hatte der nicht was mit Koks? Ja, einen Weißburgunder, bitte. Preiselbeeren kommen mir nicht mehr in die Tüte.

Ob jemand von den Fahrgästen des ICE von Hamburg nach Hannover damals die Beerensammler auf der Waldlichtung wahrgenommen hat im Vorüberrasen? Die Familie im spätsommerlichen Nachmittagslicht?

Die Mikrowelle arbeitet in Mikrozeit. Schon kommen die Würstchen. Nürnberg ist noch weit. Senf und Ketchup in kleinen Plastikschläuchen. Gehen nicht auf. Horch greift zum Messer. Zu stumpf. Piekt mit der Gabel rein. Raufdrücken. Knurpst beim Rauskriechen, der Senf. Eigentlich viel zu früh für ein Mittagessen. Aber in der Bahn ist die Zeit zugunsten der Langeweile aufgehoben. Obwohl: Hannover–Nürnberg in drei Stunden ist eigentlich irre. Mikrodauer gemessen an früher. Mit dem Auto nicht zu schaffen.

Die Bedienung in schwarzer Plastikhose. Knistert beim Gehen und glänzt unangenehm. Diese große Kellnerbörse. Abgebrochene Fingernägel. Naja, immer hin und her. Wann soll man sich das machen? Auffächern mit einem Griff. Münzen. Scheine. Noch einen Weißburgunder zum Mitnehmen. Mitnehmen ins Abteil. Kann man ja machen. Man weiß ja nie. Halt auf der Strecke. Unvorhergesehen. Halt auf der Heide. Rheingold. Der Zug ist abgefahren, und du sitzt nicht drin. Nee, nicht mit Horch!

In einer Hand das Fläschchen, in der anderen das Gläschen, rudert Horch Richtung Zugspitze. Mit beiden Ellenbogen immer sich stützend. Der ICE schwankt und neigt sich. Rumpelt auch. Neige dich, du Schmerzenstechnik. Das Kinn in seine Hand gesmogen ... War da nicht Siemens mal führend? Innovativ? Ach! Türe aufschieben, wieder drin im Abteil. In einem leeren Abteil. Was will man mehr. In Ruhe allein reisen. Fläschchen Weißburgunder.

Aus den Reben
Fleußt das Leben:
Das ist offenbar.
Ihr, der Trauben Kenner!
Weingelehrte Männer!
Macht das Sprichwort wahr.

Keine Familie. Free, I'm free. Niedersinken in den Sitz. Und wir Jünglinge sangen und empfanden wie Hagedorn. Kopfstütze ist runtergerutscht. Also mit den Schultern wieder hochschieben. Kein Getue, kein Gemache, kein Gesorge. Seien Sie ohne Sorge. Keine Sorge, Volksfürsorge. Ich heiße der Mangel, ich heiße die Schuld, ich heiße die Sorge ... – Und dunkel. Ein Tunnel vor Würzburg? Ja. Aber nur kurz. Schon liegt gelassen und voller Weinstöcke das Frankenland vor dem Zugfenster. Ich heiße ... – Ja, wie geht es weiter?

Horch ist aufgestanden und würde jetzt gern dieses Zugfenster runterschieben, mit beiden Händen die Griffe fassen und runterschieben, wie es in den alten Zügen noch möglich und üblich war. Diesen oberen Fensterstreifen runterschieben, durch den man zu Thomas Manns Zeiten sogar Koffer und andere Gepäckstücke ins Innere des Abteils reichen oder den am Bahnsteig ihre Wägelchen entlang schiebenden Händlern Erfrischungen abkaufen konnte. Alles vorbei, Tommy Mann. Komisch, manche sagen immer Tommy Mann, obwohl sie den gar nicht kannten, kennen konnten. Keiner sagt Tommy Bernhard oder Heini Böll. Jonny Goethe. Tommy Mann, Tom of Finland,

womöglich kommt es daher. Heute gehen keine Fenster mehr auf.
Klimaanlage. Oft funktioniert sie nicht. Heute ein Glücksfall. Tommy
Mann. Wie kriegt Horch diesen Namen wieder aus dem Kopf?

Familie, ein gescheiterter Versuch. Gescheit, gescheiter, gescheitert.
Horch kann nur allein sein. Und kann es eben doch nicht. Kein Leben ohne Frau. Egal wer, Hauptsache Frau. Die Haut, das Fleisch, die
Düfte, la lingerie. Horch braucht das in Reichweite; am liebsten immer um sich herum. Immer eine Frau um sich herum. Frauen. Warum
nur eine? Geht ja nicht anders. Die Realität ist weiblich. Die Wirklichkeit ist voller Frauen. Man hält sich an die Wirklichkeit, bleibt auf
dem Teppich, auf dem Boden. Auf dem Boden der freiheitlich weiblich rechtlichen Grundordnung. Hätte Grundgesetz nicht gereicht?
Grund und Boden. Beckenbodengymnastik für Frauen. Ach Gottchen,
diese Scheißrealität. Zwei Frauen, drei Frauen, mehrere Frauen, viele
Frauen. Für Beckenbauer kein Problem. Harem, eigentlich eine prima
Idee. Die niemals erlöschende Neugier auf das Andere. Andere Gesichter, andere Lichter, Augen, Nasen, Münder, andere Düfte, Stim-
men, helle, dunkle, Frisuren, ob blond, ob Kräuselkrepp, ob braun,
Dauerwellen. Wimpern. Mittelscheitel. Irgend jemand hat Horch
mal gesagt: Horch, du stehst auf Mittelscheitel. Quatsch! Vielleicht
Zufälle. Moden, die vergehen. Hat jemand jemals die Wimpern der
Frauen gewürdigt? Augenlider und Wimpern. Dazwischen das Licht
des Auges, Augenlicht, Puppchen, das helle Licht der Verführung, der
Erfüllung, der Erlösung. Dein Reich komme. Einen Abend lang in das
Gesicht einer unbekannten, ungewohnten Frau zu sehen. Dein Wille
geschehe. Unbekanntes, unvertrautes Bewegen, Reagieren, neue Ge-
sten, Blicke, das Wegwerfen einer Haarsträhne. Dafür lebt der Mann.
Lachen. Mit einer Frau lachen. Scheiß auf den Geschlechtsverkehr.
Wie im Himmel also auch auf Erden.

Der Film der Landschaft zwischen Würzburg und Nürnberg läuft
links durch, nach rechts schaut Horch nicht, da ist die Abteiltür davor, rechts ist da, wo der Daumen links ist. Nürnberg ist noch nicht

passiert, da kommt noch was. Da kommt noch was davor. Zum Beispiel ein Wunsch. Aber nur jetzt in diesem Augenblick. Wimpern auf und zu: Augenblick. Den Augen einen Blick gönnen. Den Film des Lebens anhalten. Das Bild vom Beerenpflücken. Da ist es einmal gelungen, anzuhalten im Kopf. Unterbrechen. Verharren. Verhoffen, wie der Jäger sagt. Das Reh verhofft. Sich selbst sehen. Sich selbst zusehen. Das Bild, dessen Teil man ist, betrachten. Ganz ruhig. In aller Ruhe. Aus dem Bild heraustreten. »Das bin also ich, Horch.« Sich selbst herausnehmen als Bildbetrachter und dennoch Teil des Bildes bleiben, weil es anders nicht geht. Horch sieht sich im Bild und ist trotzdem auf dem Bild drauf. »Bin ich auch drauf?« Ja, das biste. Das biste, Horch, und so siehste aus.

Neues Bild, neues Gesicht, neue Frau, neuer Mensch. Immer was Neues. Das erste Mal den neuen Körper sich entkleiden sehen, betrachten, berühren vorsichtig und begreifen. Wenn die Frau noch scheut. Zum ersten Mal nackt vor den fremden Augen des neuen Mannes. Das Reh verhofft im Grün. Jagdinstinkt. Forscherneugier. Hirsch auf der Lichtung. Wolf im Schafspelz. Da simmer dabei, viva Colonia Dignidad. Immer nur auf Beute aus: der Mann. Treiber aus dem Kessel. Halali, Hirsch tot. Geweih an der Wand. Besser als Hörner auf dem Kopf. Trophäe. C'est trop. Tropfsteinhöhle.

Don Juan, da ist ja was dran. Der Jäger. Das Herz ist ein einsamer Jäger. Wolfsschlucht. Der Mann will erobern, die Frau will behalten. In ihrem Schoß empfängt und birgt das Weib, der Mann teilt aus. Sämann. Das Bild mit dem Werfer aus dem Tuch. Die Illustration aus der Nazizeit noch im alten Grundschullesebuch. Rudolf-Hildebrand-Schule. Der Sämann. Die Silberfracht. Türmerschau. Glocke auf dem Cover. Glauben und Verstehen. Heimatkunde. Sozialkunde: Und kannst du kein Räuberhauptmann sein, schließ einer effektiven Räuberbande dich an.

Dieser ist der Allerbeste, der selbst alles ersinnt;
tüchtig ist aber auch jener, der dem gut Redenden folgt.
Wer aber weder selbst zu ersinnen vermag noch sich in seinem Innern merkt,
was er von einem anderen hört, der ist ein unbrauchbarer Mann.

So, Horch, da hastes. Von klein auf gelernt und doch nichts kapiert.
Zu vielem berufen, zu nüscht zu jebrauchen. Zwee linke Hände. Vaters Worte. Der Bengel steht bloß im Weech.

Dafür ein Gedächtnis wie'n Elefant. Doch ist kein anderes Bild so
stehengeblieben in seinem Leben wie das im Wald bei den Preisel-
beeren. Mm-naja. Doch. Ein anderes denn doch noch. Das tote Tier.
Das Aas. Der Tod unter der Sonne. Mit Hartmut in Spanien damals,
von Selleta ebroaufwärts. Rumgeklettert in der Schlucht. Und plötz-
lich lag da ein Schaf. Totes Schaf. Lag da so ein totes Schaf. In der
Hitze lag es, fliegenumschwirrt in seiner dichten Wolle. Schafwolle.
Merinowolle. Hundert Prozent Schurwolle. Leineweber. Reine Wolle.
Müller-Wipperfürth. Glänzte, die Wolle, schimmerte im gleißenden
Licht der Sonne. War Nachmittag. Sonne sengte auf das Fell, das
Wollfell des toten Schafs. Und Horch beugte sich über das tote Schaf,
durch den Brummvorhang der grünglänzenden Fliegenwolke, die
Wolle zu berühren. Warum? Spürte die Sonne im Nacken. Sonnen-
brand, na und? Das Aas wie ein Magnet. Schafes Bruder.

Les mouches bourdonnaient sur ce ventre putride,
D'où sortaient de noirs bataillons
De larves, qui coulaient comme un épais liquide
Le long de ces vivants haillons.

Die Hand im letzten Moment zuckt zurück, schrickt zurück, Reflex.
Ein Grauen den Rücken rauf, den Rücken rauf und runter, erst rauf,
von den Hoden her über den Arsch nach oben, dann wieder runter
vom Nacken in die Nieren. Als würde mal kurz die Haut aufgerollt. Im
Nu. Ein kalter Blitz. Blitzeis. Gefrierender Rücken. Stich den Buben.

Das Schaf, das Schaf, die Wolle. Die Wolle war gar keine Wolle. In den Hoden ein Krampf. Das Fell, das glänzende Fell waren Maden. Dichtes Madengewimmel. Als würde der Hodensack abfallen wollen zwischen den Schenkeln in diesem Moment. Dicht wimmelnde Maden. Ineinander verschlungen, verhäkelt. Sahen aus wie Wolle. Waren aber Maden. Eine an und über der anderen. Die dicken, weißen, schimmernden Maden. Als würde das Schaf noch Leben haben, so bewegte es sich. Und waren doch nur die Maden.

Tout cela descendait, montait comme une vague,
Ou s'élançait en petillant;
On eût dit que le corps, enflé d'un souffle vague,
Vivait en se multipliant.

Alle Bedeutung stiftet der Tod. Der Mensch ist sterblich; darum lebt er. Das Leben ist die kurze Unterbrechung der Ewigkeit. Allein dem Menschen ist sie vergönnt. Das Tier weiß ja von gar nichts; kann nicht sprechen, weil es nichts weiß. Ist auch gut so. Der Mensch spricht in allem, was er sagt, immer nur vom Tod. Der Tod, die Erfahrung des Todes gibt ihm die Sprache. Der Tod selbst aber ist stumm. Der Tod spricht nicht. Denn der Wind kann nicht lesen. Und der Tod kann nicht sprechen. Darum.

Das Leben ist endlich. Das Leben ist anfänglich. Fängt an. Hört auf. Davor nichts. Danach nichts. Wozu? Das, was dazwischen sich abspielt, ist das Leben der Ameisen. Ab und zu ein Cäsar, ein paar Karls, Friedriche, ein Napoleon, ein Hitler. Nur der Haufen macht den Staat. Nur der Staat macht die Geschichte. Der einzelne Mensch ist genauso unwichtig wie die Ameise. Genauso unwichtig, aber nicht überflüssig. Jede Ameise zählt. Nein, jede nicht. Nicht jeder Mensch zählt. Sind es drei weniger, merkt das kein Gott. Aber tausend? Ein Haufen weniger. Die Polizei des Waldes hat Personalmangel. Einer, keiner, hunderttausend. Ja, die Polizei, die hat die schönsten Männer.

Und Namen. Bodler. Bodeler. Baudelaire. Schöner der Luft. Rilkes
Engel. Das wäre ja noch schöner! Buenos Aires. Wenn man so heißt,
muß man Dichter werden, sonst verfehlt man sein Schicksal. Aber
welche Strafe! Auserwählt. Vergattert. Sprachgitter. Gezeichnet.
Kain, wo ist dein Bruder Abel? Etwa gar kein Label? Doch, doch. Ge-
brandmarkt. Héloïse, wo ist dein Liebster, Abélard? L'homme sacré.
Der entmannte Mann.

Vor Nürnberg hat der liebe Gott Fürth gesetzt. Der Adler. Das Gänse-
männchen. Inzwischen Quelle. Schöpflin Hagen. Witt Weiden. Quelle
Fürth. Wassermann macht's möglich. Horch sieht seine Mutter, wie
sie auf der Couch saß unter der Stehlampe, den Katalog auf den
Knien. Wurde immer dicker, der Quellekatalog. Wurde alles immer
mehr. Privileg. Körting. Marken, die es nur im Quellekatalog gab, nirgends sonst. Billig, aber auf wessen Kosten? Wer weiß, wo das her-
kam. Aus Fürth jedenfalls nicht. Fürth, ein Name wie im Konjunktiv.
Man wünscht, es würde ... – Fürth.

Die Mutter blätterte rechnend im Quellekatalog, der Junge wollte
erzählen. »Halt den Schnabel«, hat der Vater immer wieder gesagt.
Der Vater konnte es nicht ausstehen, wenn Horch sprach. Verbot ihm
den Mund. Fuhr ihm über den Mund. Das Über-den-Mund-gefahren-
werden. Das Überfahrenwerden. Was man alles hätte bestellen können, wenn das Geld gereicht hätte. Die Mutter wünschte sich, im Geld
zu schwimmen. Neckermann macht's möglich. Horch sprach wieder.
»Laß das Geblödel!« Ihm wurde das Recht zu sprechen vorenthalten.
Kam nicht zur Sprache. Kam nicht zur Sache. Die einzige Hoffnung
jede Woche das Lotto. »Wissen, was Sache ist«, sagten die im Osten.
Heute sagen sie »Fakt«, und alle quatschen es nach. Fuck them. Rede,
schreibe, rechne richtig, aber sprich nicht. Zuhören, verstehen, handeln. In der Schule hörte endlich jemand zu. Zu Hause war den ganzen Tag das Radio an. Arrivederci Roma. Die Kapelle Otto Kermbach.
Hans Carste. Franz Grothe. Freddy Quinn. Lange Umwege auf den
Wegen zur Sprache. Die Zusatzzahl ist 49. Alle Angaben ohne Gewähr.

An den Bäumen links und rechts rennt man sich schon mal den Schädel ein. Gegen die Tür gerannt. Oder die Mutter riß die Tür auf, ihm die Klinke vor die Stirn? Wenn man's wüßte! Messingklinke mit den weißen Resten vom Sidol in den Verzierungen. Mit Gehirnerschütterung und Kopfschmerzen tagelang im Bett gelegen. Der Bengel weiß ja gar nicht, was Schmerzen sind. Seitdem gewußt, was Schmerzen sind. Die Gewinnzahlen im Deutschen Lottoblock. Hatte gedacht, es hieße »ohne Gewehr«. Warum Gewehr? Ohne Waffe. Sechs Richtige. Oder wenigstens fünf mit Zusatzzahl. Wer im Lotto gewinnt, muß keine Bank ausrauben. Deshalb ohne Gewehr. Kopfschmerzen, während das Radio lief. Versunken im Schmerz wie in einem Sumpf aus Säure, die den Körper langsam zersetzt. Der Landfunk mit Martin Irion. Ein dicker Block mit Lottoscheinen: Das war der Deutsche Lottoblock.

Das Sprechen reißt den Menschen immer wieder nach oben. Horch hielt sich an den Wörtern fest von klein auf. Alles geht vorbei, die Wörter bleiben. Das ist dann aber auch schon alles. Was bleibt, ist das Wort Schmerz.

Nur das, woran man sich erinnern kann, ist wirklich. Im Moment des Erinnerns wissen wir, daß es wirklich war. Im Moment des Erlebens ist die Wirklichkeit noch gar nicht gegeben. Womöglich ist es ein Traum. Erst beim Erinnern, um das Erlebte erzählen zu können, werden wir uns der Wirkung bewußt. Alles, was erzählt werden kann, ist wirklich. Vom Geborenen kann die Geburt nicht erzählt werden, vom Gestorbenen nicht der Tod. Geburt und Tod sind nicht wirklich. Nur das bißchen Leben dazwischen. Man muß sich beeilen.

Das Erste, was die Griechen zu erzählen hatten, konnten sie nicht erlebt haben, also auch nicht erinnern. Auftritt der Musen. Die guten Geister des Helikon sangen, der Dichter hörte zu. Erst danach konnte er das Gehörte erzählen. So wurden die Welt und ihre Götter Wirklichkeit. Singen Hören Sagen. Alle Wirklichkeit kommt aus dem Jenseits, aus der Ewigkeit. Und wo wir gerade dabei sind: Der Urknall ist eine hybride Erfindung. Weil der Mensch die Ewigkeit nicht denken kann, nicht aushalten kann. Die Ewigkeit? Die hält'se ja im Kopp nich' aus. Also muß alles einen Anfang haben. Wäre ja noch schöner. Der große Knall. Schade, daß wir nicht dabei waren. Beim Schlußknall werden wir das nachholen. Nee, nicht die Physiker können uns die Welt erklären; nicht mal die von Dürrenmatt. Es gibt nichts zu berechnen. Über Formeln lachen die Götter. Was bleibt, stiften die Dichter. Was wirkt, sowieso.

Horch ist es, als sei er auf dem Weg zur Einweihung in ein Mysterium, auf einer Pilgerfahrt. Er fühlt sich wohl und zuversichtlich. Vor Regensburg erkennt er sich noch einmal selbst im Fenster vor dem dunklen Hintergrund eines Industriegebäudes. Nichts langweiliger, als immer in dieselben Gesichter zu sehen. Neue Gesichter schaffen die Welt. In den Gesichtern stehen lauter Welten. Jedes Gesicht will seine Welt offenbaren. Im Schauen und im Reden. Read my lips.

Der Sinn verliert sich in dem Anschaun,
Was mein ich nannte, schwindet,
Ich gebe mich dem Unermeßlichen dahin,
Ich bin in ihm, bin alles, bin nur es.
Dem wiederkehrenden Gedanken fremdet,
Ihm graut vor dem Unendlichen, und staunend faßt
Er dieses Anschauns Tiefe nicht.
Dem Sinne nähert Phantasie das Ewige,
Vermählt es mit Gestalt.

Hegel hatte diese Verse gestrichen in seinem Lied an Hölderlin, den Freund, den Schulfreund, den Urfreund. Seine eigenen Ideen hatten ihm wohl Angst eingejagt. Nächster Halt Regensburg. Das Entsetzen, mit dem man in den Abgrund schaut. Einen Strom, von solcher Breite, derart reißend, hatte Horch damals, mit acht oder zehn Jahren vielleicht, noch niemals gesehen. Die Havel kannte er mehr als großen

See mit Badebuchten und Stränden aus märkischem Sand. Die Unterelbe in Hadeln als bald uferlosen Übergang ins Wattenmeer. Aber in Regensburg von der Steinernen Brücke hatte er sich beim Hinabsehen in die Donau am Geländer, am steinernen, festhalten müssen, um nicht mitgerissen zu werden, mitgerissen jedenfalls im Kopf. Dabei hat der Name der Stadt mit dem Regen, der in die Donau fließt, gar nichts zu tun. Castra Regina. Womöglich heißt der Fluß nach ihr, der Königin. Lager am Regen. Lager bei der Königin. Der Königin beilagernd. Wozu es dann niemals gekommen ist. Goldener Regen. Vielleicht besser so, Exzellenz.

In den Regionalexpreß am gegenüberliegenden Bahnsteig klettern lustlos ein paar Schüler. Müde vom Vormittag treten sie den Heimweg an zu ihren Hausaufgaben. Horch ist nur hingegeben, ist nur es. Es, es, es und es, es ist ein harter Schluß. Ja, es war ein harter Schluß.

Obenauf, Donaustauf: Walhalla. Griechischer Tempel mit germanischem Namen. Ein Museum der Büsten. Pseudoantiker Büstenhalter. Was ist des Deutschen Vaterland? Ist's Bayernland? Ist's Pommerland? Ist's abgebrannt? Soll nicht demnächst Adenauer hier einziehen? Konrad mit der Glocke, mit dem Pepitahütchen von Brenninkmeyer in die Walhalla. Wolle mer'n damit reilosse? Walhalla-Marsch. Horch weiß noch, wie ihm der Atem wegblieb, als er da hochkuckte, an den Säulen hochkuckte zum Giebel des Tempeldachs, weiß vor dem dunkelblauen Himmel Bayerns. Das also war das Vorbild für die Tischdecken überall in den Wirtshäusern: weiß und blau. Deshalb der Tempel griechisch? Das ist in Bayern so Ouzo.

Platte Wahrheiten, plattes Land, Platitüden. Plattling. Wozu gibt es diesen Ort? Diesen Ort gibt es nur um des Bahnhofs willen. Abzweig nach München. Hier steigt der Nürnberger, der Regensburger um, wenn er nach München will. Von der Bratwurst zur Weißwurst. Niemand steigt aus. Heute bleibt jeder Bayer bei seinen Würsten. Niemand steigt ein. Heute bleibt jeder Bayer zu Hause. Langsam nimmt der Zug wieder Fahrt auf. Ach ja, richtig, einen Sinn hatte der Halt in Plattling doch: »Personalwechsel, die Fahrkarte bitte.«

Noch immer liegen die Bücher unbenutzt auf der unaufgefalteten Zeitung. Horch schaut zum Fenster hinaus in eine Welt, die sich auflöst in Bewegung, die ganz und gar Horizont wird und dem Blick keinen Halt gibt. Eine Frau im Dirndlkleid hängt Wäsche im Garten auf, das kann man gerade noch sehen. Ein Mann im Ruderleiberl wäscht seinen Toyota. Ein Trecker kämpft sich einen Geröllweg hoch in den Wald. Alles ganz real, alles ganz weit draußen. Reale Gegenwart ohne Bedeutung, egal, ob man hinschaut oder nicht. Was machen eigentlich die Dinge, wenn man nicht hinschaut? Was machen die Möbel in der Wohnung, wenn der Mieter verreist ist?

Gegenwart: entgegen warten.

Der Verliebte muß warten können. Warten ist die Aufgabe des Verliebten. Warten ist sein Normalzustand. Wartestand. Der Verliebte wartet auf die Liebe, auf die Liebste. Frauen lassen immer auf sich warten, die Liebe auch. Die Liebe ist alles andere als normal. Wem der große Wurf gelungen, wer ein holdes Weib errungen ... Beethoven war da gar nichts gelungen. Taub und verbissen symphonierte er vor sich hin. Es mußte sein, mußte wohl so sein. Entbehren sollst du, sollst entbehren. Genau das ist der Normalzustand. Entbehren. Wann begreifen das die Leute endlich und hören auf zu fordern? Hören auf zu meckern? Hören auf zu opponieren? Wann wird der Mensch erwachsen und nimmt die Welt, wie sie ist? Es gibt kein Recht auf Glück. Auf so einen Quatsch kommen nur die Amerikaner, weil sie wie Kinder sind. Waren ja auch alles Kriminelle, die damals ausgewandert oder nach drüben verschleppt worden sind. »Etwas Besseres als den Tod finden wir überall!« Und das sollte dann das Glück sein. Pursuit of Happiness. Pursuit, Nachstellung, Verfolgung. Dem Glück nachstellen, es verfolgen wie einen flüchtigen Verbrecher, es zur Strecke bringen wie ein Stück Wild. Dann ihm den Fuß in den Nacken setzen und die Trophäe an die Wand. Jeder Amerikaner hat das Recht, eine Waffe zu tragen. Und das ist sein Glück. Have gun, will travel.

Wartestand. Hochstand. Ansitz. Der Verliebte auf der Pirsch. Das Herz ist ein einsamer Jäger. Die Stumme von Portici. Was draußen vorbeizieht, ist der Rede nicht wert. Es passiert. Passau. Nächster Halt Passau.

Aufgepaßt: Dreiflüssestadt! Isar Iller Ilz und Inn fließen in die Donau rin. Damit wird der Fluß erwachsen. Gnädige Frau: Dame Donau. Warum weiblich? Weil sie flach liegt, die Donau, quer zum Rhein? Vater Rhein und Mutter Donau? Aber Elbe, Weser, Ems sind auch weiblich; Flüsse sollten immer weiblich sein. Für pauvre Hölderlin waren sie Männer, die Flüsse. Der Main, der Neckar, der Rhein, der Ister. Der Fluß.

Denn Ströme machen urbar
Das Land. Wenn nämlich Kräuter wachsen
Und an denselben gehen
Im Sommer zu trinken die Tiere,
So gehn auch Menschen daran.
Man nennet aber diesen den Ister.

Da ist mit ihm wieder die Sehnsucht durchgegangen, die Sehnsucht nach Hellas. Otto kommt hin und findet alles in den bayerischen Farben. Ob Hölderlin davon gewußt hat in seinem Turm? Daß die als erstes eine Brauerei gebaut haben? Mythos Pilsener? Heute ja meist Amstel und Heineken. Holländische Globalisierung; Bayern war nicht fit genug. Nach Otto und Obristen die Westberliner Deutschlehrer achtundsechzig folgende: statt SO 36 Eins Berlin Kreta. Hermes Praxiteles.

Erst der Unterlauf heißt ja so, wo die Donau breit und mächtig dem Meer zufließt, dem Schwarzen. Die Daker schworen beim Ister. Das schnell fließende Wasser, bei uns noch drin in der bayerischen Isar, der französischen Isère, der tiroler Eisack: Indogermanismus. Schnell, rasch, dalli dalli, los los, easy going. Breitwogend und fischreich, strömt der Ister ostwärts, auch wenn es Hölderlin anders schien. Und wie Hertha grün; sind sie die Kinder des Himmels. Hertha, Erde des Nordens, wohnend auf rinderbespanntem Karren, unterwegs auf Friedenstour. Man führete so lange keinen Krieg, ergriff keine Waffen, zog kein Schwert, sondern lebete in Friede und Ruhe, bis die Göttin wieder zurückgekehrt war in ihren Inselwald. Hertha Heuwer, Hertha Feiler, Herta Staal. Wie der Stahl gehärtet wurde.

Passau. Jetzt wird die Grenze überschritten. Es ist passiert.

Kakanien. Der österreichische Personalwechsel kündigt sich nicht an. Es ist passiert. Sie sind einfach da. Zwei Männer in grauen Uniformen mit roten Streifen, Schnurrbärte. Die Fahrkarte wird zum Billett. Der Schrank zum Kasten, der Stuhl zum Sessel, der Sessel zum Fauteuil, das Sesselkissen zum Capricepolster. Today Berlitz, tomorrow the world. Küß die Hand. Mit Musil geht alles besser.

Passau passé. Im Rollfilm draußen die ersten Vierkanthöfe. Salzburger Land. Innviertel. Thomas Bernhard, eine Besetzung. Die Besetzung des Vierkanthofs durch einen Besessenen. Ein vornehmer Mann, vornehm geworden durch Krankheit. Schwere Krankheit adelt, bevor sie tötet. Wie im Himmel, also auch auf der Erde und in der Hölle und im Vierkanthof. Im Geviert. In seinen vier Wänden wohnt der Sterbliche, geschützt gegen die vier Winde der Welt. Und rettet die Erde, anstatt sie sich untertan zu machen. Wenn nur ein Gott uns retten kann, dann muß es ein anderer sein. Gott ist ein anderer. Ein Gott der Ordnung vielleicht. Schuhpaar an Schuhpaar, englische und Budapester. Nie angehabt, wie die Anzüge, die nebeneinander in den Schränken hängen und die Hemden. Sorgfältig gebügelt von Frau Zittel, die nur Herablassung übrig hat für Herta. Herta? Aber das ist eine andere. Alles ist mit durchtriebener Sorgfalt gepackt. Oxford, da hätte er hingepaßt. Keine Blumen in den vier Wänden, und die Hemden akkurat geplättet und gestapelt. Professor Thomas Bernhard, Professor Bernhardi, Bernhard von Clairvaux. Sein Wohnen jedenfalls schonte das Geviert nach Kräften. Ein Zuhause hatte er nicht.

Zu Hause, das war immer ein Traum. Wo ist Horch zu Hause? Berlin? Untergegangen im Strom der Taubengrauen am neunten November. Graublauer Gestank der Trabantenkolonnen. Hände auf nach den grauen Scheinen: hundert Mark. Dabei sollte es nicht bleiben. Solidaritätszuschlag. Solidarität schlug zu, wo Solidarität zuschlägt, wächst kein Gras mehr. Jenseits der Elbe jetzt alles Osten. Die Oase verwüstet. Die Hunde bellen. Deshalb das Beerenpflücken, Marmeladekochen, das Heiraten, das Kindkriegen, das nach Hause Wollen. Aber das Haus war schon besetzt, der Jäger wohnte im Haus. Hatte die Flinten säuberlich aufgereiht wie der Bernhard seine Anzüge und Budapester. Doppellauf, Drilling, Tesching. Darüber der ausgestopfte Auerhahn, krähte jedesmal, wenn er vorbeiging, der Horch, im fremden Haus, im Jägerhaus, sein Herz ein einsamer Jäger. Blieb auf der Jagd, schaute nach Beute aus, wo er stand und ging, ging und stand, alle Ansprachen ohne Gewehr. Jägerlatein, fließend in Wort und Schrift. Krähte dreimal. Nein, kein zu Hause für Horch, der manchmal noch davon träumte. Von wegen manchmal. Träumte fast immer, wenn er träumte, vom Haus im Jägerwald, im dunklen Tann. Samiel, hilf! Draußen, hinter der Bahn, waren die Stellen, hinter der ICE-Strecke, wo die Preiselbeeren so dicht wuchsen, daß man sie mit der Sense hätte mähen können, mit der Sichel, wenn man nicht hätte schonen wollen die Pflanzen. Das Wohnen als Schonen verwahrt das Geviert. Doch nicht für Horch, keine Verwahrung für Horch, kein Geviert, keine Behausung für Horch, der Versuch einer Familie kläglich gescheitert. Sein Herz, das ist ein Bienenhaus. Keine vier Wände. Komm ins Offene, Freund!

Kreuzspinnenimperium zwischen zwei Wacholdern. Die Fäden glitzern in den letzten Sonnepfeilen des Tages. Das Tier mit muskulösen

Beinen und dem fleischigen Körper eines gerupften Stubenkükens
zittert mit dem Netz, das der Wind bewegt. Am Rand der Bespan-
nung rosinengroß ein mumifiziertes Insekt, Fliege ehemals oder
Sandwespe. Vorrat für die Nacht. Am Boden die Ameisenstraßen. Die
Rote Waldameise. Die Schwarze Wegameise. Machen große Bogen
umeinander. Vor dem Moospolster ein schwarz glänzender Speck-
stein. Nein, Mistkäfer, Pillendreher, rollt die Pille vor sich her. Alles
Arbeiterinnen und Arbeiter, alle in Bewegung, die Arbeiterbewegung
der Insekten, unermüdlich und ewig, international vom Nordkap bis
Feuerland. Zwischen den kleinen Heidestauden ein Tausendfüßler.
Hundertfuß Hundertmark hundert Sachen. Ein Hunderter in lauter kleinen Füßen. Sind so kleine Tiere. Das Kind raschelt hinter mir
heran, das Eimerchen in der Hand mit den Beeren. Das sind ja unglaublich viele! Fleißige Sammlerin. Hier, wo man die Preiselbeeren
mit der Sichel ... Macht die Spinne ein Geräusch? Das Kind betrachtet
die achtbeinige Fallenstellerin ohne Furcht, aber mit einem Schauder.
Urangst. Faßt das Eimerchen fester. Sammlerin und Jägerin Auge in
Auge. Die Bildtafeln in den alten Meyer Lexika mit den transparenten
Vorsatzblättern. Bewohner des Waldbodens. Singen Summen Rollen.
Getöse rauscht heran, Wind hebt sich. Aufblicken, Köpfe heben, da
schimmert es schon rot und weiß herantobend zwischen den Kie-
fernstämmen. Daratta dam, daratta dam. Der ICE jagt vorbei, daratta
dam, daratta dam. Und weg.

Langsames Anschwellen, schnelles Verschallen. Verschollen. Der Ver-
schollene. Daratta dam, Horch ist weg, Horch hört weg, horcht nach
innen, lauscht dem Puls, dem Herzen, daratta dadam, daratta dadam,
darattata rattata rattata dam, darattatadam, darattatadam, darat-
tata-rattata, rattadam: Darattatatataa! Linzer Buam, Linzer Torte,
Linzer Augen, was denn, wo denn, Augen auf: Linz Hauptbahnhof.
Darattatatataa! Bruckner, Scherzo aus der Vierten. Was die Bahn so
alles auf Lager hat! Und Horch im Kopf. Erste Mahler konnte er mal
komplett auswendig singen. Wollte mit Baerwald mal einen Text dazu
schreiben, die ganze Sinfonie vertexten: Sprechchor.

Brucknerstadt Linz. Hauptstadt des Führers. Zwei kleine Männer ohne Liebe. Der eine ohne Frau, der andere ohne Mann. Beide lieben Wagner. War es nicht hier, wo dieser Rienzi stattfand? Aber Bruckner blieb bei der Musik. Widmet sie dem lieben Gott. Der andere beim Mythos. Widmet ihn dem bösen Volk. Der letzte der Tribunen. Tribüne. Des Willens Triumph. Die Welt als wilde Vorstellung. Reichsparteitag. Nürnberger Gesetze. Nürnberger Pustekuchen. Nürnberger Rostbratwurst. Eine reine Militäroper im übrigen. Trommeln Trommeln Trommeln. Bis auf die Arie von Spiegel-TV. Trommeln an der Macht. Ach, löse Herr die tiefe Nacht, die noch der Menschen Seele deckt. Schenk uns den Abglanz deiner Macht ... Tausend Jahre, tausend Jahre, die Opekta Schnellkochzeit. Otto Franks Pektin als Geliermittel für die Beeren, die Preiselbeeren von hinter der Bahn. Ottos Firma, Annes Tagebuch. Vom Männerbund zum Machtmann. Bindemittel. Stärke. Macht man, immer macht man so weiter, ihr Männer. Rein ernährungsphysiologisch sind Pektine Ballaststoffe. Abzuwerfen, wenn man nach oben will. Oben im Linzer Dom, an der großen Orgel, träumte der kleine Anton von den kleinen Mädchen. Wollte am liebsten ein ganz ein kleines Mädchen heiraten, hatte den Antrag schon gestellt. Keine Frage, wie das ausging. Aber das hört man der Musik nun wirklich nicht an. Daratta dadam, daratta dadam. Wirklich nicht? Da rattert Madame. Geliermittel. Bruckner, der Hagestolz. Junggesellenmaschine. Wie Thomas Bernhard: alone, alone and alone.

Die Familie ist, wenn man von ihrer zeitweiligen Funktion als Entwicklungszentrum für Schizophrenie mal absieht, eine ökonomische Organisation. Man führt einen Haushalt. Man hält ein Haus, hält Haus, haushaltet, Türen auf, Türen zu, das Haus muß gehalten werden, es muß ausgehalten werden, daß man ein Haus hat. Viel um die Ohren, wenn man ein Haus hat, ein ganzes Haus um die Ohren hat. Bei Horch war es ja nur eine Wohnung. Hatten mit viel Glück überhaupt eine Wohnung gefunden, Horch und seine Frau. Horch und seine Frau des Hauses. Auch in der Wohnung spricht man von Hausfrau, nicht von Wohnungsfrau. Zugehfrau, aber das ist was andres. Je est un autre. Und dann renovieren, einrichten, sparen. Mit dem Geld haushalten, das Geld verwalten, der Ökonom gibt nicht mehr aus, als er hat. Ein Schelm, wer mehr gibt, als er hat. Ein Schelm. Der Schelm ist ein Verschwender. Thomas Bernhard war auch ein Verschwender, jedenfalls ein Verschwender an Häusern. Familienhäuser, Einfamilienhäuser, Mehrfamilienhäuser, Häuser, in denen niemals eine Familie oder mehrere Familien wohnten, nicht mal er selbst wohnte darin, der Schelm. Warum dann die Häuser? Kann man Häuser sammeln? Ein Häusersammler? Oder war es Vorratswirtschaft, ökonomisch gedacht? Denke dran, schaff Vorrat an. Aktion Eichhörnchen. Spare in der Zeit, dann praßt du in der Not.

Der Schelm war der Todbringer, der Scharfrichter. Brachte nichts als den Tod, war sonst ein Habenichts. Was kann man mit Hinrichtungen verdienen? Aber das war im Mittelalter, lange her. Heute ist der Tod ein Witz, also der Schelm ein Witzbold. Scharfrichter und Witzbolde sollten keine Familie gründen, sind als Schwiegersöhne nicht erwünscht. »Darf ich Ihnen meinen Schwiegersohn vorstellen, er ist ein Witzbold.« Horch galt nur als Komödiant, aber das war in der Familie seiner Frau auch schon ein Schimpfwort. War nur ein Komödiant, hatte es zu nichts gebracht, war nicht mal Scharfrichter. Kein Jäger. Nur sein Herz.

Horch war ein Verschwender, ist ein Verschwender heute noch. Verschwendet seine Zeit, sein Geld, seine Fähigkeiten. Anstatt einen anständigen Beruf auszuüben, übt er sich als Komödiant, Stückeschreiber und Werbetexter. Hat nicht auch Wedekind Reklame gemacht? Ja, hat er. Ausgerechnet Wedekind, für Pfanni Knödel. Kein gutes Beispiel, schon gar kein Vorbild. Fasse dich kurz, nimm Rücksicht auf Wartende. Daneben das Pfanni-Schild mit dem Mann, der am Tisch, Besteck in den Händen, sich auf den dampfenden Knödel freut. Das war Wedekind, kein Wiedeking, Frühlingserwachen, so grün war mein Tal, so wahr mir Gott helfe. Horch wird sie sein Leben lang vor

Augen haben, die Pfanni-Schilder in den Telephonzellen des Post-
amts in der Skalitzer Straße. Hat noch den Geruch der holzgetäfelten
Zellen in der Nase und wie es sich anfühlte, die Wählscheibe zu drehen, den schweren Bakelithörer in der linken Hand. Ein Verschwender taugt nicht zur Familie, kann ja nicht haushalten, kann kein Haus
halten, wirft mit vollen Händen das Geld zum Fenster raus, kann es
nicht aushalten, jede Nacht im selben Bett zu schlafen, neben derselben Frau. Jede Nacht zu Hause, wenn doch draußen im Tiergarten die
Nachtigallen schrien. Jede Nacht ein Zuhause, ein schönes Zuhause,
das er jetzt vermißte oder eigentlich doch nicht vermißte, hatte doch
niemals ein Zuhause gehabt. Nie ein schönes Zuhause, nie ein schönes Auskommen. Niemals nach Hause kommen, immer nur auftip-
pen und wieder weg.

Ist Horch nirgends zu Hause? Wo kommt er her? Kommt er nicht von
zu Hause? Nein, ist allenfalls von zu Hause weg, gerade mal weg von
zu Hause. Aus dem Hause, noch nicht im Haus, zu Tisch, nicht mehr
im Haus, schon weg. Eigentlich nie da. Horch ist eigentlich nicht zu
erreichen, höchstens im Theater. Und dort nie an seinem Platz, nie im
Büro. Auf der Probe, auf der Bühne, in der Werkstatt, auf der Presse-
konferenz, beim Drucker. Horch ist nicht zu fassen, nicht zu handha-
ben, nicht handsome.

Und wehe, er war mal erreichbar, weil tatsächlich zu Hause. Als Vater
war das nicht mehr zu vermeiden gewesen. War plötzlich nicht mehr
Sohn, sondern Vater, selber Vater. Familienvater. Familienvorstand.
Familienoberhaupt. Dabei die Forschungsarbeit. Immer forsch vor-
angetrieben, die Arbeit.

Kaum saß er morgens am Schreibtisch, um die forsche Arbeit wieder
einige wenige Schritte voranzutreiben, klingelte das Telephon. Der
Kinderladen. »Du hast Kinderladendienst«, rief die Stimme der Erzieherin. »Hast du das vergessen?« Ja, natürlich hatte Horch das vergessen. Er hatte doch gerade erst Kinderladendienst gehabt. War es

nicht erst vorgestern gewesen, wie schnell verging denn eigentlich die Zeit? Gab es denn noch eine andere, eine kürzere, eine schnellere, eine Kinderladenzeit? Eine Familienzeit? Eine Kinderzeit?

Kinder sind Zeitverschlinger. Kinder sind die Vernichter der Lebenszeit ihrer Eltern. Die Zeit des Lebens ist die, bevor man Kinder hat. Man muß, wenn man Zeit erleben will, diese Zeit ausnutzen oder am besten auf Kinder verzichten, um die eigene Lebenszeit soweit wie möglich zu retten. Und wie soll ein Mensch denjenigen, der seine Lebenszeit verkürzen, der große Teile seiner Lebenszeit vernichten will, nicht hassen?

Im Kinderladen jedoch waren nicht Haß gefragt und nicht einmal Macht, sondern nur Ravioli aus der Büchse von Aldi. Das ging am schnellsten, besonders wenn Horch den Kinderladendienst vergessen hatte, und sicherte den Erfolg bei den Kindern. Kam der kinderladendiensthabende Horch mit einem Arm voller Raviolibüchsen von Aldi in den Kinderladen, war die Begeisterung überwältigend. Endlich hatte wieder ein Elternteil den Kinderladendienst vergessen, und es gab deshalb nichts Gesundes, etwa Grünkernbratlinge oder mit Spinat gefüllte Vollkorntaschen, was die biobewußten Elternteile auftischten, sondern die durch und durch kranken Ravioli aus der Aldibüchse.

Und wenn auch der kinderladendiensthabende Elternteil des nächsten Tages den Kinderladendienst vergessen hatte und von der Erzieherin per Telephon vom Arbeitsplatz weg zur Kinderladenpflicht gerufen wurde und zu erwarten war, daß auch dieser mit Raviolibüchsen von Aldi ankommen würde? Dann erfuhr der seinen Kinderladendienst vergessen habende Elternteil bereits am Telephon, daß Ravioli gestern dran waren, und bekam Gelegenheit, Fischstäbchen von Iglo aus der Tiefkühltruhe des nächstgelegenen Supermarktes zu angeln, und war damit bei den Kindern kaum weniger erfolgreich.

Was hatte man denn an den Kindern? Zeitvernichtende, aus Aldi-
büchsen Ravioli verschlingende Fischstäbchensüchtige! Und dafür
diese ganzen Überlegungen, Bedenken und Ängste im Blick auf die
Entwicklung vom Krabbel- zum Sprech-, vom Lauf- zum Kletteralter.

Melk! Da drüben leuchtet Melk! Der fleischfarbene Marmor im Inneren der Stiftskirche Peter und Paul. Die Bibliothek mit den Scheinbän-
den aus Holz in den oberen Regalen. Der Prälatenhof. Abt Sigibold.
Nein, kein Witz, der hieß wirklich so. Einen Ausflug nach Melk hatten
sie gemacht mit dem Ensemble des Molnár-Stückes. »Ihr kennt Melk
nicht«, hatte Georg Held beim Feuerwehrwagner gerufen, »Melk,
die Perle der Wachau?« Nein, kannte man nicht, wie auch. Also am
nächsten Wochenende nach Melk. Karls Frau war gerade aus Berlin
zu Besuch gekommen. Schwieriges Arrangement, weil Karl etwas angefangen hatte mit der Hauptdarstellerin. Die wiederum war hoch-
prominent, durfte nicht gesehen werden mit Karl, wäre am nächsten
Tag in der Kronenzeitung gewesen. Karl und die Marianka. Und Karls
Frau durfte erst recht nichts wissen, kein Sterbenswörtchen, keine
Andeutung aus Versehen. Den Schein wahren, den Anschein, die Familie vor der Affäre bewahren. Im Ensemble wußten alle Bescheid,
deshalb alle auf Distanz halten an diesem Wochenende. Dabei hatte
Georg Held doch gerne mitgewollt, den Fremden das Stift zeigen, den
Piefkes die Wachau, den Wein. Karl trank sowieso keinen Alkohol,
war abstinent, dafür Frauen Frauen Frauen, ein Frauensüchtiger, ein
Erotomane. Die Familie zu Hause, ein schönes Zuhause, Karl immer
unterwegs. Regisseur, ein Beruf wie geschaffen für ihn. Horch mußte
den Held abwehren, auch ein paar andere Kollegen, die gern mitge-
fahren wären. Grasser hatte seinen Chevrolet angeboten, würden alle
reinpassen in so einen Chevrolet, fünf allein auf die Rückbank. Und
dann vorfahren in Melk, er hätte sogar einen Ausweis für den Prälatenhof, hätte da vor kurzem erst gedreht, einen Werbeclip für Römerquelle, super bezahlt und jede Woche eine Kiste Römerquelle, mit
dem Chevrolet auf den Prälatenhof, und dann wären sie alle ausgestiegen, der Grasser, der Held, die Marianka, der Karl, ein Photo, ein

gefundenes Fressen für die Kronenzeitung. Ja eben. Die Gattin, die störte. Horch arrangierte. Ohne Chevrolet, ohne Grasser, ohne Held, schon gar ohne die Marianka nach Melk. Aber mit Ulla. In Karls Mercedes nach Melk, Ulla vorn, Horch hinten, den Arm auf die Lehne der Rückbank gelegt. Es war die Zeit, als in Berlin alle Frauen Ulla hießen.

Und nun Ulla im Wagen nach Melk. Fragte immer Horch. Wie es ginge, wie die Arbeit liefe. Ja, ginge gut, liefe prima. Und die Marianka? Welche Marianka? Ach, die! Die Marianka. Ja, die Marianka. Die Marianka ist natürlich der Star. Die Marianka ist in Wien der Star, in Österreich überhaupt. In Deutschland kennt sie kein Mensch, aber in Österreich vergeht keine Woche, in der sie nicht wenigstens einmal in der Kronenzeitung abgebildet ist, die Marianka. Die Ulla kuckt Karl von der Seite an. Kennt ihren Mann, kennt ihn ja nun lange genug, irgendwann ist auch vielleicht mal Schluß, Familie hin, Familie her. Was ist? Marianka? Karl? Karl will einen Gang zurückschalten, hat ganz vergessen, daß er ja jetzt eine Automatik hat, greift also völlig sinnlos an die Schaltung. Ach Gott ja, die Marianka, das läuft gut, das läuft prima. Da vorne ist schon Melk.

Wieder verpaßt! Jedesmal will Horch, wenn der Zug in Wien einfährt, Ausschau halten nach der Otto-Wagner-Kirche auf der Baumgartner Höhe über Hütteldorf. Und immer kommen Gedanken dazwischen, die da nicht hingehören, nicht zu Hütteldorf, nicht zur Baumgartner Höhe, nicht zur Otto-Wagner-Kirche. Frachtenbahnhof schon durch, Horch ist aufgestanden, hat Zeitung und Bücher in die Tasche gepackt, Reißverschluß zu, jetzt Penzing und – Einfahrt Wien West.

Der Zug schnauft aus. Am Ziel. Noch verhoffen die Türen. Druck, laß nach. Ein Aufatmen, ein Ausatmen, jetzt erst puffen die Türen zurück und geben den Weg frei zum Ausstieg.

Tasche fassen. Schritt hinaus auf den Bahnsteig. Erstmal tief einatmen. Ja, so riecht Wien. So weht es über die Gleise. So weht es immer in Wien, Wind ist ja immer in Wien, weht weither von der Puszta über den Neusiedler See durch die Burgenländische Steppe.

Hódmezővásárhelykutasipuszta. Was man alles im Kopf behält! Aber fragt man Horch nach Goethes Geburtsjahr: Fehlanzeige. Geburtstage überhaupt. Weiß von keinem der Freunde den Geburtstag, manchmal nicht den eigenen. Und wie alt? Muß dann rechnen. Welches Jahr? Also soundso viel. Aber so ein Quatsch bleibt haften, nur weil er das Buch mal vorgelesen hat, in dem dieser Bahnhof vorkommt. Da mußte er ja wohl auch in der Lage sein, diesen Namen korrekt auszusprechen, halbwegs korrekt jedenfalls. Das a mit Akzent ist ein a, das ohne ein o. Kann man sich merken, also bleibt so was im Kopf bis Sankt Nimmerlein. Pfeifen, Rangiergeräusche. Was machen Lokomotiven? Tuten die? Tuten und Blasen? Langgezogene Signale. Am Ende des Bahnsteigs wenige Menschen, die Ankommende erwarten. Andi, gib Signal! Oder so ähnlich. Immer etwas peinlich, Augenzeuge zu sein, wenn sich zwei in die Arme fallen. Wie lange nicht gesehen? Mann und Frau? Mann und Geliebte? Frau und Lover? Jedenfalls keine Blumen, nur leichtes Gepäck, Übernachtung privat. Zahnbürste sowieso da, Rasierzeug, alles, was aufträgt. Fernbeziehungen legen Depots an in den Quartieren der Ferne, in der Ferne des Fernen oder der Fernen. Stützpunkte. An die ferne Geliebte. Fernbeziehungen sind Kolonisierungen.

Glaube, wer es geprüft! Nämlich zu Haus ist der Geist
Nicht im Anfang, nicht an der Quell. Ihn zehret die Heimat,
Kolonie liebt, und tapfer Vergessen der Geist.

Wo der Bahnsteig in die Halle führt, steht ein Postkarren, nur ein paar leere Säcke auf der Ladefläche zusammengeknüllt. Auf der Deichsel sitzt eine Gestalt mit dunklem Parka und pelzbesetzter Kapuze. Das sind so Jacken, wie sie heute alle tragen. Kein Grund zur Aufregung. Was wäre das auch für ein Zufall. Naja, könnte ja auf jemanden warten, der im selben Zug ... Beim Näherkommen alles klar.

Ein Kind. Hätte er auch von weitem schon sehen können, viel zu klein. Ein Kind, schaut ihm ins Gesicht, schau mir in die Augen. Ein Junge, vielleicht zehn, höchstens zwölf. Ein Gesicht, von dieser pelzbesetzten Kapuze umrahmt, in diese pelzbesetzte Kapuze gebettet. Ja, schon mal gesehen, vielleicht. Wann? Wo? Horch ist stehengeblieben und starrt das Kind an. Das kuckt weg, ist ihm peinlich, kein Wunder. Warum ist es hier? Wartet auf wen? Die im Zug waren, sind schon alle durch, Horch als letzter noch auf dem Bahnsteig. Sonst immer zu früh, hier zu spät. Zu spät weg. Aber er hat ja Zeit. Ein Junkie? Nee, so sieht es nicht aus. Horch faßt seine Tasche fester, gibt sich einen Ruck. Start in die Stadt. Vienna, here I come. Jedesmal wie immer, jedesmal neu. Geruch von nassen Wollsachen in der Nase. So riecht Wien nicht! Das kommt woanders her. Von früher. Oder nasses Holz? Masereel? Anker Bäckerei, Gott sei Dank, hier riecht's nach Brandteigkrapfen und scharfen Orientzigaretten. Nil, Memphis, auf ein Wort Smart Export. Austria Tabak Regie.

Europaplatz! Oberleitungen, Trambahnschienen, die Schnauzbärte des Balkan aus dem Land der Skipetaren. Sattere Farben der Ampeln im Dämmer. Der bronzehäutige Zeitungshändler mit Turban hat die spärlichen Blätter auf dem Boden ausgebreitet. Hakennasiges Profil. Wahrscheinlich ist es der Schut. Gegenüber das Sophienspital. Hohe Mauern mit Baumkronen darüber. Kinderwagen wie bei uns vor fünfzig Jahren. Hier ist der letzte Posten des Westens schon tief im Osten drin. Dahinter kommen gleich Belgrad, Bukarest, Sofia. Warum nicht gleich das Schwarze Meer? Aber es haben zu singen Blumen auch Wasser und fühlen, ob noch ist der Gott. Nein, der Ister muß erst am Gänsehäufl vorbei. Do kemma nix mochn.

Rolltreppe abwärts: U3 Richtung Erdberg. Unterirdisch folgerichtig Richtung Erdberg. So gehört sich das. Früher gern mit dem Je-Wagen zur Erdbrustgasse. Was für ein schöner, archaischer Name. Erdbrustgasse, der breitbrüstigen Gaia ihr Wohnsitz. Jetzt aber Volkstheater, Rathaus. Raus.

Oben das Café Rathaus mit seinen handgemalten Schildern: Essen und Skat. Es wird eben nicht nur tarockiert. Dem Eiles gegenüber der chaotische Zeitungskiosk. Blauensteiner immer noch zu, verkommt langsam zur Ruine. Wem das wohl gehört? Das winzige Café Auersperg als schwarze Höhle. Wer weiß, wie tief es da rein geht. Briefkästen, Schilder, Außenlampen, Hausbeschläge. Josefgasse. Der Antiquitätenhändler mit seinen englischen Möbeln. Winzige Sessel mit Ruskin-Bezügen, in die nur Zwerge passen. Oder rachitische englische Frauen. Virginia Woolf kurz vor dem Selbstmord. Passend zum English Theatre rechts oben die Gasse hoch. Horch ist da mal mit Wendrich gewesen. Wollten irgendwas für den Rundfunk aufnehmen. Auf der Suche nach einem Portier plötzlich auf der Bühne gestanden. Nachmittagsvorstellung für Schüler. Schöne Blamage. Horch konnte sich gerade noch beherrschen, nicht an die Rampe zu treten und »Step right this way, Ladies 'n' Gentlemen, step right this way!« zu brüllen. War sein erster Theaterauftritt gewesen, in der Grundschule noch. Stück auf englisch. Irgendwas mit Zirkus. Die hagere, fast durchsichtige Stella Parmann als Weißclown. Stella Parmann, was für ein Name! Ausgesehen wie eine Antilope. Wissen möchte er in diesem Moment, was aus der geworden ist.

Steiler Kopfsteinpflasterweg, rechts das Waffengeschäft, gegenüber die K. u. K. Pension Felicitas. Josefgasse 7. Schönes, gußeisernes Geländer mit Blumenkübeln darunter. Poliertes Messingschild mit schwungvoller Schrift. Pensionsklingel. Sprechanlage. »Jo bittä?«

Im Hausflur empfängt die Wirtin Horch rund und lachend. Nur mit ihrem Schlüssel kann der Fahrstuhl bedient werden. Es ist seit dem Bau des Hauses um 1900 noch immer der erste. Der Tritt auf den Boden des Lifts löst die Einrastung. Frau Stückl preßt ihren Gast an die Rückwand mit der gepolsterten Sitzbank, damit die Falttür sich schließen läßt und danach das Scherengitter. Unter Ächzen und Stöhnen knarzt die Kabine aufwärts, nachdem Horch die Tasche auf dem Bankpolster abgestellt hat und bemüht ist, die prallen Jeansschenkel

der Wirtin nicht zu berühren. Im dritten Stock an der Tür links das
Schild »Pension«.

Das Parkett im Korridor bedeckt lose den Boden. Bei jedem Schritt
klappert und klirrt das Holz. Hier kommt und geht keiner ungehört.
Das letzte Zimmer links. Geräumig, hell, Blumentischdecke, riesiger
Kleiderschrank mit Spiegel in Lebensgröße, breites Doppelfenster
zum Hof. Schon Knospen in der Kastanienkrone? Horch zieht den
Store zur Seite. »Sie wissen ja, kein Frühstück.« Verwunderung jedesmal. Wozu sich morgens in die Küche klemmen, wenn das Eiles
um die Ecke ist? Über die Frühstücksverweigerung ist die Wirtin etwas betrübt, wenn sie das Zimmer verläßt. Nein, noch keine Knospen sichtbar. Ein Park im Hof der Stille, nur Vögel manchmal in der
wärmeren Jahreszeit. Horch stellt die Kulturtasche auf die Spiegel-
konsole, wäscht sich kurz die Hände. Inneres Kopfschütteln jedesmal über das Wort Kulturtasche. Das Unbehagen in der Kulturtasche.
Dr. Best und Colgate, Gillette und Palmolive, Wasser und CD, Labello,
Nivea, Tabac Original: eine einzige Sublimierung. Umsetzung des
Triebs in Leistung. Kulturtasche, Kulturfilm, Kulturbanause. Aber
soll man Waschtasche sagen? Häßlich mit dem doppelten sch. Früher
sagte man »Reisenecessaire«. It ain't necessarily so.

Locker der Schlüssel im Schloß. Locked up. Unplugged. Horch schwebt
durch den dunklen Flur über dem Parkettxylophon wie Milt Jacksons
Schlegel. Runter die runde Treppe, Treppenrotunde; Stiegenhaus
sagt man hier. Geruch nach frisch gekochten Kartoffeln, Frühlings-
zwiebeln, Topfen, Gurkensalat. Im English Theatre gegenüber beginnt die Vorstellung. Noch schnell rein eine Dame mit Schleier am
Hut. Die Welt als Wille und Vorstellungsbeginn. Runter zum Eiles.

Die blonde Bedienung mit den wunderbaren Beinen ist nur morgens
da. Jetzt die Herren Ober. Ein Viertel rot. Ein Sardellenbrot. Zum
Apéritif kein Appetitbrot, dann ist man sofort satt. Appetitbrote nur
bei großem Hunger. Wobei es im Eiles sich noch in Grenzen hält. Das

Appetitbrot bei Prückel sättigt Holzfäller nach einem Zwölfstunden-
tag. Wiener Portionen. Das Schnitzel im Hummer ein Hammer. Drei
Viertel über dem Tellerrand sowieso nur zum Mitnehmen. Also Sardellenbrot.

Was es nur im Kaffeehaus gibt: Sardellenbrot. Schnittlauchbrot. Zitronensoda. Ein Glas Milch. Der Meinl-Mohr. Jetzt aber kommt der
Ober mit rotem Viertel im Weinglas wie eine kleine Goldfischbowle.
Wiener Weinglas. Wiener Wein. Bitte recht sehr, und das Sardellenbrot auf dem Teller mit Papierserviette, in mundgerechte Streifen ge-
schnitten. »Bleib hier, du verdammte Sardelle!«

Horch bleibt nicht. Geht neben der Tram her die Josefstädter Straße
rauf. Lange Gasse, da war links der Meinl früher, zu Josefstädter
Zeiten. Kurt Heintel als Busenfreund und Liebhaber des Hummer-
Schnitzels. Horch betrachtet die Bilder in den Schaukästen des Josefstädter Theaters. »Wir sind das Familientheater«, hatte Otto Schenk
gesagt, »zu uns kommen die Achtzigjährigen mit ihren Eltern.«
Treppe zu den Garderoben wie eine Hühnerleiter. Und wenn sich
über den Köpfen des Publikums der Lüster hebt und der Zuschauerraum dunkel wird, fängt das große Schnarchen an.

Auf dem Bürgersteig vor dem Theater blitzt es. Ein Schilling. Wann
hat Horch das letzte Mal Geld gefunden? Ewig her. Die Gräfin fand
ja immer was. Immer Geld. Hatte selbst jede Menge davon, aber fand
bei jedem Gang über die Straße Geld. Oft nur einen Pfennig, manchmal einen Groschen oder Fünfziger, einmal sogar im Beisein von
Horch ein Fünfmarkstück. Vor einem Blumenladen in Winterhude,
einfach so, ein Fünfmarkstück. Da, noch einer! So hat Horch noch
nichts gefunden. Zwei auf einmal. Wirft hier einer Geld aus dem Fenster? Horch blickt nach oben. Oberleitungen der Trambahn, über der
Kreuzungsmitte die Ampel. So wie früher in Berlin. Erinnert überhaupt viel an Berlin von früher. Das Kopfsteinpflaster, die Rinnsteine
aus Granit, die kleinen Läden. Manchmal das Licht. Ostlicht. Wien

ist ja Osten, die westlichste Stadt im Osten. Hört man immer wieder an der Sprache um einen herum: böhmisch, tschechisch, slowakisch, slowenisch, slawonisch, slawisch. Hier klingt das warm und sympathisch. In Berlin dachte man immer gleich: der Russe. Die Ostzone, das waren die Russen. Kofferraum auf oder Sibirien. Workuta. Wie sich die Bilder gleichen. War eine Ausstellung in der Schulzeit, Rathaus Tempelhof. Photos aus Workuta und Auschwitz. Lager ist Lager. Selektion ist Selektion. Der CDU-Stadtrat begleitete die Klasse. »Totalitarismus ist Totalitarismus.« DDR = KZ. Klar, die bewährte Masche. Hitler wollte den Kommunismus verhindern. Hätte man ihn doch nur machen lassen. Jetzt haben wir den Salat. Den Schlamassel. Ein jiddisches Wort womöglich. Schlamassel. Masseltow.

Horch hebt die Münzen auf, steckt sie in die Tasche. Nur Schillinge. Ein Schilling ist etwas mehr als ein Groschen. »Wer den Schilling nicht ehrt ist die D-Mark nicht wert.« Hatte Karl immer gesagt zu den Gagen am Burgtheater. »Vierzehntausend Schilling!« Wie sich das anhörte. Waren aber nur zweitausend Mark. Und hier liegen nun zwei Schillinge einfach so vor dem Josefstädter Theater herum. »Der Verschwender« von Raimund. War hier uraufgeführt worden im Theater in der Josefstadt, achtzehnhundert in den Dreißigern. Kurt Heintel wäre ein guter Verschwender gewesen als junger Mann. Hatte den Vater des »Entertainer« gespielt, mit Kemmer und Marianne Mendt. Busenfreund hatte er sich genannt. »Ich bin ein großer Busenfreund«, hatte er gesagt vor seinem Schnitzel im Café Hummer, das den gesamten Tellerrand zentimeterweit überlappte, und mit beiden Händen die Größe der Brüste seiner Frau angedeutet und ihr Gewicht. Die Hummer-Kellnerin kannte das schon, lachte schallend und präsentierte aufwendig das eigene Dirndl-Dekolleté beim Servieren des weißen Spritzers. »Ein Gewicht haben die«, sagte Kurt Heintel und hob noch einmal die hohlen Hände wie Hummerscheren, bevor er das Schnitzel anschnitt, und zwar in der Mitte, wo es Tellerboden unter sich hatte.

Ein albernes Stück eigentlich, dieser »Entertainer«. Ziemlich aus der Zeit. Für die Hundertjährigen gerade das Richtige. Dem englischen Humor hatte Horch niemals viel abgewinnen können. Monty Python: schwärmen alle von. Dabei doch eigentlich nur pubertär. Schülerwitze aus dem Jungsinternat. David Copperfield. Alles irgendwie schwul in England. Auch der Entertainer, bei all seinem Machogehabe, ist letztlich eine schwule Type. Sind, die es am meisten mit Frauen haben, vielleicht alle schwul? John Osborne? Don Juan am Ende ein Homosexueller? Der steinerne Gast endlich die Erfüllung?

Fachgeschäft für Konditorenbedarf und Tortenverzierung. Silberne Zuckerperlen, fingergroße Brautpaarfigürchen aus Marzipan, Cremeschriften »Dem Jubilar« oder »Zur Silberhochzeit«. Horch schüttelte innerlich den Kopf. Fünfundzwanzig Jahre dieselbe Frau. Die Eltern verläßt man mit achtzehn, und dann so viel mehr Jahre immer derselbe Mensch um einen rum. Und es geht ja womöglich noch weiter: goldene Hochzeit, eiserne, diamantene, letzte wahrscheinlich steinerne Hochzeit. Unterm Grabstein, aufgegangen in der immer dicker werdenden Schicht aus Toten.

Das kleine Café gegenüber, wo sie manchmal in den Probenpausen waren, gibt es auch noch. Maria Treu war immer so spießig. Obwohl gute Küche. Schwarzwurzeln einmal mit gekochtem Schinken: superb! Aber es wirkte wie eine Kantine. Mal herumgehen und kukken? Horch geht die paar Schritte zurück in die Piaristengasse. Das Café Maria Treu an der Ecke Maria-Treu-Gasse schon zu. Der weite Platz mit der mächtigen Barock-Kathedrale hat im Sommer was von Südamerika. Jetzt alles dunkel. Ein paar alte Frauen schleichen über die Plaza. Horch vor der Rauhputzfassade des Hauses, in dem er damals gewohnt hatte. Dienstwohnungen des Josefstädter Theaters. Blick auf die Kirche Maria Treu. Eine andere Welt ist das, eine schönere. Piaristengasse! Geht wieder die Josefstädter hinauf. Was uns frommt. Die Ampel über der Kreuzungsmitte vor dem Nachthimmel ist grün: du darfst.

Das kleine Café mit vier Tischen, rotweiß kariert, die leicht derangierte Wirtin mit geschichtetem Make-up und Kunsthaar-Perücke. Prostituierte gewesen vielleicht, das kleine Café die Alterssicherung. Abfindung. Muß sich damit abfinden, mit dem kleinen Café, damit auskommen. Hat damit ihr Auskommen. Das kleine Café in Hernals. In einem kleinen Café in Hernals spielt's Grammophon mit leisem Ton ei'n English Waltz. Hermann Leopoldi. Der Poldi Hermann. Ein Name wie Schramml-Musik. Horch fällt Cohen ein: »There's a concerthall in Vienna.« Hat den Song im Kopf, nix Leopoldi, Leo Cohen, Lenny. Im kleinen Café in Hernals klopft manches Herzl hinauf bis zum Hals. »This waltz, this waltz, this waltz ...« Horch geht nicht hinein. Jetzt nicht. Jetzt zum Hummel.

Wieder ein Schilling auf dem Pflaster! Und noch einer. Genau gegenüber vom Finanzamt. Soll das ausgestreute Geld die Menschen hineinlocken? Hat ein Steuerschuldner seine letzten Münzen weggeschmissen, um vor seinem Sachbearbeiter effektvoll die leeren Hosentaschen auszustülpen? Horch hebt sie auf und betrachtet die dunkle Fassade des Finanzamtes. Ein gedrängter, nach hinten zurückgezogener Bau, wie zusammengefaltet, auf den kein Lichtschein der Straßenbeleuchtung fällt. Ausdruck der Bescheidenheit, Furcht oder Raffinesse? Jetzt kracht der Je-Wagen den Berg runter mit Affentempo, da will man kein Radfahrer sein. Aber auch nach dem Finanzamt ein Schilling auf dem Bürgersteig, als hätte vor ihm jemand ein Loch in der Hosentasche.

Skodagasse Ecke Josefstädter, der Times Square des 8. Bezirks. Hier brummt, hupt, bimmelt es. Passanten eilen in alle Richtungen bis in den späten Abend. Horch fällt das Wort der Jelinek dafür ein: ummadummwacheln. Liest sich immer wieder überraschend, die Jelinek, obwohl immer dasselbe. Bis auf die Klavierspielerin. Da spricht sie von sich selbst, gibt etwas preis. Das bewegt einen mehr als alles andere zusammen. Wo sie immer gleich überall den Faschismus sieht. Wie Thomas Bernhard. In Österreich überall alles immer national-

sozialistisch-katholisch oder katholisch-nationalsozialistisch. Kam
Horch niemals so vor. Einmal die Frage, wohin man zum Essen geht
nach der Probe. Einer schlug den Kärntner vor. Sofort Protest: der
Kärntner sei Faschist! Nur der zweite Regieassistent hatte gelächelt
und leise, aber gut hörbar gesagt. »Faschisten san aa nuo Mönschen.«

Am Eck leuchtet warm, hell und voller Leben das Café Hummel. Drei
Häuser weiter hatte Walter gewohnt, solange er in Wien war. Skodagasse 3, ganz oben. Horch war mit Karl die endlosen Steintreppen
hochgestiegen, immer um den im Drahtkäfig laufenden Fahrstuhl
herum, der ächzend und krachend hoch- und runterfuhr, ohne daß
man jemanden hätte aus- oder einsteigen hören. Ein Stiegenhaus wie
bei Felicitas, breit, grau, kalt. Dann endlich angekommen in der fünften Etage plus Mezzanin.

Heb mich auf deine höh
Gipfel – doch stürze mich nicht!

Da stand Walter in der Tür. »Ich habe euch doch extra den Lift run-
terfahren lassen und dachte, ihr seid da drin. Jetzt kommt der Lift
leer herauf und ihr außer Atem.« Die Kabine fuhr wieder nach unten.
Aber war da jetzt nicht jemand drin? Ein Mann mit schlohweißem
Haar? Walter in seiner hohen, dunklen Wohnung. Die Zimmer wie
Säle und alle Räume Atelier. In jedem stand ein Bühnenbildmodell, an
den Wänden gezeichnete Figurinen und lebensgroß photographierte
Schauspieler und Sänger. Was bedeutet eigentlich schlohweiß? Die
Wände in der Wohnung nicht tapeziert, auf dem bloßen Putz hier
und da Farbproben aufgetragen, als sollte später ein Anstrich erfol-
gen. Seltsame Farben, Olivtöne, zwischen Smaragd- und Lindgrün,
auch grobe Wischer wie Blaumetallic, Elfenbein, Eierschale, Eiweiß,
Grundierungsansätze, Caparol oder was. Deckweiß. Was ist so weiß
wie Schloh? Eine verwinkelte Wohnung, endloser Flur, dreimal ums
Eck, überall noch Türen. Wo ging es da hin? Dienstboteneingang,
Lieferantenstiege, Hintertreppe, Antichambre. Nebenzimmer, halbe

Zimmer, Kammern und Hinterkammern, Alkoven. In der Küche das
Fenster zum Hof. Lichtschacht. Zentimeterhohe Ablagerungen von
Taubendreck. Uguru, uguru hörte man durch das kleine Fensterchen
in der Speisekammer. Leere Regale darin, auf dem Küchenbüffet nur
eine Espressomaschine futuristisch glänzend. Messing plus schwarze
Hebel. Der Messingknauf. Ebenholz. Horch hatte sich gleich verlau-
fen in der Wohnung, folgte den Stimmen von Walter und Karl, die
inzwischen über Stoffe sprachen. Damast. Damaskus. Organza. Chif-
fon. Durchleuchtbarer Tüll. Kleines Organon der Gewebe. Translu-
zent. Die Wohnung dagegen voller Verborgenheiten.

Walter machte grundsätzlich Bühne und Kostüm, nur für Karl eine
Ausnahme. Kannten sich von früher, von der Schmidt-Klasse. Professor Willi Schmidt. Gott, wer heißt nicht alles Schmidt. Richtig: mit
schlohweißem Haar. Warum nicht? Bühnenbildner und Regisseur.
Daher hatte Karl sein Prinzip, immer Bühne und Regie zu machen.
Walter machte immer Bühne und Kostüm, schon weil sich Kostüm allein kaum rechnet. Ein Kostümbildner verdient nichts. Ein Bühnenbildner verdient viel. Ein Regisseur alles, was er will. Einer, der Regie und Bühne macht, doppelt und dreifach. Aber ein Kostümbildner
nichts. Warum ist das so? Warum sagt man schlohweiß?

Walter trug die Sakkoärmel umgeschlagen und leckte jede Zigarette
der Länge nach an, bevor er sie anzündete. Bestellte immer ein Rauchertaxi. »Bitte, ich brauche ein Rauchertaxi!« Einmal kam ein Nicht-
rauchertaxi. Walter stieg ein, zündete die Zigarette an. Der Taxifahrer verbietet das Rauchen. Walter raucht, hat doch ein Rauchertaxi
bestellt, ausdrücklich ein Rauchertaxi. »I bin kaa Raachertaxi, i bin
a Nichtraachertaxi.« Der Taxifahrer hält an, fordert Walter zum Aussteigen auf. Walter raucht und will nicht aussteigen. Rauchertaxi
bestellt, Rauchertaxi gefahren. Der Taxifahrer steigt aus, reißt die
hintere Tür auf, steht breitbeinig, eine Hand am Wagenschlag, eine
als Faust an der Hosennaht: »Aassi, jetzt gengan's aassi!« Walter ist
schmächtig, steigt also aus. Steht dann hilflos mit seiner Mappe mit-

ten auf dem Schubertring, die Autos quietschen und hupen an ihm vorbei. Seit diesem Erlebnis sagt er es immer dreimal, viermal, fleht geradezu in den Hörer und hebt beschwörend die linke Hand dazu, die doch in der Taxizentrale niemand sehen kann, mit der Zigarette zwischen Zeige- und Mittelfinger und dem umgeschlagenen Sakkoärmel, in dem Nadeln mit bunten Köpfen stecken: »Ein Rauchertaxi, hören Sie bitte, ein Rauchertaxi!«

Zwischen den Straßenbahngleisen schon wieder Schillinge. Ein Verschwender auf dem Weg ins Hummel? Wirft dort das Geld unter die Leute? Lädt alle ein? Der Herrgott setzt den Hobel an und hobelt alle gleich. Eigenartig kommunistische Gottesvorstellung beim Raimund. Horch stellt sich bei dem Lied immer Stalin vor. Stalin als Gott mit schwarzem Schnauzbart und rotem Hobel, unter ihm die Russen als seine Leibeigenen, die wie Hobelspäne zu Boden fallen. Auf diesen braunen, aufgewühlten, verschlammten russischen Boden mit Tundragras und Pfützen. Hobelt alles eben und glatt und grad. Stalingrad.

Über der Kreuzung Josefstädter Straße-Skodagasse das Gespinst von Oberleitungen, Lichtkabeln, Straßenbeleuchtung und Ampeln. Ein transparenter Plafond aus Licht und Linien vor dem Nachthimmel. Darunter die kupferne Wärme der Innenlampen von Straßenbahn und Kaffeehaus. An den Fenstertischen die Gäste, Frauen dabei mit Hüten auf dem Kopf, nicken einander zu, wedeln mit Zigaretten in den Händen. Horch war immer ein leidenschaftlicher Von-draußen-Hineinkucker.

In dem Häuschen sitzen Freunde,
Schön gekleidet, trinken, plaudern,
Manche schreiben Verse nieder.

Früher mit der Hochbahn gefahren, abends bei Dunkelheit vom Gleisdreieck zum Schlesischen Tor und zurück, nur um in die erleuch-

teten Fenster in der ersten und zweiten Etage hineinzusehen, wie sie
da saßen drinnen, um die Tische herum, Türken unter Neonröhren,
Kopftücher die Frauen auch im Zimmer, Rentner vor den Fernsehern.
Einmal ist Horch Zeuge gewesen eines Verbrechens oder dessen Ver-
suchs. Ein Mann hebt eine schwere Vase oder sonst ein Gerät über
den Kopf einer Frau mit Kind auf dem Arm, um sie zu erschlagen.
Hatte da nicht noch eine Alte im Ecksessel gekauert? Aber den Mord
selbst nicht gesehen, zu schnell fuhr der Zug ja vorbei. Am nächsten
Tag Morgenpost, BZ: nichts. Tage später dann Leichenfund Skalitzer
Straße. Was hätte man machen können?

Urahne, Großmutter, Mutter und Kind
in dumpfer Stube beisammen sind.

Die meisten Unfälle passieren im Haushalt, die meisten Verbrechen
in der Familie. Haben Sie den Täter gekannt? Ja. Sind Sie mit dem
Täter verwandt oder verschwägert. Ja, am liebsten beides. Der böse
Onkel, die falsche Tante, die sadistische Großmutter. Und die Mutter blicket stumm. Zum Schweigen gebracht. Ein für allemal. Haben
Sie noch Familie? Ja. Dann sind Sie Mitglied einer kriminellen Ver-
einigung.

Skodagasse, Skodaplatz. Emil Skoda. Das Häkchen über dem S macht
es zum weichen Zischlaut: Schkoda. Emil Škoda. Maschinenbauer
und Brauereibesitzer. Pilsner Urquell, Last- und Personenkraftwa-
gen. Zwei Silben, die stoßende Bewegung eines Kolbens im Zylinder:
skoda, skoda, skoda. »Tschechei!«

Horch weiß, wie sehr der warme Schein der Lampen trügt, weiß es
nur zu gut. Das Licht lockt, und die Motte verbrennt knisternd. Das
heimelnde Licht im Waldhaus, von Kiefern umstanden, wenn er spät
vorfuhr, aus Berlin kommend nach den Wochen der Arbeit. Kiefern
und Fichten. Vor allem Fichten. Willst du deinen Wald vernichten,
pflanze Fichten, Fichten, Fichten. Da saßen sie am Kamin vor lodern-

den Holzscheiten, warteten auf manches, aber nicht auf ihn, den ver-
krachten Typen, gesellschaftlich nicht vorzeigbar. Johann Gottlieb
Fichte. Wie hatte er sich darauf einlassen können, auf das mörderi-
sche Idyll? Klar, dem Locken des warmen Lichtscheins gefolgt, einmal mehr, immer sehnend sich nach einem Haus, einem Zuhause,
keine Ahnung natürlich davon, immer gedacht, das sei alles normal,
Zufall, wie das Leben so spielt. Fichtebunker. Dabei hochgradig pa-
thologisch, verrückt, neurotisch, das Leben spielt nicht. Der Ernst
des Lebens. Wenn was spielt, dann der Tod. Sehnend, sehrend, ver-
sehrt. Vor den Kindern gehören die Eltern erzogen. Hat er so gesagt.
Da hat man ihn gefeuert, den Fichte. Die Fichte gefällt. Ich und Nicht-
Ich. Ich Fichte oder nicht Fichte. Ich oder er.

Was ficht ihn an? Ich, Nicht-Ich, Über-Ich: Selbdritt spaziert Horch
durch den Windfang des Hummel in den süßsauren Dunst von Fia-
kergulasch, Slibovitz und Virginier. Da ist er womöglich nicht mehr
derselbe und einer und alles, wenn er rechts den Geräuschen folgt.
Ratsch und Zack und hin und her werden Schachfiguren geschoben,
über die Bretter gerissen oder draufgeknallt, und mit flachen Händen
schlagen die Spieler auf die Uhren, denn es ist Blitzschach im Hummel. An fünf Tischen sitzen sie jeweils zu viert, zwei spielen, zwei
kucken zu. Aber was heißt spielen? In so gut wie Null Komma nichts
fliegen die Hände mit Weiß und Schwarz, mit Bauer, Läufer, Springer,
Turm über die Quadrate, acht mal acht, und Ratsch und Zack, die Uhren laufen weiter, werden unterbrochen. Jeder hat fünf Minuten für
die ganze Partie, da geht es um Zehntelsekunden, kein Atmer zuviel,
kein Denken, kein Überschauen, kein Schottisches Gambit Königsin-
disch Damengambit Persisch Russisch Ungarisch Sämisch Awberbach
Fianchetto serbische Eröffnung Mittelspiel Endspiel Lasker-Capa-
blanca, sondern ein einziges explosives End- und Schluß- und Aus-
spiel. Ratsch und Zack und Matt: aš-šāh mā.

Der König ist besiegt. Horch setzt sich an den Rand und schaut zu.
Die Spieler tragen zerschlissene Sakkos mit blankgewetzten Ärmeln

oder Norwegerpullover mit Mottenlöchern. Fettige Haare, Glatzen, Sardellenscheitel, unrasierte Kinne mit herabhängenden Unterlippen, manche rauchen Casablanca, einer Nil. Alle fünf Tische zusammen wie eine einzige Maschine. Schachmaschine Blitzmaschine Blitzschach Blitzschlag. Wo bleibt der Donner? Neben den Brettern Zitronensoda, Kracherl, Cola, eine ausgetrunkene Tasse Brauner, ein Almdudler. Kein Wein, kein Bier, kein Alkohol.

Horch hätte gern mal wieder Schach gespielt. Früher in der Schule Schach AG, ab und zu mit einem Bezirksmeister gespielt, sogar gewonnen ein paarmal. Einer war Landesmeister, schlug alle en passant, spielte gegen mehrere gleichzeitig und gewann immer. Spekulierte auch an der Börse, durfte das wegen außerordentlichen Reichtums der Eltern, kam sogar der Hausmeister mitten im Unterricht in die Klasse und rief ihn ans Telephon. Verkaufen oder kaufen? Abstoßen. Spekulation, reine Spekulation das ganze Aktiengeschäft. Der Geschichtslehrer erklärte lieber Pfandbriefe, Kommunalobligationen. Spekulationen Obligationen, an Horch ging das vorbei, ein Ohr rein, anderes raus. Horch, ein Habenichts als Sohn von Habenichtsen, würde immer Habenichts bleiben, und das war vielleicht auch gut so. Wollte dem Kind Schach beibringen. Unmöglich. Mädchen mögen kein Schach. Ist eben doch ein Kriegsspiel. Oder sieht das Figurenensemble der Familie zu ähnlich? König Dame Läufer Bauern. Wie die Orgelpfeifen. Vater Mutter Kinder. Bube Dame König As. Als Habenichts ganz gut so. Warum gibt Gott den Armen kein Geld? Weil sie es ja doch nur wieder verlieren.

Jetzt erst sieht Horch, daß sie um Geld spielen. Nicht um viel, keine hohen Einsätze. Schillinge nur werden eingezogen, rübergeschoben und hin und her. Münzen, keine Scheine. Einer läßt eine Reihe in die Sakkotasche klickern. Um Geld also. Als Anreiz zum Risiko. Anreiz zum Knallen und Ratschen, die Zeit entscheidet, und ist auch hier was anderes, ist Zeit nicht wirklich Zeit, sondern Schnelligkeit. Draufschlagen auf die Uhr, denn Zeit ist Geld, erst recht beim Blitzschach, beim Geldschach, Geldschacht, Schacher, Bankomat. Kommen von daher die Schillinge auf der Straße, von einem Spieler, der sie verloren hat?

Da stehen alle auf, alle auf einmal wie gerufen, wie befohlen, schieben mit flachen Händen die Steine zusammen, klappen Bretter zu, Tische rücken sie wieder an die alten Stellen, räuspern sich, zumpeln die Jackenärmel zurecht, klopfen Asche von Hosenbeinen, Hände übers Haar, Mützen auf, keine Hüte, gehen auseinander, stehen herum, schütteln ein paar Hände, und mit kurzen Grüßen sind alle weg. Der letzte schlägt draußen den Kragen hoch. Nachtkälte. Der Ober kommt, stapelt die Bretter, packt die Figurenkästen aufeinander, die Uhren in ihre Schatullen, trägt alles nach hinten in den Billardsalon. Punkt zehn ist Schluß mit Schach, ausgeknallt, ausgeschoben, ausgeblitzt. Tabula rasa.

Links der Ober, der ihn kennt. »Grüß Gott, der Herr.« Servus Kaiser. Ist das nicht? Sitzt da nicht? Mit schlohweißem Haar allerdings, alt geworden, schlohalt. Sagt man so? Sitzt gleich am ersten Tisch allein vor Krügerl und Slibo: Horst Kohn. Musiker. Theatermusiker. Schauspielmusiker. Hatte mit Horch die neuen Übersetzungen der Weill-Lieder durchgespielt. Kampf drum gegeben mit der Weill-Foundation. Übersetzung autorisiert. Was nützt autorisiert, wenn Scheiße? Schlechte Übersetzungen, die den Weill zum Schlagerkomponisten degradierten. Könne man nicht besser übersetzen, sagte die Foundation, gehe mit der Musik nicht, nicht mit dem Rhythmus, im Englischen eben alles kürzer, knackiger. Na, wollen doch mal sehen! Alles neu macht der Horch, und dann nächtelang mit Horst Kohn am Flügel gesungen und gefeilt, korrigiert bis zum Lallen. Horch und Horst. Die Stiftung war baff. »Donnerwetter! Niemals gedacht ...« und so. Ja, Horch und Horst ein Team für kurz und knackig auf deutsch. German song.

»Horch!« – »Horst!« Setzt sich an seinen Tisch. »Der Herr?« Ein Viertel rot jetzt, das ganze Schachgespiele schon ohne Wein, wird nun Zeit. Horst. Do scha hea. »Ach, ich lande hier immer auf der Suche nach einem Getränk«, sagt Horst, und sein schlohweißes Haar glänzt wie Silber fast, wenn er mit Kopf nach hinten sich den Pflaumenschnaps verabreicht. Nächtelang gesungen und gefeilt, weil Horst erst abends auf Touren kam. Morgens zur Probe erst in die Kantine, mit beiden Händen, zitternd, nein, fliegend, das Schnapsglas gehalten, meist dennoch was übergeschwappt, und ab damit hinter die Binde. Und noch eins. Und noch zwei. Erst dann ging es halbwegs, daß er die Töne am Klavier traf. Und dann Bier die ganze Probe über. Bier, Bier, Bier ist die Seele vom Klavier. Einmal mitten in der Vorstellung: Liederabend für Schauspieler. Die Nüsse mit dem Mackeben-Song. Horst Kohn hält inne, keine Begleitung, Klavier plötzlich tacet, ohne daß es da stünde, die Nüsse singt weiter, a cappella. So oder so ist das Leben. Ich sage, heute ist heut. Publikum denkt, soll so sein, knallt Horst mit der Stirn auf die Tasten. Cluster nannte das Penderecki, nur mit dem Arm. Was ich auch je begann, das hab ich gern getan. Kohn aber mit dem Kopf auf dem Flügel. Ich hab es nie bereut. Schlafend. Ohnmächtig. Von einer Sekunde zur anderen. Umgefallen. Besoffen. Sturzbesoffen. Du mußt entscheiden, wie du leben willst. Wie tausend Mann. Und mußt du leiden, dann beklag dich nicht. Sternhagelvoll. Vorstellung abgebrochen. An der Kasse Geld zurück. Du änderst nichts dran.

Noch ist Kohn nicht betrunken wie er so dasitzt, höchstens angekurbelt, wie er es eben immer braucht. Noch kein Sternhagel. Sterntaler. Sternschlohe. Das ist es überhaupt! Hagel. Hagel ist Schlohe. Hagelweiß. Das sternhagelweiße Haar von Horst Kohn. Hagelkörner groß wie Taubeneier. Wie Golfbälle. Kinderköpfe. Schlohweiße Kinderköpfe. Woran erinnert das?

»Der Herr wünschen?« Der Herr wünschen ein Paar Debreziner. Debreziner mit Senf und Kren. Genau das Richtige jetzt. Debreziner werden einfach so serviert, ohne Brot, ohne Salat, ohne Kraut. Frankfurter mit Gebäck, Würstl mit Saft: das ist was anderes. Ein Paar Debreziner auf dem weißen Teller, dem schlohweißen Hagelteller, dazu ein Löfferl Senf, ein Rasperl Kren. Senf und Kren übereinander ergeben diese originäre, spezifische, originale Schärfe, die jedem weiteren roten Viertel den Vorwand liefert. Karl wollte die Debreziner einmal mit Brot bestellen. Der Ober schüttelte verständnislos den Kopf. Eine Semmel. Abwenden des Obers. Ein Semmerl! Mit einem Semmerl auf dem Semmering mit der Semmeringbahn. Nichts da! »Hean 'S!« Die Debreziner gibt's mit Senf und Kren und nichts sonst. Basta.

Und noch ein rotes Viertel. Mit Horst kommt Horch ins Reden. Wäre ja noch schöner, wenn zwei alte Haubitzen wie die beiden einander nichts zu erzählen hätten. Aber alt geworden, der Kohn, alt und klapprig. Wohnt hier um die Ecke, arbeitet nicht mehr. Die Schnäpse halten die Hände im Zaum, aber wo sind die Töne?

I fought against the bottle,
but I had to do it drunk.

Liest viel, schläft viel. Hört Musik? Wenig Musik. Eigentlich keine. Musik ist Streß. Das war mal. So oder so. So oder so ist das Leben. So oder so ist es gut. Vielleicht auch gut so. Es kommt, wie es kommen mag. Einmal die Woche kommt ein Frauchen. Was sagt er? Ein Frauchen? Ja, Horst Kohn sagt Frauchen. Sagt das ganz normal, wie wenn man sagen würde: Putzfrau. Zugehfrau. Ist auch so ähnlich gemeint. Geht ihm eine Frau zu. Geht zu ihm, geht ihm zu, geht ihm an die Wäsche, an das Eingemachte, an das sensible Organ. Nein, hat weder Frau noch Freundin, hielt keine aus mit den Getränken, immer auf der Suche nach Getränken, der Horst Kohn, ein Getränkesucher, immer eine Flasche in der Nähe und doch auf der Suche. Statt einer Frau eine Zugehfrau, statt einer Freundin ein Frauchen. Na, die möchte Horch sehen. Ewige Ebbe und Flut.

Erschreckend eigentlich, erschreckend und abstoßend. Der Kohn ist
doch noch nicht so alt. Älter als Horch, das schon, aber wie viel? Acht
Jahre? Zehn Jahre. Also Mitte fünfzig. Und ein Wrack. Alkoholbe-
dingtes Wrack. Schlohweiß immerhin, das verleiht ihm die Würde eines Weisen, eines Medizinmannes. Eines Maestro. Zitternde Hände
jetzt auch beim Heben des Doppelten. Immerhin schwappt nichts
über. Und das Frauchen kommt einmal die Woche. Frau, komm. Uri
Uri Box Box. Frauchen geh. Zugehfrauchen. Das Herrchen braucht
ein Frauchen. Will man es sich vorstellen? Ein Männchen oder Weibchen. Nein. Es ist zu demütigend.

Die Würstel kommen. Zwei straff gespannte Bögen, ziegelfarben
auf weißem Porzellan. Diese chymische Hochzeit von scharfem Senf
und frischgeschabter Meerrettichwurzel mit der von süßem Paprika
geröteten, angeräucherten Rindswurst bereitet der Zunge ein sol-
ches Fest, daß ihre Ausgelassenheit nur mit großzügig bemessenen
Schlucken Blaufränkisch zu beruhigen ist. Wie von selbst rollt sie sich
zu den stimmhaften und stimmlosen Zischlauten des ollen Debrezi-
ners György Konrád und der Julischka der Julischka aus Buda Buda
Pest. Derweil verteilt Horst mit dem sechsten Slibovitz noch immer
das erste kleine Bier.

An der Theke sitzt ein Mann mit weit über den Barhocker wappen-
dem Hinterteil, trinkt eine Tasse Kräutertee nach der anderen, mit
Beutelchen, versteht sich, und liest ein dickes Taschenbuch, das er,
den Ellbogen auf den Tresen stützend, mit der linken Hand in Augenhöhe hält. Eine überaus anstrengende Leseposition, findet Horch und
versucht immer mal wieder, mit seinem Blick den Titel des Buches zu
ergattern. Hinten sitzen ältere Damen einander gegenüber, die ihre
Hüte aufbehalten haben und hin und wieder dreckig lachen. Wilde
Schwäne. Ein Lachen älterer Damen, das es nur in Berlin und Wien
gibt. Horch hat es noch in keiner anderen Stadt vernehmen müssen;
so drastisch und verkommen. Wilde Schwäne? Doch eher ein Frauen-
titel, ein Damenbuch. Doktor Rumschüttel war ein Damenarzt. Aber

der Taschenbuchleser, Kräuterteetrinker dreht sich herum. Der Titel jetzt klar und eindeutig lesbar: Wilde Schwäne. Was das wohl ist? Nach den Debrezinern steigt Horch auf rote Achtel um, die er mit Slibovitzen sich abwechseln läßt. Da kommen die Männer ins Schwärmen.

Inmitten der nächtlichen Josefstadt eine Insel des Getränks, eine Insel aus Träumen geboren. Horst Kohns erster Gedanke, als er mit der Stirn auf die Tastatur schlug: Man müßte Klavier spielen können. Nein, keine Ohnmacht oder Lähmung. Einfach die Feststellung, daß es nicht weitergeht. Warum? Warum geht es nicht weiter? Warum soll eine Frau kein Verhältnis haben? Warum, warum? Domino dancing. All day, all day, domino dancing. Anita O'Day und Doris Day und Day and Night Night and Day und Tea for two. Dabei heben die Männer ihre Gläser Krügerl Achterl Slibovitzerl on my pillow aber soweit sind sie noch nicht. Que sera, sera, what ever will be will be, we'll see. Jonas, warum trugst du keine Brille? Warum, warum? All day, all day, domino dancing. Wilde Schwäne. Jim Jonny und Jonas, die fahren an Java vorbei. Pech für den Meinl-Mohr. Geradewegs vorbei an Java-Kaffee und Bermuda-Shorts. Jim Jonny und Jonas, die fahren direkt nach Hawaii. Eine Insel aus Träumen geboren, ein Paradies am Meeresstrand mit Divanpüppchen auf dem Balkon, in dem Alkoven. Wintergarten. Wilde Schwäne. Wer hat sein Divanpüppchen schon noch im Salon? Ein Pianola. Wer hat überhaupt noch einen Salon? Billardsalon. Eissalon. Saloneis aus dem Eissalon. Friseursalon. Lolololola. Literarischer Salon. Warum gibt es keinen Salon mehr, keinen Jourfix mit dünnem Tee und Paillettentoast? Paillettentoast? Naja, so ähnlich. Warum? Warum, warum? All day, all day, domino dancing. My golden baby, my wunderful Lady oder so ähnlich. Vater Abraham. Abrahamitische Religionen, hör bloß auf, du! Nein! Heast? Der Gott, also der alleinige Gott, dessen Namen man nicht ungestraft und so weiter, also ein erster Schritt der Aufklärung. Aufklärung? Ja, Prost! Prost! Aufklärung: warum? All day, all day, domino dancing. Die normale Reaktion des Menschen auf die Sinnlosigkeit des Lebens ist Verzweiflung. Ja, aber die Hoffnung! Hoffnung ist nur Ausdruck einer tiefen Verzweiflung. Prost. Heast? Jaja, aber ... Nichts aber. Das Prinzip Verzweiflung. Die Reaktion der Vernunft auf Verzweiflung ist Mitleid. Mitleid ist Gnade. Gnade ist Gott. Du sollst mir bloß den Namen nicht unnützlich führen. Nicht unflätig. Nicht herumfläzen. In Gottes Namen sich nicht herumfläzen. Tagediebe. Tunichtgute. Getränkesucher. Wilde Schwäne. All day, all day, domino dancing. Kein Warum? Nein. Kein Warum. Überhaupt niemals mehr ein Warum. Gibt es philosophischen Kitsch? Aber ja: Ernst Bloch.

Aber wie in einem Endspurt kommen sie noch einmal zu Kräften. Ein Schlußplädoyer oder was. Horst Kohn breitet weit die Arme aus.»Ich führe ein englisches Leben«, sagt er und spreizt die Finger, »immer im Nebel, immer im Dunst.« Horch bringt den Satz zu Ende: »Und bist auch noch ganz lustig daneben. Immer in den Wolken.« Kohn läßt die Arme sinken und greift zum Glas.»Trinke, Trinker, dein Getränk.« Und Petrus im Himmel sieht zu, denkt Horch und fragt sich: Wie lange noch? »Nach Mahler«, sagt Kohn, den nächsten Schnaps heranwinkend, »kann man nichts mehr komponieren. Das Blech der Dritten: die Posaunen vor Jericho. Die Fanfaren des jüngsten Tages. Der Sterne Umruck! Mit Mahler ist die Musik auskomponiert. Bruckner, das war noch Wagner als Symphonie, Parsifal ohne Stimmen. Zwölftonmusik: eine Erfindung aus dem Tollhaus! Was soll mir Luft von anderen Planeten? Bin ich Marsmensch, Merkurier? Neptunianer oder Venusfliegenfänger? Der verfaulte Aushub der Romantik. Jetzt rottet er vor sich hin.« Er will das Schnapsglas ansetzen, doch sieht es mit Bestürzung noch immer leer. »Das ganze Gegenteil Gustav Mahler! Die Kunst der Gefühlserregung! Der wurde arm geboren, und arm ging er wieder dahin. Er begnügte sich damit, die magischen Klänge zu Gehör zu bringen, ohne sich blenden zu lassen von ihrem schrillen Glanz. Unentzündet vom gefährlichen Wahnsinn, dirigierte er von Hamburg bis Wien, von Kassel bis New York Tristan, Tristan und immer wieder Tristan. Niemals gab er sich hin, niemals ertrank er, versank er, unbewußt, höchste Lust. Allem entsagend, nie-

mals beklagend, formte und normte er, gründelte, bündelte, zündelte
die Sternenklänge der deutschen Zunge, die Gott im Himmel Lieder
singt, und fand den Stein, den Stein der weisen Musik, der allem Ir-
dischen enthobenen puren, konkreten Musik.« Kohn steht mühsam
auf, schwankend, wankend, an der Tischkante sich haltend mit einer
Hand, ruft er: »Der blauen Blume blauer Stein: Lapislazuli!« Danach
fällt er in sich zusammen, daß Horch schon fürchtet, er werde mit der
Stirn auf den Tisch knallen, doch sitzend findet er wieder zur Haltung, nimmt dem Ober vor dem Servieren den Schnaps aus der Hand
und verkündet es wie ein Urteil: »Mahlers Farbe ist das Blau des Himmels.« Kippt den letzten Slibo und dann grinsend, wie um das Pathos
des Satzes zurückzunehmen: »Mahler ist die Aufhebung Wagners im
jiddischen Sinn.« Kippt den allerletzten.

All day, all day, domino dancing. Um zwei macht selbst das Hummel zu. Das Hummerl. Speastund is wiada amol. Wenn ich mit Karl-
heinz Hackl von Grinzing heimwärts wackl. Schrammerln, spüats
zum Tanz! Auffä, auffä. Ja, jetzt aus den Sitzen hochkommen, wo
sie einen sitzen haben, einen Slibovitzen sitzen. Auf die Plitzen, fer-
tig. Noch ein Sturzachtel. Sturzkrügerl. Sturzschnapserl. Würden Sie
die Slibovitze bitte doppelt ausschenken? Sehr wohl, die Herren, zwei
doppelte Slibo. All day, all day, domino dancing. Dann aber Schluß.
Schlußnus. Heinrich Schlusnus. All day, all day, domino dancing.
I hab die scheeen Madeln net erfunden. Ich auch nicht. Ich schon gar
nicht! Der guete Wein is aa net mein Patent. Horst Kohn, ein paten-
ter Kerl. Horch hat sein Patent drauf. Panteen. Oder wie heißt das
Zeug? Pectin. Alpecin forte. Alpenpforte. Alpenglühen. Zehn Minuten, zehn Minuten, die Opekta-Schnellkochzeit. Semmeringbahn.
Raxalpe. Die alte Zahnradbahn g'hört längst zum alten Eisen. All day,
all day, domino dancing. Aassi, aassi! Ab trimoh.

Der Hauer-Platz ist kalt und gleißend leer. Skodagasse keine Trambahn mehr. Ausgebimmelt. Bim bam, bim bam. Dritte Mahler oder
was. Josef Matthias Hauer. Insasse einer Heil- und Pflegeanstalt,

wenn's nach Kohn geht. Times Square of Vienna. Josefstadt Hauer-
stadt. Ausgsteckt is. Jaja, der Kinderchor, da haben wir den, den, den
Dings gesucht, das Kind. Das Kind fürs Endspiel. Ach, da warste gar
nicht dabei. Endspiel ohne Musik. Wäre ja noch schöner: Endspiel
mit Musik. Bim bam, bim bam. Es ist zu Ende. Es ist vielleicht zu
Ende. Leb wohl. Auf Wiedersehen, auf Wiedersehn! Fast genau in der
Mitte. Kann man ihn jetzt so gehen lassen? Den alten Mann? Den
jungen Mann? Der Alte zum Frauchen. Zugehfrauchen. Zugehmann.
Geh nur zu. Zu wem geht der junge Mann? Der Alte nach Hause. Wohin gehen wir? Immer nach Hause. Woher kommen wir? Aus dem
Café Hummel. Wer sind wir? Zwei betrunkene Männer. Stehen draußen herum auf der Gasse. Stehen draußen herum, aber nach innen
geht der geheimnisvolle Weg. Nein, nach oben. Skodagasse ganz nach
oben. Schlohweiß trottet Horst Kohn davon. Auf der Suche nach einem Bett. Schlehweiß. Der Getränke sind genug getrunken. Was ist
schon genug? Zwar trink ich viel, doch trink ich nie genug. Weiß wie
Schlehen. Horch geht noch ein Stück hoch zum Gürtel. Da fährt auch
nichts mehr. Außer Taxis. Aber wo will er denn hin? Warum nicht
runter zur Josefgasse. Josefsgasse, Josefsehe. Was war das nochmal?
Josef und seine Brüder. Jakob nimmt den Isaak übern Jordan huk-
kepack. Samuel salbt Saul. Karin, wo ist dein Bruder? Ich weiß nicht.
Horch ist ein Einzelkind. Kein Bruder, keine Schwester, in der Schule
immer Bester. Er *war* ein Einzelkind. Jetzt ist Horch kein Kind mehr.
»Ich bin doch kein Kind mehr!« Doch. Doch, doch! Theaterleute haben ihre Kindheit immer in der Jackentasche, sagte Max Reinhardt.
Der mußte es ja wissen. Theater ist Spiel, und Spiel ist Kinderspiel.
»Alles bloß Spielerei«, sagte Horchs Vater zu Horchs Beruf. »Du willst
dir bloß die Hände nicht schmutzig machen.« Bloß, alles nur bloß.
Nackt und bloß. Demütigend, alles demütigend auch ohne Frauchen
und Zugehfrauchen. Betreten der Baustelle verboten, steht da. Eltern
demütigen ihre Kinder. Dafür müßt's Prügel geben. Noch in hohem
Alter. Demütigung von Kindern verjährt nicht. Oder doch Hölle? Die
Eltern in die Hölle? Der Vater in den Feuerofen? Alles bloß Spielerei,
würde er dann sagen. Oder vielleicht auch nicht.

And here is your death
in your daughter's heart.

Horch ist kein Sohn mehr, dafür Vater. Wenn seine Tochter ihn nun
in die Hölle wünschte? Grund genug hätte sie. Das schreiende Opfer unter seinem Messer. Iphigenie. Horch lehnt am rauhen Putz der
Hauswand Josefstädter Straße Ecke Blindengasse. Das weiß er nicht,
da kuckt er nicht hin, wie er auch nicht weiß, daß es der Hauer-Platz
ist vor dem Café Hummel, benannt nach dem Zwölftonkomponi-
sten Hauer. Es war ja nicht nur Schönberg. Den kennen alle; aber wer
kennt Hauer? Doch es ist die Blindengasse, und es ist halbdrei oder
drei oder halbvier, so genau muß man das jetzt nicht wissen. »Nein,
nein! Laßt mir doch, laßt mir doch mein Leben!« Horch horcht. So
ähnlich. So ähnlich im dritten Band der Ästhetik des Widerstands.
Horch horcht auf. Keine Szene in Prosa hatte Horch so überwältigt,
so entsetzt beim Lesen wie die Hinrichtung der Libertas, der Frau,
deren Beine zappelten. Und dann kam das wieder, das kam herein
in die Wirklichkeit des Kinderzimmers, als Horch seinen Abschied
nahm, seinen Abschied von der Familie, vom Kind, von Frau und
Kind, aber vom Kind doch, das hatte er nicht richtig geplant, nicht
richtig gewußt, vom Kind ein Abschied, er verließ die Frau und verließ doch das Kind, nur das Kind, und nur das Kind litt den Schmerz.
Der Frau war's schon egal, fast egal. Aber dem Kind doch nicht. Das
schrie, das Kind, das schrie: »Nein, nein! Laß mir doch mein Leben,
Papa, mein Papa, laß mir doch mein Leben mit dir!« Als hätte er ein
Messer in der Hand, ein Schlachtmesser, Opfermesser. Und das Kind
schrie wie am Spieß, wie unterm Messer, die kleine Iphigenie in ihrem Schlafanzug mit dem Schiffchenmuster. Und es kam kein Engel
und sagte: »Horch, lege deine Hand nicht an das Mädchen, und tu
ihm nichts.« Nee, keen Engel weit und breit. Ein engelloses Kinderzimmer, nach hinten raus uffn Hof, uffn Berliner Hinterhof. So verließ Horch die Familie, verließ das Kind, sein Kind, ließ sein Kind im
Stich, einfach so, sein eigenes Glück zu suchen, Tunichtgut, Tagedieb,
der Räuber Jaromir, nach ihm die Sintflut, der Räuber Kasimir, soll-

ten doch sehen, sollten doch klarkommen mit ihrer Familie, Scheiß-
familie. Familie ist Faschismus. Das Kind, das schrie. Hatte er denn
keine Ohren? Der Horch keine Ohren? Keine Ohren zu hören, der
Horch. Ohrenstein & Koppel, das stand doch immer in den U-Bahn-
Waggons, von denen aus er in die erleuchteten Zimmer der Skalitzer
Straße blickte, bis der Tod kam. Hatte er denn keine Augen zu sehen,
der Horch, war er denn blind? Taub und blind. Blindengasse Ecke Josefstädter Straße, es ist nachts, wie spät genau, muß man jetzt nicht
wissen. Jedenfalls dunkel. Stockdunkel. Und plötzlich ging alles ganz
schnell. Es zappelte mit den Beinen, das Kind.

Und Horch hat nicht mal ein Herz. Herzloser Horch.

And here is your death
in your daughter's heart.

Da vorne geht Prometheus. Oder? Oder wer? Wer trägt da ein Licht
vor sich her? Ein Licht, dem Gestalten folgen, Menschen, Personen,
Vermummte. Wer bildet da einen Zug, eine Lichtprozession mitten
in der Nacht? Aus dem Würstelstand gegenüber unter der Gürtel-
bahn lehnt sich ein Mann mit fettigen Haaren. Obwohl es kalt ist, hat
er die Hemdärmel aufgekrempelt bis zum Bizeps. Lehnt sich aus der
Bedienungsluke seines Wägelchens. Kuckt nach links, nach rechts.
Keine Kunden. Kein Taxilenker, der scharf rechts ranfährt zur Im-
bißpause. Nachtjause. Der Würstlverkäufer zieht den Kopf zurück
und läßt schnarrend den Rolladen aus Plastik herunter. Speastund
is. Zugsperrt is. Der Geruch nach kaltem Fett und Kaskrainern um-
wölkt den umgebauten Campinganhänger, an dem jetzt die Glühbir-
nen ausgehen. Horch sieht den dunklen Gestalten nach, die hinter
dem Lichtträger herhumpeln, um die nächste Ecke verschwinden.
Horch auch hinterher. Horch merkt jetzt den Alkohol. Die Füße finden keine Linie mehr, die Schritte sind unkoordiniert. Aber es geht.
Es gibt ja Hauswände, an denen man sich ein bißchen abstoßen kann.
Naja, auch festhalten. Und Laternen. Mistkübel. Mülltonnen heißen

hier Mistkübel. Mit der Telephonnummer des Misttelephons. Bei Anruf Mist.

Horch hat den Anschluß nicht verloren. Es sind alte Leute, die da gehen, dem Licht nachgehen, das einer trägt, der auch ein alter Mann ist. Gehen nicht so schnell, da kann Horch ganz gut mithalten, obwohl ihn die Füße nicht mehr gut tragen. So weit die Füße tragen aber, will er mitgehen. Sein Herz schlägt. Sein Herz? Ein herzloser Horch hat kein Herz zum Schlagen. Es schlägt aber. Hat womöglich ein Herz aus Stein, der Horch, wie beim Hauff? Es schlägt, es klopft, es rumst richtig, wie eine Pauke, eine Pauke im Innern. Innen paukt es, nach innen, den geheimnisvollen Weg entlang. Kohlenmunkpeter. Die Neulerchenfelder Straße hoch. So schnell können die Alten nicht gehen. So schnell darf der Lichtträger nicht gehen, damit die Kerze nicht verlischt. Immer langsam voran mit den jungen Pferden. So hatte Kurt Heintel immer gesagt, dabei hieß es, wie es eigentlich heißt. Immer hübsch langsam. Falsch! Heintel sagte immer alles falsch. Der Busenfreund, der große Busenfreund.

Den Anschluß nicht verlieren, nur den Anschluß nicht verlieren! Nicht abgehängt werden vom Leben! Vom Leben, das draußen tobte, von dem Horch nur noch hörte, nur noch Erzählungen vernahm, Berichte, Gerüchte. Eine Familie ist eine Welt für sich, abgeschlossen. Das hatte Horch erkannt; das erlitt er. Jede Familie eine Welt, dazwischen die Wirklichkeit des Lebens, des wirklichen Lebens derer, die keine Familie haben, keine Familie hatten, niemals eine Familie haben werden. Obwohl doch alle aus einer Familie kommen. Zeugung nur durch Eltern, nicht aus der Faust. Das ist vorbehalten den Göttern, den Ursprungsgöttern, denn irgendwie mußte sie ja anfangen, angefangen haben, die Welt, das Universum der Familien. Aber weg, nur weg, weg von den Eltern, weg von zu Hause, jeden Morgen, jeden Tag in die Schule, die Zuflucht, Ort der Anerkennung, des Respekts, des Wohlwollens. In der Familie nur Haß, nur Verachtung, nur Gebrüll. Saubermachen und Gebrüll. Fenster putzen, Staub saugen, Schränke abrücken, oben und dahinter und Gebrüll. Kein gesunder Mensch kann das ertragen auf die Dauer. Und Gebrüll. Kein Kind dabei heranwachsen, bewußt werden der Welt und seiner selbst. Gebrüll. Die Familie ist die Tötungsmaschine des Selbstbewußtseins.

Nun war er doch hineingetappt, nein, nicht mal, er war hineingeglitten in die Familie, in die Familienfalle, hatte sich hineinbegeben, sich sitzend herabgelassen in die Fallgrube, auf deren Grund sie blind herumkrabbeln allein selbdritt: Vater Mutter Kind und von oben kucken die Eltern herunter in die Grube, die Großeltern, über den Grubenrand, Onkel und Tante, ja das sind Verwandte, die man am liebsten nur von hinten sieht, und Nichten und Neffen. Alle beugen sie sich vor über den Grubenrand, daß man den Himmel nicht mehr sieht. Das hatte es ja alles nicht mehr gegeben für Horch, nachdem er die elterliche Wohnung verlassen hatte, das elterliche Gefängnis, in dem das Leben eine Bewährungsstrafe war. Familie, das waren immer die anderen. Nun war Horch selbst Familie, Vater Horch. Horch, der Vater. Der Alte.

Familie: Keimzelle des Staates, Ursprung des Faschismus. Und jetzt stand der Vater Horch im Kinderzimmer, im Zimmer des Kindes, ein Zimmer, ein Kinderzimmer, das er selbst niemals gehabt hatte als Kind, ein Zimmer für sich allein, aber das Kind hatte ein Zimmer, ein Zimmer ganz für sich allein, und in dem stand er jetzt, der Vater Horch, er stand zwischen der Mutter des Kindes und dem Kind, das in seinem Bett lag und weinte, weil es wußte, der Vater würde weggehen, verschwinden, nicht mehr da sein fürderhin, ab trimoh. Darum weinte das Kind. Das Kind lebte, denn Weinen heißt Leben, so steht es bei Beckett, noch heute steht es da und wird ewig wahr bleiben, wahr bis zum Ende des Menschen, dem Ende des Spiels. Das Weinen ist des Menschen Bestimmung und Ende, sein Leiden ist Ziel, sein Schmerz ist der Sinn des Lebens. Tiere weinen nicht, Pflanzen weinen nicht, das Weinen macht den Menschen aus. Daß sein Leben ein Ziel habe. Jetzt war der Horch selbst zum Faschisten geworden. Horch, der Vater. Der Vater kommt und foltert, der Vater fügt Schmerz zu, der Vater tut dem Kind Gewalt an. Und da weint das Kind, das ist ja wohl kein Wunder.

Busenfreund Horch. Der Busen seiner Frau, der Mutter seines Kindes, sollte nicht der letzte sein, den Horch in seinen Händen halten wollte. Mehr Busen, andere Busen, Berge von Brüsten, Alpen, Karpaten, Himalayas von Brüsten, das wollte der Horch sich nicht entgehen lassen und dafür abgespeist werden mit immer denselben Glokken, Möpsen, Titten, die kannte er zur Genüge, Glocken, Möpse, Titten ein und derselben Frau, der Mutter seines Kindes. Was will der Horch im Kinderzimmer? Was will der Mayer im Himalaya? Das Kind weinte, das Kind schrie, und die Mutter blickte stumm.

Vor der Kirche stockt der Zug. Die schweren Holztüren werden geöffnet im flackernden Schein der Kerze. Ein paar Leute drehen sich um nach Horch. Der schwankt. Holt tief Luft. Es sind alte Leute. Kalte Luft, viel kalte Luft. Keine Zähne in den Mündern oder welche aus Gold. Im Dunkeln sieht er nicht viel von den Gesichtern. Die Frauen sind alt und tragen Kopftücher, die Männer Schnurrbärte und Sakkos, die nicht zu den Hosen passen, zerbeulte Hüte. Es sind arme Leute. Sie frieren. Alle ohne Mantel. Gebückt stehen sie und warten darauf, daß es reingeht in die Kirche. Frauen ziehen gehäkelte Stolen enger um die Schultern. Langsam, Schritt für Schritt geht es nun vorwärts. Das Kirchentor steht weit offen, der Altar glänzt im Licht der Kerzen. Um die Ecke quietscht ein Taxi; niemand dreht sich um außer Horch. Jetzt ist er als letzter gerade noch durch die Tür, die sich langsam schließt von unsichtbarer Hand.

Bekreuzigungen, angedeutete Kniefälle, die Kirche hat keine Bänke, und man bildet in einigem Abstand zum Altar einen dichtgedrängten Pulk. Ein paar Stühle werden herangetragen von Männern mit zerfurchter Stirn, eingefallenen Wangen. Greisinnen setzen sich auf die Stühle, ein alter Mann stützt sich mit einer Hand auf die Lehne, während er sich mit der anderen fortwährend bekreuzigt. Hinter der Gruppe lehnt Horch an einer Säule. Über dem Altar nicht das Kruzifix, sondern die Mutter Maria mit dem toten Christus auf den Knien. Hält ihn nicht im Arm, läßt ihn beinahe runterfallen, hinabgleiten über das Gewand. Will ihn loswerden. Tot und soll begraben werden. Irgendwie entsorgt werden. Hat sich längst anders orientiert, die Mutter Gottes. Aus ihrer geöffneten Brust, aus ihrem Innern leuchtet ihr Herz. Solche Marienbilder kennt Horch von bayerischen Bauernstuben und Wegkapellen. Als Altarbild ist ihm diese Darstellung noch niemals begegnet, schon gar nicht in dieser Kombination aus Pietá und Herzensleuchten. Leuchte, mein Herz, leuchte. Die Alten – Horch kann keine Jungen oder gar Kinder sehen – murmeln Gebete vor sich hin. Oder schimpfen sie? Ein leise grummelnder Chor in fremder Sprache. Russisch. Serbisch. Unterdrücktes Schimpfen. Kroatisch. Bulgarisch. Slawisch in jedem Fall. Kirchenslawisch. Glagolitisch. Zischlaute. Die tiefen Stimmen der Männer übertönen die Frauen. Das einzige Wort, das Horch ab und zu versteht, ist »gospodin«. Schimpfen. Sie sprechen nicht im Chor, sondern jeder für sich. Zeitversetzte Einsätze, Pausen des Schweigens mitunter, dann wieder Anheben des Redens, als würde die Sprache ihnen ohne ihr Zutun, ohne ihren Willen aus den Mündern fließen. Jemand muß Weihrauch entzündet haben. Es qualmt, und ein durchdringender Duft erfüllt die Kirche und hüllt das Bild der Mater dolorosa cordialis schnell in gelbliche Schwaden. Die Kerzen blaken. Horch bemächtigt sich eine Stimmung von Demut und Opfer. Das Beten geht über in einen Gesang, ein unrhythmisches Leiern. Dieses Geräusch, dieses tönende Atmen der Gläubigen in den fettigen Wolken von Weihrauch und Kerzenwachs, weckt in Horch eine seltsame, plötzliche Trauer, die er noch niemals erlebt hat. Er spürt, wie ihm Tränendruck durch den Hals nach oben in Nase und Augen steigt. Sich jetzt mal hinsetzen können, denkt er, und hat den Eindruck, als würde der Kirchenraum sich drehen. Der Alkohol? Der Alkohol in Verbindung mit der Räucherei? Nein, kein Drehen, eher ein Auflösen, eine unstete Bewegung, in der Säulen und Wände ihre Festigkeit verlieren, eins werden mit dem Gesang, der weiter anschwillt, sogar eine Tenorstimme hervorbringt, die sich hochschraubt, zum Lobe der Mutter Gottes wahrscheinlich, die vorne den Sohn fallen läßt und ihr Herz darbietet, und des ewigen Gospodin. Die Tenorstimme bricht ab, als ginge es höher nicht mehr, worauf alle, sich bekreuzigend, niederknien und in Stille verharren. Die Lichter flackern, der Weihrauch hat einen ungleichmäßigen Nebel gebildet und läßt den Raum, die Wände und Säulen sich zurückziehen ins Dunkle. Nur vorn bleibt das Bild, das Marienbild, das Mutterbild, das Herzmutterbild erleuchtet und gegenwärtig, als würde es nach vorn getragen. Horch preßt seine Handflächen hinter sich an die kalte Säule, legt den Hinterkopf an den Stein. Ein bißchen nüchtern ist er schon geworden. Ein leichter Schwindel ist noch da. Keinerlei Übelkeit, im Gegenteil, eine angenehme Leichtigkeit hebt den Magen, als bekäme er Appetit, Appetit auf ein paar Debreziner mit Senf und Kren und ein Achtel rot, ja, das kann man immer essen, ein kleines Zwischengericht, eine Kaffeehausspeise, auch jetzt hier, mitten in der Nacht, schon Morgen vielleicht, in den die alten Leute jetzt hinausziehen, gebückt wie zuvor, aber irgendwie unbeschwerter, Horch glaubt, ein Lächeln zu sehen bei dem Mann, der sich auf die Stuhllehne gestützt hatte, er bekreuzigt sich nicht mehr, setzt den Hut wieder auf und ist der letzte beim Verlassen der Kirche.

Allein bleibt Horch zurück. Allein, allein und allein. Die Kerzen brennen noch, es räuchert vor sich hin. Hat Horch sich je einsamer gefühlt als in diesem Moment? Nein. Allein mit dem Bild der Maria, der Jungfrau Maria, der Mutter Maria, der Herzjesumutter. Läßt den Bengel fallen, hat ihr genug Ärger eingetragen, das Stück Malheur, keinen richtigen Vater gehabt, ein Bastard mit allen Konsequenzen. Satansbraten. Abstoßend dazu, dieses Anbieten ihres Innersten. Wie eine Nutte, denkt Horch, und wundert sich, wie klar er im Kopf ist von einer Sekunde zur anderen. Zeigt ihr Herz, als wäre es rausgerissen, die Brüste links und rechts sorgsam verhüllt, nur das Herz in der Mitte frei und ausgestellt, von Strahlen umgeben offeriert. Wer will mal kosten? Bewegt sich etwas in ihrem bleichen Gesicht? Das Bild

ist schlecht gemalt, das sieht Horch, das sähe ein jeder, keine primitive Malerei, aber technisch nicht einwandfrei, es mangelt an Tiefe.
Aber die Frau spricht. Oder spinnt er jetzt? Hört er eine Stimme?
Ist er verrückt geworden? Das Echo des betenden Gesangs der Alten,
die jetzt draußen sind, wo man auch schon Autos hört, der Verkehr
scheint anzuheben, der Morgen beginnt. »Mein ist dein Herz.« Nee,
das hat er jetzt nicht gehört, das hat er erinnert, das war der Satz dieses Mädchens, das ein bißchen Ähnlichkeit hatte mit seiner Tochter.
Was? Mit der Tochter? Ja, aber genau, in dem Augenblick, mein lieber Horch, haste das verdrängt, wolltste das nicht sehen, hastes aber
wahrgenommen, bist ja nicht blöde, hast ja Augen im Kopf, hast sogar mehr Augen im Kopf als nur zwei: zähl das innere Auge ruhig
mit. Was ist denn so nuttenhaft an diesem Herzen? Was? Stabat mater dolorosa, Horch hört das eigene Herz klopfen, iuxta crucem lacrimosa, es schlägt ihm bis zum Hals, er starrt in dieses Muttergesicht,
es schlägt das Herz, geschwind zu Pferde, jetzt sich mal hinsetzen,
aber bis zum nächsten Stuhl, da, wo der Alte sich auf die Rückenlehne
gestützt hat, sind es zu viele Schritte, es war getan, noch eh's gedacht,
die Tochter verlassen, das schreiende Kind zurückgelassen mit der
stummen Mutter dolorosa im Kinderzimmer iuxta crucem lacrimosa,
kein Wunder, wenn das Kind weint, es hat allen Grund zum Weinen,
der Abend wiegte schon die Erde, und an den Bergen hing die Nacht,
rausgerissen das Herz, das Kind ist das Herz der Familie, die Familie ist ja nicht irgendwas, Herr bleibe bei uns, das Kind ist allein, allein und allein, denn es will Abend werden, wo Finsternis aus dem
Gesträuche mit hundert schwarzen Augen sah, Herzrausschneider
Herzbrecher Herzchirurg Herzkasper Herz und Scherz und Schmerz
und Herzinfarkt, wie fühlt sich das alles an?

Horch spürt den kalten Granitboden der Kirche auf seiner Stirn. Er
liegt der Länge nach bäuchlings vor dem Altar. Hier unten ist die Luft
besser. Der Rauch steigt bekanntlich nach oben. Eine Pfütze neben
seinem Gesicht. Tränen, Speichel, einfach Spucke. Er riecht seine eigene Fahne. Fischer, wo weht deine Fahne? Ganz ruhig, mein Herz,

janz ruich et läuft, geh aus mein Herz und suche Freud. Der eisige
Stein kühlt den Bauch; Horch wird sich was wegholen. Junge, hol
dir bloß nüscht weg, hatte die Mutter früher gesagt, kannte das ja,
immer mit den Bronchen, der Bengel. Mater dolorosa, crucem lacrimosa. Es ist nur Spucke. Der Drecksbengel. Er zieht die Oberschenkel
an, um den Bauch etwas vor der Kälte zu schützen, liegt da wie ein
Embryo, ein ausgesetztes Kind. Hat einer ausgesetzt, das Kind, einer von den Alten, wollten ein Kind loswerden, deshalb waren keine
Kinder dabei. Vor der Mutter Gottes auf den Boden gelegt, der Maria
geopfert, Schmerzensmaria, schmerzhafte Muttergottes, Schmerz
oder Scherz. Egal, Horch hatte nicht viel erlebt. Die Leute, die hier
in der Kirche waren, Flüchtlinge, Vertriebene, Vergewaltigte, Opfer
des Krieges, die ersten Opfer sind immer die Armen. Balkankrieg.
Horch hat keinen Krieg erlebt, kennt Krieg nur aus der Tagesschau.
Tagesmutter, da ist sie wieder und lächelt vergebend herab auf den
Gekrümmten. Kosovo. Amselfeld. Drossel Fink und Star. Ach Gottchen, du armer Kerl, du Wohlstandskind, du Weichei. Nicht vom Leben gezeichnet; nur vom Kitsch. Vogelhochzeit. Da hastes! Nicht anders verdient, du Wichtigtuer mit deinen Vorträgen, deinen Affären,
deinem bißchen Leben, du bescheuerter Busenfreund. Mein ist dein
Herz. Slibovitzka, Herr Kapitän.

Glitzernder Bart. Im Dunkel ein glitzernd unrasiertes Gesicht. Kragen hoch. Rückenwind. Aber hier ist kein Wind. Kalt ja, aber kein
Wind. Die Fliesen sind kalt. Eisgranit. Glace. Glück und Glas wie
leicht bricht das. Die Kerzen? Die Kerzen sind aus. Die Mutter ist
weg. Weggegangen. Nur mal eben. Ausgegangen. Kommt die Mutter
wieder? Nein. Wenn die Mutter weggeht, auch nur mal eben, muß
Horch immer damit rechnen, daß sie nicht wiederkommt. Es ist normal, daß Menschen nicht wiederkommen. Steigen in ein Flugzeug,
kommen nicht wieder. Reisen nach Zypern, kommen nicht wieder.
Oder sonstwohin. Kommen nicht wieder. Dann bleibt er zurück. Allein, allein und allein. Dunkel. Dark room. Ein bärtiges Gesicht, eine
Hand, die nach ihm faßt. Eine wärmende Hand. Golfstrom. Das war

Napoleon Seiffert, oder wie der hieß, mit dem Sarg im Wohnzimmer. Die Hand faßt irgendwohin. Und die anderen. Grega Hansen. Hans Brockmann. Wir fahrn einfach irgendwohin. Kommen nicht mehr wieder. Horch sieht auf. Das Gesicht von Georg Held? Georg Held? Was macht der denn hier? Das war doch, das war doch Molnár. Oder was? Beugt sich über ihn. Sein warmer Atem von Vierteln rot. Oder Slibovitzka, Herr Hauptmann. Fühlt sich schwer an, der Horch, wie eine versunkene Glocke. Hoher Kragen oder Kapuze. Eine Kapuze eher mit Pelzbesatz. Ewige Ebbe und Flut. Der Held. Vater meiner Kinder? Heldenvater. Schwerer Heldenvater. Erster Liebhaber. Vom ersten Liebhaber zum schweren Heldenvater.

Schwerer Kopf. Dennoch den Kopf heben. Den Kopf in den Nacken legen. Luft schöpfen. Am Himmel immer Flugzeuge. Von Brünn? Blinken von Brno, rotes Blinken, weißes Blinken, Landescheinwerfer, Fahrgestelle ausgefahren. Von Brünn oder nach Brünn? Wenn alle Brünnlein fließen, dann mußt du trinken. Mußt auch du trinken. Trinke, Trinker, dein Brünnlein aus, bevor es versiegt. Weil ich mein' Schatz nicht rufen darf, tu ich ihm winken. Winke, Winker, einen Wink. Beim Abbiegen den Winker raus, rechts links. Was machen, wenn der Winker klemmt? Scheibe runterkurbeln und Arm raus. Links kein Problem, aber rechts? Mit dem Arm übers Dach nach rechts zeigen? Radfahrerblick. Mit den Armen abwinken wie ein Radfahrer. Die Flugzeuge rumoren. So ein polterndes Brummen von Propellern. Propellerflugzeuge, Turboprop. Proppenvoll die Dinger wahrscheinlich mit Bomben. Bombenhagel. Bombensicher. B zweinfuffzich. Da leuchtet der Himmel auf von den Einschlägen unten. Rot wie Feuerwerk zischen Raketen hoch und platzen in der Luft zu Sternenregen nach links und rechts in hohen Bögen wie Schirme herab, links und rechts. Rauchwölkchen, die kommen von Belgrad herüber, der weißen Stadt. Der weißen Stadt am Donaustrand. Beograd. Da bleibt kein Hölzchen auf'm Stöckchen. Weil ich mein' Schatz nicht rufen darf, juja, rufen darf, tu ich ihm winken. Tu ich erstmal was trinken. Sterne schießen vom Himmel herab. Sternenhagel. Schlohweißer Sternenhagel und geht im Bombenhagel die Straße rauf, die Gasse, wie sie hier sagen, die Neulerchenfelder Straße. Brünn? Bratislava? Breslau? Belgrad?

Soll man bei diesem Bombenwetter überhaupt auf der Straße sein, mag sie nun heißen, wie sie wolle? Fragt sich Horch und kuckt nach oben. Vom schwarzen Himmel, vom pechschwarzen, heben sie sich gut ab, die Leuchtkugeln und Weihnachtskugeln und Tannenbäume oder wie das hieß, wovon die Mutter erzählt hat. Welche Mutter? Na, die vom Horch, die mit dem Schottenrock und der Leni-Riefenstahl-Frisur; die kennt man doch. Im Luftschutzkeller groß geworden, die Mutter. Die mit dem weinroten Cocktailkleid, später. Attraktive Frau. Noch im Alter. »Sind doch noch eine hochattraktive Frau«, hat der Arzt gesagt, der Hausarzt. Luftschutzkeller. Naturschutzgebiet, weil man in diesem Gebiet die Natur schützt. Luftschutzkeller, weil man in diesem Keller die Luft schützt. Ist recht knapp die Luft, reicht womöglich nicht für alle, die drin sitzen. Muß deshalb geschützt werden, die Luft. Luft zum Atmen. Horch bleibt stehen. Geht ihm die Luft aus? Muß er sich vor der Luft schützen? Doch der Segen kommt von oben. Tannenbäume vom Himmel: eine merkwürdige Vorstellung. Merkwürdig, weil man sich so was merkt. Hat die Mutter so erzählt. Fallschirme, das kann man sich vorstellen. It's raining men. Hat ja sonst nicht viel erzählt, die Mutter, schon gar nicht, wenn Horch sie fragte. Luftschutzkeller gut und schön. Aber draußen? Was war draußen, oben, wenn man hochkam? Da waren die Russen. Uri, Uri. Das war damals noch kein Kanton in der Schweiz wie später beim Kreuzworträtsel. Oder beim Cocktailkleid, mit dem ging es zum Prälaten. Kriminaltango. Abgehakt die Geschichte. Für die Mutter war die Geschichte abgehakt. In der Taverne. Hatte aber noch einen Haken, die Geschichte. Die Geschichte mit dem Hakenkreuz. Da hat man drei Kreuze gemacht, als die vorbei war. Dunkle Gestalten, rote Laternen.

Horch steht zwar, aber spürt seine Beine kaum. Kein Held, nur Vater. I stumbled out of bed. Er schreitet kaum, doch wähnt er sich schon weit. Unter den Achseln fühlt er sich gestützt. Er schwitzt. Dabei ist es so kalt. Und mußt du leiden, dann beklag dich nicht. Er würde sich gern mal hinsetzen. Die Stühle sind weg. Draußen sind keine Stühle. Ein Taxi. Der Horch müßte sich mal setzen. Einfach irgendwohin. Der Taxilenker lenkt mit einer Burenwurst in der Hand. Bei Rot beißt er ab. Dann Gelb und Grün. Lenkt das Taxi mit der Burenwurst in der Hand. Wie macht man das, ein Taxi lenken mit der Burenwurst? Es geht, wie immer in Wien mit dem Taxi, die längste Strecke. Wir fahren einfach irgendwohin. Dieses Taxi quietscht nicht. Umwege, weil kein Wiener Taxifahrer Wiener ist. Uganda. Burundi. Mali. Kamerun. Einmal hatte Horch den Taxifahrer gefragt, ob er wisse, in welcher Stadt er fahre. Antwort: Kuala Lumpur. Aber er wollte in die Josefgasse. Keine Josefgasse in Kuala Lumpur. Dieser Taxifahrer weiß, wo es langgeht. Taxilenker sagt man hier. Er lenkt und steuert nicht. Steuermann, laß die Wacht. Schiebt den Zipfel der Burenwurst in den Mund. Steuermann, her zu uns. Na, do foama no Nußduaf aassi. Anhalten. Aussteigen. Zu Fuß gehen. Ne, keine Rede von Nußdorf. Theresienbad. Josefgasse, immer nur wieder in die Josefgasse. Da, wo er immer hinwill. Pension Felicitas. Wo das Glück ist. Tu felicitas Austria. Glück und Ende. König Ottokar und Bruderzwist in Habsburg. Gott sei Dank hat er keinen Bruder, der Horch. Ein Horchbruder, das hätte noch gefehlt. Einbahnstraße abwärts. Ja, die Josefgasse geht abwärts, immer abwärts. Aber Horch will sich einfach nur mal hinsetzen. Oder hinlegen. Am Besten hinlegen. Einfach nur so daliegen. Und dann Ruhe im Karton.

Gut, daß der Bürgersteig hier ein Geländer hat. Da kann Horch sich festhalten, Servus Herr Chauffeur, Servus Kaiser. Ein kaiserliches Trinkgeld womöglich. Die Tür geht auf, also muß ein Schlüssel da sein. Ein Ächzen empfängt den niedersinkenden Mann. Rotes Samtpolster, Kapricenpolster, Sammet-, Sammetzeug. Der Fahrstuhl ruckt an und stöhnt. Es quietscht, hebt aber, hebt ungemein. Putzt ungemein. Parkett klappert unter den Schuhen, oder was. Das Zimmer hinten rechts. Komisch, daß auch hier die Tür einfach aufgeht. Das

Wunder der Schlüssel. Den Kopf jetzt nach hinten legen, ausstrek-
ken, sich ausstrecken der Länge nach wie vorhin auf dem eiskalten
Kirchenfußboden. Entspannt, abgespannt, ausgespannt. Hat Horch
auf einem Kirchenfußboden gelegen? Wann denn? Völlig entspannt
im Hier und Jetzt. Wo ist jetzt, wenn nicht hier? Unspannend, völlig
unspannend. Spann den Wagen an, Hajo, denn der Wind bringt Regen übers Land. Und schlafen, einfach schlafen, nichts hören, nichts
sehen, nichts sagen. Stumm liegt der Horch, still und stumm, nicht
zu früh diesmal, eher zu spät, spät genug jedenfalls, denn der Wind
bringt Regen übers Land.

And if you want to sleep
I'll be quiet.

Wer? Wer ist da? Hat jemand die Türen aufgeschlossen? Hat jemand
den Fahrstuhl geholt? Hat jemand dem Taxifahrer ein Trinkgeld gegeben? Dem Lenker? Dem Wagenlenker? Oder hatte Horch das nur
irgendwo gelesen? Spann den Wagen an, denn der Wind kann nicht
lesen. Kann gar nicht lesen. Das Kind kann noch gar nicht lesen. Das
Kind? Servus Kaiser.

Drei Die Götter

In den Rauchschwaden der Orient-Zigaretten glitzert der Staubzuk-
ker der Apfel- und Topfenstrudel. Süßer Duft von Kaffee und heiß-
gemachter Milch füllt den Raum, gewürzt mit der pikanten Note
von Schnittlauch- und Sardellenbroten. Ein summendes Parlando
schwebt stereophon durch den linken und rechten Flügel des weit-
räumigen Kaffeehauses, durchsetzt mit tschechischen Lauten, darüber der Ruf der Kellnerin von der Fernsprechzelle hinter dem Pres-
setisch: »Magister Schmitzer, bitte, Telephon!«

Ich betrete den rechten Flügel, als von einem der Fensterplätze ein
korpulenter Mann mit offenem Sakko und weißem Hemdzipfel darunter, der ihm aus dem Hosenbund gerutscht ist, mich vor der Mehlspeisenvitrine fast umrennt bei seinem Sprint zum Hörer, den die
Kellnerin ihm aus der offenen Holztür mit Bullauge entgegenhält.
Magister Schmitzer also.

Das Land der Titel. Regieassistent am Burgtheater war keine Aus-
bildungsphase oder Karrierestufe, sondern für manchen schon das
Erreichte. Der ließ sich dann »Herr Assistent« nennen wie die In-
tendanzsekretärin »Frau Magister« und der Verwaltungsdirektor
»Herr Kommerzialrat«. Eine Märchenbürokratie byzantinischen
Zuschnitts. Ich glaube, es war Oswald Wiener, der einst vorschlug,
Österreich zu einem großen Freilichtmuseum zu erklären. Er meinte
es wohl kritisch. Ich habe nichts gegen Museen und würde mich dort
glatt um eine Kuratorenstelle bewerben.

Glücklicherweise ist im rechten Flügel links an der Wand vor der Toi-
lette die vorletzte Nische frei. Das war immer mein Lieblingsplatz.
Unter dem Ölbild der Traumnovelle. Eine schwarze Kutsche fährt in

dunkler Nacht durch Wiener Gassen, schmale Lichter hinter manchen Scheiben, sonst dunkle Grüntöne. Ein Fiaker auf dem Weg zu der obskuren Villa, in der das Fest stattfindet, die Orgie. Die ganze Novelle von Schnitzler in diesem Bild. Wenn nicht der ganze Schnitzler. Wien um die Jahrhundertwende bei Nacht, die Fahrt ins Dunkle, in den Orgasmus, in das Verbot, in die Neurose, in die Literatur.

Mantel und Schal hänge ich auf den Garderobenständer in guter Armlänge vom Tisch. Ich quetsche mich hinter die Marmorplatte und schiebe mich in die Ecke der Polsterbank, meine Sachen im Blick. Schau'n Se'n dann immer an, bleibt der Überzieher dran. Na bitte, das Langzeitgedächtnis ist also nicht beeinträchtigt. Die abgewetzte Polsterecke mit dem unergründlichen Blumenmuster nimmt mich gnädig auf. So ist die Ordnung wiederhergestellt. Apokatastasis.

Die Tische sind hier viel zu hoch zum Schreiben, oder die Bänke sind zu niedrig oder beides. So schauten wir als Kinder auf die Mahlzeiten. Wir sahen die Teller dampfen, aber ihren Inhalt konnten wir nur erahnen. Auf der Fensterseite sind die Polster durchgesessen und die Tischplatten noch höher und schmal wie Bügelbretter. Für Kaffeehausliteraten keine optimale Ergonomie. Aber Kaffeehausliteraten sind ja nicht sonderlich produktiv. Oder sie schreiben nur kurze Texte, Impressionen und Aphorismen wie Peter Altenberg. Die lassen sich mühelos auch in dieser Schreibhaltung über den Tag verteilt verfassen. Sofort ist die blonde Kellnerin mit den ungleichen Waden an meinem Tisch. Ich bestelle O-Saft und einen großen Braunen.

Ihr Gesicht ist von bitterer Attraktivität. Sie ist einnehmend freundlich, ohne zu lächeln. Das gibt ihr einen seltsamen erotischen Reiz, der kaum zu erklären ist. Ihre Waden unter dem engen schwarzen, knielangen Rock können sich sehen lassen. Genau deshalb fällt die Ungleichheit auf. Die rechte Wade ist wesentlich stärker gedrechselt als die linke. Jedesmal versuche ich zu beobachten, ob es etwa daran liegt, daß sie die Rechtskurve zu Küche und Office energischer nimmt als die Linkskurve auf dem Rückweg, an der Mehlspeisenvitrine vorbei. Einseitiges Belastungssyndrom.

Die Stimme Magister Schmitzers wird vernehmlich: »Na, des kemma net moochn!« Damit hat er offenbar eingehängt, denn er kehrt jetzt schwerfälligen Schritts zu seinem Frühstück zurück. Schiebt sich in die enge Fensternische und hebt, wie eine Maske, die Kronenzeitung vor das Gesicht.

Der frisch gepreßte Orangensaft in dem bauchigen Viertelglas ist der Aufgang meiner Sonne. Ein leichter Anflug von Zimtaroma liegt über dem Tablett mit dem großen Braunen. Das Parfum der Kellnerin. Sie stellt alles ab und erkennt mich jetzt wieder. Kein Lächeln freilich, aber eine angedeutete Geste des Respekts. Richtig, die weiße Bluse birgt zwei ausladende, feste Glocken, die man als Mann nach langer Nacht sofort läuten möchte. Tief einatmend, strafft sie die Brust, dreht sich in den Raum und läßt meinen gierigen Blick an ihren schmalen Hüften abperlen. Professionell.

Ich leere die Hälfte der Orangenkugel in einem Zug. Fruchtfasern zerdrücke ich mit der Zunge am Gaumen. Im Aufplatzen der Vitamine im Mund erholt sich langsam mein Bewußtsein. Ein zweites Zungenbad im Zitrussaft. Ich stelle den leeren Kelch in die Wasserpfütze auf dem Servierblech. Der große Braune wird im Eiles getrennt serviert; die warme Milch im Kännchen. Ich schütte den gesamten Inhalt mit einem Schwupp in den Kaffee. Gebe den Zucker aus der Schütte über den Schaum und rühre vorsichtig um, damit nichts über den Tassenrand schwappt. Vorsichtig die Tasse zum Munde. Doch wohl kein Zittern der Hand, oder? Mit dem ersten Schluck heißen Milchkaffees beginnt der Erdungsprozeß meines Kopfes.

Wie ich in die Pension zurückgekommen bin, erinnere ich nicht. Filmriß. Noch kaum, daß ich den Weg heute morgen von der Josefgasse hierher in jedem Schritt nachvollziehen kann. Manchmal ist es, als stünde ich neben mir und schaute mir zu. Manchmal? Nein, oft. Immer öfter. Es gibt Leute, die reden sich mit Du an. Im inneren Dialog. »Du, jetzt mach mal, gib dir einen Ruck.« So in der Art. Das ist mir fremd. Das innere Du ist mir fremd. Ich betrachte mich in der dritten Person. Ich ist ein anderer. Ist es das, was Rimbaud gemeint hat? Diesen Weg von der Josefgasse zum Café Eiles geht mein Körper automatisch, wenn ich in Wien bin. Jeder meiner Tage hier begann im Eiles.

Für Zeitungen ist es noch zu früh. Ich muß mich erst mal sammeln. Ein erster Blick auf die Uhr. Mein Armband ist nach innen gerutscht. Ich drehe es nach oben zum Handrücken. Gott, es ist ja schon halb Zwölf! Ich habe den ganzen Vormittag verschlafen. Was war bloß los?

Vorn ist ein kleiner, gedrungener Mann aufgetreten, der sich hastig und mit halber Backe auf den Eckplatz neben dem Eingang setzt, als müsse er gleich wieder weg. Einen dunkelblauen Kaschmirmantel hat er über die Rückenlehne des Sessels davor geworfen. Die Kellnerin rührt sich nicht von der Stelle. Es ist nicht ihr Revier. Der Ober im vorderen Bereich nimmt vor dem neuen Gast Haltung an und die Bestellung entgegen. Es ist – ich höre es bis hierher – ein kleiner »Schwoazza«. Der Gast hebt den Kopf. Ich sehe das Gesicht. Brandauer. Es ist unverkennbar Brandauer. Ich sah ihn vor fünfzehn Jahren das erste Mal auf der Bühne. Hamlet im Burgtheater. In meiner Erinnerung spielte er das Stück ganz alleine. Seine Präsenz beim ersten Auftritt – man sah gar nicht, woher er kam – war bühnenfüllend. Nein: theaterfüllend. Da unten stand der kleine Brandauer im Hamlet-Kostüm und hatte mit einer einzigen Bewegung seiner Hand, die eben noch auf dem Degenknauf gelegen hatte und sofort wieder dahin zurückging, das ausverkaufte Haus mit dem Schicksal des Dänenprinzen vertraut gemacht. Er hätte in diesem Moment abgehen können, und jeder Zuschauer wäre mit der Überzeugung heimgekehrt, die Tragödie komplett und ungestrichen gesehen zu haben.

Er nippt am Kaffee, da steht ein Mann vor ihm im Lodenmantel, mit dem Rücken zu mir. Brandauer nimmt seinen Mantel vom Sessel und bietet den Platz an. Der Mann behält den Seinen an und setzt sich. Auch er nur auf dem Sprung. Blonde Locken fallen über die Ohren. Im Profil erscheint das Gesicht füllig, Hornbrille und hängende Unterlippe im Gegenlicht des Fensters. Ich glaube, das ist Laurenzer, der Intendant von Bozen und Meran. Der war vor fünfzehn Jahren Regieassistent und war damit nicht am Ziel wie die anderen Herren Assistenten. Als Tiroler wollte er zu Hause sein Theater machen. Und hat es geschafft. Mehr kann man nicht verlangen. Besprechen sie ein Gastspiel? Schenkt man sich Rosen in Tirol. Brandauer ist ja unermüdlich unterwegs mit seinem Porsche. Prominenten-Rabatt. Allerdings hat sein Körper das optimale Porsche-Format. Mir könnte man einen schenken, und ich würde ihn sofort versilbern. Mir sind diese Autos zu klein. Und so niedrig und flach. Immer mit dem Arsch eine Handbreit überm Asphalt. Nee, nichts geht über eine vernünftige Limousine.

Schon war der Ober wieder am Tisch. Natürlich zahlte Laurenzer. Stars haben gar kein Geld in der Tasche. Luc Bondy hat mal erzählt, wie er mit Piccoli zum Abendessen verabredet war als ganz junger, unbekannter Regisseur. Erste große Begegnung. Herzklopfen. Paris. Superteures Lokal. Als es ans Zahlen ging, tappte Piccoli links und rechts mit flachen Händen an seine Sakkotaschen und sagte: »Malheureusement, je n'ai aucun sou sur moi.« Bondy mußte seine ganze Brieftasche leeren. Zeit vor der Kreditkarte, versteht sich.

Beide verschwinden, nachdem Laurenzer dem Schauspieler in den Kaschmir helfen wollte. Brandauer winkt ab und nimmt den Mantel in die Hand. Zu umständlich. Draußen schon zu warm für so viel Wolle. Nur auf dem Sprung. Nichts wie raus.

Drüben an der Wand zwischen den Fenstern sitzt der Pensionist, der jeden Tag alle Zeitungen liest. Alle. Dabei hat er ein Glas mit Tee vor sich, von dem er keinen Schluck nimmt. Keinen einzigen. Es wird, es muß der Tag kommen, an dem er aufspringt, mit der flachen Hand auf die Zeitung schlägt und ruft: »In Paris ist Revolution ausgebrochen!« Dann würde der Magister Schmitzer seine Krone sinken lassen und mit fester Stimme sagen: »Heans, des kemma net mochn.«

Ein paar Tage nach jener Hamlet-Aufführung mit Brandauer saß ein kleiner, eingefallener Mann auf dem Bänkchen gegenüber der Pförtnerloge im Bühneneingang des Burgtheaters, gehüllt in einen scheinbar abgetragenen Mantel, vielleicht Fischgräte. Zusammengesunken sah er verzweifelt aus, arm, als hätte man ihn gerade gefeuert, weil er zu spät und betrunken zur Vorstellung erschienen war. Er saß da, als wartete er auf die Auszahlung der letzten Monatsgage in bar. Ich ging vorbei, grüßte in den Glaskasten, grüßte nach rechts den, der da saß. »Grüß Gott«, kam die kräftige Stimme zurück. Diese Stimme kannte ich. Ich sah in sein Gesicht: Brandauer. Hamlet nach Feierabend. Oder Depression? Mein Respekt und meine Bewunderung für ihn verbot mir zu fragen, ob es ihm nicht gut ginge, ob ich was für ihn tun könne. Vielleicht saß er einfach nur so da und wartete auf jemanden.

Schade, mit Laurenzer hätte ich gern mal gesprochen nach so langer Zeit. Ob der sich noch an mich erinnert hätte? Wir aßen damals immer beim Südtiroler. Verwandte von ihm oder seiner Freundin. Die trug immer ein Dirndl. Fanden alle normal. In Berlin hätte man nur gelacht über so eine Verkleidung. Geselchtes gab es da, Nocken und Spatzen. »Wenn ich Intendant bin, kommt's ihr alle nach Meran!« rief er. Mich schreckte das eher ab. Intendant im Rentnerparadies. Was sollte es da für Theater geben? Schenkt man sich Rosen in Tirol. Der Vetter aus Dingsda. Jetzt muß ich innerlich lachen. Es gibt doch nichts Schöneres als die Wiener Operette! Heute weiß ich das, heute. Damals habe ich alle Regisseure genervt mit »Antiphon« und »Kammermusik«. Wie sagte Dieter Sturm: »Jeder schöngeistige Mensch möchte einmal die Antiphon von Djuna Barnes inszenieren.« Danach

schwieg er. Das hieß: Vergiß es. Die Kammermusik hat dann Neuenfels gemacht. Ohne viel Federlesens.

Ein Beben geht durch den Boden des Cafés. Außer mir scheint es niemand zu bemerken. Als würde eine U-Bahn drunter durch fahren.
Gut, die U 2 Karlsplatz–Schottentor fährt direkt nebenan. Aber das
war hier niemals zu hören oder zu spüren. Da, es kommt nochmal.
Aber eher wie aus der Luft. Von fern. Eine alte Dame mit Pelzstola
und graublauer Dauerwelle blickt irritiert zur Kellnerin. Eine Bestellung? Nein, danke, nein. War da nicht etwas? Offenbar nicht.

Ja, ich nehme noch einen Braunen. Und jetzt könnte man sich auch
mal eine Zeitung holen. Den rosa »Standard«. In den frühen Achtzi-
gern, als ich am Burgtheater arbeiten durfte, gab es nur die »Presse«.
Konservativ, katholisch, Blut und Boden. Aber ein sprachliches Niveau, das bei uns in keiner Zeitung vorkam. Hofmannsthal als Be-
richterstatter. Das Feuilleton des »Standard« hat man in fünf Minuten durch. Kein Satz, der Gewicht hätte. Keine Formulierung, bei der
man die Augenbraue hebt. Aber rosa. Wem eifert das nach? Finan-
cial Times oder Gazzetta dello Sport? »Kurier« präsentiert auch nur
Häppchen. Die »Krone« ist blanker Spießerhaß: nationalsozialistisch-
katholisch im vollendeten Sinn. Allein das tägliche Gedicht! Dagegen
ist die Bildzeitung ein linkes Intelligenzblatt. Das Land, in dessen
Kaffeehäusern man den ganzen Tag sitzen kann und Zeitungen lesen,
unterhält Printmedien allein auf dem Niveau von »Fleischerzeitung«
und »Bäckerblume«. »Presse« und »Salzburger Nachrichten«, na gut;
den Rest in die Tonne.

In nasenflügelweitender Zimtwolke kommt mein Brauner daher. Im
Abwenden nimmt sie den »Standard« mit, weil ich schon bei der FAZ
bin. Die deutschen Blätter sind unpraktisch für die Zeitungsspanner.
Zu groß, zu dick, rutschen immer raus. Aber was lese ich eigentlich?
Keine Konzentration. Den Blick im Feuilleton, entgleiten mir Wirt-
schaft und Finanzwelt. Ein Zadek, ein Solti, ein Walser. Ein Photo

in der »Süddeutschen« mit dem immer irgendwie ungewaschen wirkenden Siegfried Lenz. Lauter alte Männer. Ich lege die Zeitungen neben mich auf die Polsterbank. Vielleicht später noch mal. Schlürfe den Kaffee. Ja, das belebt. Was war gestern?

»Jessas, der Huach!« Vor meinem Tisch steht Doktor Ziemlich. Pudelmütze, dreifach gewundener Schal, Dufflecoat. Dramaturg am Theater in der Josefstadt damals. Eigentlich gar kein Doktor. Hatte seine Arbeit abgebrochen oder aufgegeben; manchmal erzählte er auch, er hätte sie liegenlassen im Zug nach Laa an der Thaya. Im Franz-Josefs-Bahnhof hatte er die Mappe noch, legte das Konvolut ins Gepäcknetz, und dann in Laa an der Thaya: nichts. Leere Hände. Leer an der Thaya. Wochenlang nachgefragt bei der Österreichischen Bundesbahn, ohne Ergebnis. »Da kemma nix moochen.« Tja, und natürlich kein Durchschlag, keine Kopie. Kein Auto, keine Chaussee. So was ist Schicksal. Steht da jetzt vor mir und ist immer noch Dramaturg an der Josefstadt.

Beruflich? Nein, eigentlich bin ich nicht beruflich in Wien. Oder doch? Naja, ein Vortrag am Heinz-von-Foerster-Institut, also in diesem Zusammenhang. Heinz von Foerster? Habe die Ehre! Ja, das hat denn doch inzwischen einen gewissen Ruf. Was macht er? Na, was schon. Hofmannsthal, der Schwierige. Liebelei von Schnitzler. Lumpazivagabundus. Was die Josefstadt eben so macht. Die lustigen Nibelungen mit dem Otti Schenk. Servus Kaiser! »Wir sind ein Familientheater«, hatte Schenk gesagt, als er da Intendant war. »In die Josefstadt gehen die Achtzigjährigen mit ihren Eltern.« Wenn der Luster hochgeht, fallen die Köpfe auf die Brust.

»Aber bitte! Was machen's heuer bei'n Festwochen? Oatoo!« Was? Ach so, Artaud. Antonin Artaud? Ja, bitte! Naja, das sind so Experimente, mit denen Grotowski vor zwanzig Jahren schon gescheitert ist. Jede Generation muß offenbar das wiederholen, muß da wieder durch. Der organlose Körper. Das Theater der Grausamkeit. Die

Franzosen nennen das »théâtre de la crudité«. Das Rohe gegen das Gekochte. Ein bißchen Tamtam, Blut, Geschrei. Am Ende kommt jeder ungeschoren davon, bleibt niemand geschoren zurück. Das wäre mal Theater der Grausamkeit: Alle Zuschauer verlassen das Foyer mit kahlen Schädeln!

Ja, der Doktor Ziemlich setzt sich zu mir auf eine kleine Schale Gold. Natürlich wird er Doktor genannt, obwohl er keiner ist. Wer eine Brille trägt, heißt Herr Doktor. Auf dem Schild einer Arztpraxis steht Medizinalassistent. Medizinalrat also noch nicht. Ein Steuerberater nennt sich Dr. Mag. Doktor der Magie? Ich sehe noch sein entsetztes Gesicht damals, als er hörte, ich sei Dramaturg am Burgtheater. »Ja, san Sie jetzt Buagdramatuag?« Nein, ich konnte ihn beruhigen. Frei, ich war ja nur frei, mit Werkvertrag. So was gab es da gar nicht, und so wurde ich als Co-Regisseur geführt. Mehr kann man nicht verlangen.

Die kleine Schale Gold ist schnell serviert, mit Zimtaroma im Vorbeigehen. Gelegentlich erzählte er es auch anders. Ein Wohnungsbrand hätte die Arbeit und das gesamte Material vernichtet. Horváth. Eine Dissertation über Horváth. Jahrelange Recherchen, zehn Ordner, Handschriften eingesehen in der Bibliothèque Nationale. Oder war es doch nur die Nationalbibliothek? Der Horváth. Jessas! Vom Ast erschlagen. »Deaschlogn, der Ödön! So a Hetz!« Und was machen sie heute? Artaud. Er hat sein Täßchen geschlürft, muß in die Druckerei. Programmhefterl. Servus. Man sieht sich. Babà!

Artaud, darüber wollte ich mal meinen Abschluß machen. Der helle Wahnsinn! Aussichtslos, wenn man kein *native speaker* im Französischen ist. Immerhin dadurch in der prachtvollen Pariser Theaterbibliothek gewesen. Arsenal. Als könnte Theater eine Waffe sein!

Artaud war ja nicht mal ein Theoretiker. Antonin war Schauspieler; mordsgefährlich genug, sollte man meinen. Ein Leben an der Grenze zum Verschwinden. Aber ihm reichte das nicht. Er wollte die Bühne, das Künstliche, zuletzt den Menschen überwinden. Darüber ist er wohl verrückt geworden. Er suchte in der Kunst die reine Wirklichkeit; ungefiltert durch Bedeutungen. Ein Widerspruch in sich. Immerhin, so weit war ich gekommen. Der schizophrene Artaud. Nachdem man ihn in Rodez mit Elektroschocks behandelt hatte, nahm er an, er bestehe ausschließlich aus Nerven. Daher die Idee des organlosen Körpers. »Ich werde tun, was ich geträumt habe, oder ich werde gar nichts tun.« Das sagt sich so leicht.

Vom Klo zurück, werde ich des sämig bruttigen Knuspers gewahr, der sich über den Tischen zu setzen beginnt. Schnitzelpanade, Mittagszeit. Kleines Gulasch wird ausgegeben und Würstl mit Saft. Hier wagt jemand das erste Achtel des Tages, dort gespritzter Weißer oder sicherheitshalber Obi. Ich lasse mir, noch Restalkohol spürend, ein kleines Zitronensoda kommen.

Mit ausgreifenden Schritten langer Beine fallen ein paar Männer ein. Großmäuliges Lachen aus derben Gesichtern, die man aus Bild- und Kronenzeitung kennt. Fußballer; man sieht es auf den ersten Blick. Profifußballer, also reich und schwachsinnig. Sie flegeln sich ganz nach hinten um den großen Tisch und machen Verträge. Rapid Wien, Sturm Graz, Wacker Innsbruck, Mohren Dornbirn, was weiß ich. Nein: einer übersetzt aus dem Slawischen. Man rumort und trinkt Vöslauer. Immer sportlich eben. Sportmolle. Das durfte ich als Kind, wenn Vater in der Kneipe Bier trank. Nee, Kneipe durfte man nicht sagen. Kneipe klang nach Keilerei. Lokal! Ecklokal. Lokalrunde. Molle und Korn. Für den Steppke die Sportmolle. Sah aus wie Pils, schmeckte nur besser. Faßbrause. So was gibt's heute nicht mehr. Im Sommer auch als Großer noch mit Bier gemischt. Die Molle als Vision des Wüstenwanderers unter gleißender Sonne. Der Durstge auf die Theke starrt; ein Pilsner, aber Engelhardt. Dafür gibt's jetzt alkoholfrei. Null komma Josef. Aber trunken hamma Puntigamer. Schwechater: Pech hatter. Gut. Besser. Gösser.

Der Ober kommt in den hinteren Bereich? Mit freudigen Schritten? Meine Kellnerin schiebt ihre ungleichen Waden zurück und macht ihm Platz. Ein Wort an die Herren Fußballer: »Bitt'schön, Herr Matthäus, Ihr Jaguar wird eben obigschleppt!« Im Moment springt einer auf, der mit den größten Zähnen, der Autoschlüssel klimpert ihm in der Hand. Manche stehen auch auf, um über die Gardine zu kucken. Die Gendarmerie hat offenbar schon die Ketten angelegt. Einer war gleich hinterher, den Wagen denn doch in die Tiefgarage unterm Rathaus zu fahren. Libero. Ausputzer. Matthäus kommt schneidig zurück. »Tausend Schilling!« Ja, was denn? Ein Trinkgeld. Wo er doch gerade bei Slava Prag oder Dynamo Kiew unterschreibt. Roter Stern Belgrad. Für nach dem Krieg? Oder spielen die auch beim Nato-Angriff? Schiedsrichter pfeift dreimal: alle drängeln sich ins Tor, bis die Flieger abgedreht haben. Hat auch schon bessere Tage gesehen, der Loddar. Aber Fußball ist unser Leben. Matthäus-Passion.

Nun doch was essen! Jetzt aber weder Schnitzel noch Frankfurter. Erst mal frühstücken. Einladend ein Zimtwehen, aber kein Lächeln. »Ich hätte gern zwei Eier im Glas und eine Buttersemmel.« Und zeigt mir schon wieder die Schürzenschleife. Dann noch einen kleinen »Schwoazzen« und den Tag beginnen. Der Brandauer ist genausowenig Wiener wie Georg Held. Aber je weniger Wiener, desto stärker der Ottakringer Akzent. Ist ja auch eine schöne Sprache: »Drährafuuchzg«.

Fußballer: die letzten Männer, die letzten Kerle, die letzten Helden. Sie brauchen keine Liebe, sie brauchen keine Bewunderung, keine Adoration. Genau deswegen bekommen sie genau das: Liebe, Bewunderung, Adoration. Die letzten Souveränen in einer degenerierten Zivilisation der Weichen, Latzhosenträger und Jammerlappen. Knochenbrecher, Blutgrätscher, Nachtreter. Besserverdiener. Wann ist der Mann ein Mann? Auf dem Fußballplatz! Wer daran zweifelt, zahlt die Ablösesumme.

Zwei Eier im Glas. Sie kommen in einer geschliffenen, vom vielen Spülen in der Spülmaschine etwas stumpf gewordenen Preßglasschale, mit Schnittlauchröllchen bestreut. Daneben die Buttersemmel aufgeschnitten, glänzend dick bestrichen. All das wartet auf den Salzstreuer. Ich nehme aber auch eine Prise Pfeffer dazu und steche vorsichtig mit dem Teelöffel in das weiche Ei. Das Gelbe ergießt sich wie Ölfarbe. Sahnige Butter auf Semmelteig und gekochtes Ei mit Schnittlauch: ein Geschmack von Sonntagmorgen. Gepriesen seien die einfachen Genüsse!

»Apropos Eier!« heißt es in der Kleinbürgerhochzeit. Wozu bin ich hier? Um Kinder zu zeugen, Vater zu werden. Was für ein Wahnsinn! Ich habe doch schon ein Kind. Das ist auch gut so und reicht vollkommen. Ein Kind, ein Problem; zwei Kinder, zwei Probleme. Und so weiter und so heiter. Diese Familienphase: bloß nicht nochmal! Oder doch? Jetzt erst recht, wo man den ganzen grünen Quatsch und matriarchalischen Wahn hinter sich hat? Jetzt noch mal Vater sein im hohen Alter, ohne Latzhose, ohne Tragetuch? Wär das nicht was? Warum sollte mich der Satz vom Vater ihrer Kinder sonst so beeindruckt haben?

Es war Latzhosenzeit, als das Kind auf die Welt kam. Die hohe Zeit der lila Latzhose. Die Frauen wollten Männer sein und die Männer Frauen. Alle trugen lila Latzhosen und den Wurf vor dem Bauch oder auf dem Rücken. OshKosh plus Tragetuch. Nach innen weich, nach außen Stacheln. Igelpartei. Autofahrverbot. Zuckerverbot. Salzverbot. Weißmehlverbot. Brot aus nassem Vollkorn, das beim Schneiden in Kieselsteine zerfiel.

Davon kamen die Blähungen. Das Kind schrie wie am Spieß, zum Frühstück aß die Mutter nasses Vollkornbrot aus dem Naturkostladen. Die Mutter stillte das Kind, aber das Kind war nicht still. Das Kind schrie. Weiß man, warum ein Kind schreit? Nein, das weiß man nicht. Man weiß, wann der Urknall war und woher die Zahl Pi kommt, aber warum ein Kind schreit, das weiß man bis heute nicht. Noch vierzigtausend Jahre, und man wird es nicht wissen. Carminativum Hetterich. Kräuterextrakt ohne Nebenwirkungen. Ohne bekannte Nebenwirkungen, ohne bekannte Kontraindikationen. Man lebte gesund durch Vollkorn, aber soviel Gesundheit vertrug kein Kind.

Das Kind schrie. Den ganzen Weg um die Außenalster schrie das Kind. Ich schob den Wagen um die Außenalster, und das Kind schrie. Die ersten Passanten kuckten freundlich hinein in die Karre, die zweiten skeptisch, die dritten stellten mich zur Rede, vierte sammelten Steine auf. Carminativum Hetterich. Ich dachte: »Hätte ich!« Nicht viel hätte gefehlt, und ich wäre, im scharfen Wind, der über die Außenalster fegte, zum Opfer geworden, zum väterlichen Märtyrer der Familie.

Familie! Allein das Wort. Ein Klang nach Grießbrei mit Kirschen, nach Graupensuppe und Napfkuchen, nach Kaffeetafel und guter Sonntagshose, nach Milchreis mit Zucker und Zimt. »Fammillje« müßte man das eigentlich schreiben, mit zwei m und zwei l und einem j vor dem e, und am besten noch mit Pf am Anfang wie Pfannekuchen, wie dicker, fetter Pfannekuchen, kantapper kantapper in den Wald hinein, und ab ins Bett.

Der Irrglaube an die Gesundheit des Vollkorns! Als wären alle Müller dieser Welt Vollidioten. Welche Mühe die Menschen auf sich nahmen, das Getreide zu zerstoßen, zu mörsern, zu Mehl zu verarbeiten, um es backen zu können zu einer verdaulichen Speise! Und dann kommen am Ende des 20. Jahrhunderts bärtige Latzhosenträger, denen der Marxismus mißlungen ist, und verkünden, alles müsse roh gegessen werden. Allein in der Schale des Korns läge der Nährwert. Ungeschälter Reis! Nein, dann doch lieber die Diktatur des Proletariats.

Es war Kult, ein widerlicher Kult, den die Akademiker begonnen hatten, nachdem das politische Engagement nichts genützt und die Demonstrationen und Studentenstreiks nichts gebracht hatten. Ein Naturkult der Rückbesinnung aufs Primitive. Alles sollte ungehindert wachsen: das Haar, der Bart, das Gras, der Wald, die Kinder. Berlin war die Hochburg dieses Naturkultes. Ausgerechnet Berlin, die eingemauerte Stadt, die Betonburg, in der es so gut wie keine Natur gab. Und wenn irgendwo Pflanzenwuchs sich zeigte, wurde er mit Hundescheiße zu Tode gedüngt. Die Anbetung der Natur war dort am stärksten, wo sie am meisten fehlte, sich abwandte, verweigerte. So fanden die kultischen Handlungen nicht unter freiem Himmel statt, auf Wiesen und in Forsten, denn die gehörten den freilaufenden Rentnern mit ihren Pudeln, Schäferhunden und Spitzen. Der sakrale Kultort war die Wohnung, die große, parkettausgelegte Berliner Wohnung mit Balkon, Berliner Zimmer und Speisekammer in der Küche neben dem Fensterspind.

Zu den Höhepunkten des Berliner Familienkults zählten die Audienzen der Familienszene bei Ricke und Bock Beinchen. Die bewohnten mit zahllosen Kindern, von denen man nicht genau wußte, wie viele davon eigene waren, eine riesige Wohnung im Erdgeschoß einer vornehmen Wohnstraße in Wilmersdorf. Mächtige Kastanienbäume auf dem Bürgersteig und im Hof machten die Wohnung zu einer dunklen Höhle, in der auch tagsüber das Licht eingeschaltet war. Das glomm aus Lampen mit 25-Watt-Birnen, deren Papierschirme beklebt waren mit bunten Figuren aus Janosch-Büchern. Die Wände waren tapeziert mit vergrößerten Wimmelbildern von Ali Mitgutsch, und das Parkett war übersät mit handgeschnitztem Holzspielzeug. Die Kinder jedoch spielten heimlich hinter abgebeizten Schränken und unter Doppelstockbetten mit Barbiepuppen und Playmobil.

Mutter Ricke saß in der Mitte des Balkonzimmers, war permanent schwanger und strickte an unendlichen Schals und Socken aus handgesponnener Wolle in fahlen Naturfarben. Ihr langes Haar war hennagefärbt und zu einem dicken Zopf geflochten, der sich um sie herumlegte wie die Schlange um Eva im Garten Eden. Ihr Antlitz glich dem eines Schafs und war nicht etwa auf die Handarbeit, sondern leicht nach oben rechts an die Wand gerichtet, wo in einem Bilderfries die Geschichte von Hänschen im Blaubeerwald zu sehen war. Vater Bock, in ausgebeulter Cordhose und übergroßem Norwegerpullover, der bis zu den Knien reichte, durchpflügte mit seinen Birkenstocksandalen Größe 54 die Räume, unter jedem Arm ein Kind, und wechselte hier Windeln aus handgewebter Baumwolle, fütterte dort Müsli aus handgetöpferter Schale mit dem Holzlöffel und rührte in der Küche in Kochtöpfen mit grauer Grütze.

Im Berliner Zimmer, das nur von selbstgezogenen Kerzen erleuchtet war, thronte in einem Worpsweder Lehnstuhl das eigentliche Familienoberhaupt, die Großmutter Beinchen, genannt »die Annascht«. Neben sich hatte sie ein Holzfaß stehen mit Sauerkraut, aus dem sie hin und wieder eine Handvoll nahm und zum Munde führte. Es war ihr einziges Nahrungsmittel. Viele Mütter eiferten ihr nach und ernährten sich ebenfalls ausschließlich von Sauerkraut. Überhaupt war die Lehre der Großmutter Beinchen und ihrer Familie, daß es ein Ende haben müsse mit dem herkömmlichen Verzehr von Speisen und Getränken. Es gäbe nur »Ernährung«. Man müsse sich »ernähren«, und zwar rein biologisch-dynamisch. Erlaubt waren danach nur Lebensmittel, die ihren Ursprung in einem Umkreis von höchstens fünfzig Kilometern hatten, von der heimischen Wohnung aus gesehen. Verboten waren Fleisch, weißes Mehl, Zucker, Salz und jede Art von Genußmittel. Als Getränke waren nur Mineralwasser, Kräutertees und Molke zugelassen. Schwarzer Tee, Kaffee sowie alle Arten alkoholischer Getränke galten als Gifte. Dazu gehörten auch Fruchtsäfte, weil der Magen bei deren Verdauung angeblich geringe Mengen von Alkohol produzierte. Einzig zugelassenes Medikament gegen sämtliche Krankheiten war Eigenurin.

Um den Thron von Großmutter Beinchen im Berliner Zimmer saßen Dutzende von Kindern auf dem Fußboden und lauschten den Vorlesungen aus Märchenbüchern, herausgegeben von Bruno Bettelheim

oder den Nachlaßverwaltern Rudolf Steiners, illustriert mit anthro-
posophisch lasierten Aquarellen. Hier waren die Fenster und Wände
verhängt mit gebatikten Seidentüchern. Als einzige Lichtquellen
dienten flackernd glimmende Kerzenstummel aus Bienenwachs.

Noch heute steigt Abscheu in mir hoch, wenn ich daran denke, wie ich
das erste und einzige Mal diese Wohnung betrat. Ich spüre wieder den
Geruch von warmem Getreidebrei, von Pfefferminz und Eisenkraut,
der sich mischte mit dem fettigen Rauch der Bienenwachskerzen, ich
höre wieder das Geschrei, Gequassel und Gequieke der Kinder, un-
terlegt von der sonoren Altstimme der Großmutter Beinchen, deren Märchenlesen sich anhörte wie die Liturgie einer orientalischen
Sekte. Mütter in lila Latzhosen ließen sich auf dem Parkett vor der
strickenden Rieke Beinchen nieder, wickelten ihre Kinder aus Didy-
mos-Tragetüchern, als wollten sie sie einer Wolle-Göttin zum Opfer
bringen. Diese jedoch hatte nicht mal einen Blick für diese Huldigun-
gen und strickte einfach weiter, irgendwelche Kinderlieder vor sich
hin summend. Ich sehe ihn noch immer vor mir, den Patriarchen, den
Bock Beinchen, der eine Professur hatte für Erziehungswissenschaft
an der Pädagogischen Hochschule und im Begriff war, eine alternative, biologisch-dynamische Hochschule zu gründen, die nur Studenten ohne Abitur aufnehmen sollte, wie er mit großen Schritten über
die ganze Bodenhaltung der Kinder und Mütter stieg, in jeder Hand
ein Kind, zwei weitere unter die Arme geklemmt und eines auf jeder
Schulter, festgekrallt in seinen grauen Locken das eine und das andere die Ärmchen fest um sein Kinn geschlungen wie ein Sturmriemen. Er aber lachte, mit seinen blendend weißen, strahlend polierten
Zähnen, die von keinem Zucker- oder Salzkristall jemals berührt, dem
Karies nicht den geringsten Anflug einer Chance ließen. So durch-
querte er die Räume, die alle wie Kinderzimmer eingerichtet waren,
verteilte hier eine Handvoll Sauerkraut, dort einen Dinkelkeks oder
rief zur Mittagszeit alle zusammen in die Küche, wo sich Mütter und
Kinder um den Hirsetopf versammelten, um sich und einander die
Münder mit grauem, klebrigem Brei vollzustopfen. In einer Prozes-

sion ging es dahin, der Professor Bock Beinchen mit seiner Kinder-
fracht voran, und alle erhoben sich nach und nach vom Boden, folgten ihm durch den langen, dunklen Korridor, der hinter dem Berliner
Zimmer am Bad mit dem kupfernen Badeofen, der mit Tischlereiab-
fällen geheizt wurde und ständig heißes Wasser bereithielt, vorbei-
führte in die terracottagefliese Küche, wo auf der schwarzen guß-
eisernen Platte der weißgekachelten Kochmaschine der Zuber stand
mit dem Brei. Während daraus alle gespeist wurden, hielt der Bock
mit lamentierender Stimme Vorträge über antiautoritäre Erziehung
nach Neill Summerhill und dem Mondkalender. Belohnungen nur bei
Voll-, Straffreiheit nur bei Neumond.

Ich sehe mich auf dem Rückweg von der Küche durch den Korridor
zum Wohnzimmer. Rechts aus dem Badezimmer quillt Dampf. Hin-
einspähend erkenne ich unscharf in der Wanne einen hochgewölb-
ten weißen Bauch über die Wasseroberfläche ragen. Frauen wringen
mit nackten roten Armen Tücher darüber aus. Zweifellos die Vorbe-
reitung einer Hausgeburt. Als ich entdeckt werde, knallt mir eine der
Wringerinnen die Tür vor der Nase zu. Ich starre auf zwei Augen, zwei
Brüste, zwei Zöpfe auf schlaffem, vergilbtem und an den Rändern
eingerissenem, vom Tesafilm kaum noch gehaltenem Papier. Paula
Modersohn-Becker, Plakat einer Ausstellung in Worpswede, geöffnet
täglich außer Mondtag 11 bis 18 Uhr. Da steht wirklich »Mond-tag«.
Das Bad jedenfalls ist nun geschlossen, und hinter der Tür beginnt
das Hecheln und Schreien, das Schreien und Flüstern.

Weiter auf dem Rückzug durch das Wohnzimmer, in dessen Mitte
Ricke Beinchen nornengleich den Schicksalsfaden strickt, den Blick
wie verklärt nach rechts oben gerichtet, zum Hänschen im Blaubeerwald. Und über ihrem Kopf? Oder besser Haupt? Dem Haupt voll
Hennahaar und Zopf? Eine Krone. Ein Kronleuchter. Ein Lüster aus
weißen blanken Knochen. Rippchen und Ellen und Waden und ein
kleines rundes Becken in der Mitte, an dessen Rand die Kerzenhalter
befestigt sind mit Bienenwachsstummeln, wie sie auch das Berliner

Zimmer erleuchteten. Hier aber nicht entzündet. Keinen Blickfang
sollen sie dem Leuchter verleihen, der vom Plafond herabhängt und
die Ricke krönt. Knochen? Was für Knochen?

Kinderknochen. Sind so kleine Knochen, ist so wenig dran. Es zog
sich alles zusammen in mir; ich erinnere den Brechreiz. Ein Leuchter aus Kinderknochen, so wie die Jäger sich einen ins Jagdhaus, ins
Trophäenzimmer hängen, aus Abwurfstangen. Auch hier wurde geopfert. Homo necans. Kinder oder Tiere, die Unschuld auf den Altar
geworfen.

Die Gespräche der Mütter der ganzen Stadt hatten nur ein Thema:
»die Annascht«. Was würde die Annascht hierzu sagen, dazu meinen?
Was würde die Annascht hier tun? Wie würde sie sich dort verhalten?
»Ich war erst gestern bei der Annascht!« Darauf die andere: »Und
ich heute früh!« Termine wurden abgesagt: »Ich muß noch zur Annascht!« Das kam gerade recht: »Ich muß doch auch zur Annascht!«
Im Chor: »Gehen wir zusammen zur Annascht!« Und dann fielen
sie einander in die Arme mit dem schweren Seuzfer: »Ach, die Annascht!« Dickbäuchig, schwerzopfig, hennagefärbt war sie wieder da.
Auferstanden aus archaischen Urzeiten, wenn sie denn überhaupt jemals bestanden hatte. Herrschaft der Mütter. Die Apokatastasis des
Matriarchats. Meckernd lachte der Bock. Die Frauendiktatur unter
der Kinderknochenkrone.

Ach, und der Junge im Kinderladen, der mir mit dem Fuß gegen das
Schienbein trat unter den Augen der Mutter, die lachend sagte: »Der
freut sich so.« Dieser kleine Dreckskerl, noch keine fünf, und einen
Tritt am Leib wie ein Starverteidiger von Arsenal London. Drei Käse
hoch. Die reine Wut, der reine Haß, die pure Lust am Schmerz des anderen. Und die Mutter lacht und lacht und hebt ihn hoch den Bengel,
küßt ihn und ruft verzückt: »Du freust dich so, nicht wahr? Du freust
dich so!« Warum habe ich ihr keine geknallt damals? Den Bengel ihr
aus dem Arm genommen, runtergesetzt und der Mutter links und

recht und links und rechts ein paar, damit sie zur Vernunft kommt? Ich sehe es jetzt noch vor mir, das grinsend triumphierende Gesicht des kleinen Treters. Wurde später Verbrecher, wofür nach Meinung der Mutter natürlich grundsätzlich die Gesellschaft verantwortlich war. »Schuld«, sagte sie, nachdem sie beim Kinderladentreffen zehn Jahre später zugeben mußte, daß ihr Früchtchen im Jugendknast gelandet war, »schuld ist die Gesellschaft.« Nein, schuld war die Mutter. Immer sind die Mütter schuld.

Ich kratze das letzte Eigelb aus dem Glas. Die Fußballer gehen in zwei Phalangen ab, die großen Handflächen wedeln in der Luft herum oder liegen auf der Schulter des Vordermannes. Über die breiten Rükken spannen die kleinkarierten Sakkostoffe aus feinem englischem Zwirn. Wenn Matthäus lacht, lachen alle mit, nur lauter. Im Falle eines Angriffskrieges müßte man die Fußballer des Landes für den Militärdienst verpflichten. Sie sind die idealen Soldaten. Uwe Seeler war noch ein Vorbild gewesen.

Während des Abgangs der verstärkten Viererreihe haben an der Fensterseite zwei kichernde junge Frauen Platz genommen. Die mit dem Rücken zu mir klappt ihre Kapuze nach hinten, die so aussieht wie weiland die des Mädchens mit dem ausgeprägten Kinderwunsch. Die andere ist Chinesin oder sonst was Asiatisches. Schwarzes, glattes Langhaar, flaches Gesicht mit schlechten Zähnen. Korea? Japan? Nein, das längliche Gesicht und ein Gebiß wie Kraut und Rüben sprechen für China. Was bin ich doch für ein Rassist! Jedenfalls kann ich an Asiatinnen nichts Anziehendes finden. Ich sage nur China, China, China! Vorsicht ist die Mutter der Porzellankiste. Die Chinesin ist offenbar Musikerin, hält ein Notenblatt hoch und erklärt irgendwelche Takte. Beneidenswert, diese Musiker. Man steigt irgendwo auf der Welt aus dem Flugzeug, packt sein Instrument aus und wird verstanden!

Diese rasende Liebe der Asiaten zu Bach, Mozart, Beethoven! Das muß doch für die sein wie für uns Peking-Oper oder Kabuki-Theater. Aber die Japaner ziehen ja auch Lederhosen an und tanzen Schuhplattler. Vielleicht deren Exotismus, den wir in den Zwanzigern hatten. Südsee-Saal im Kempinski, Matterhorn-Panorama im Adlon, Land des Lächelns im Admiralspalast. China-Girl, warum bist du kein Wiener Girl?

Dürften in etwa so alt sein wie mein Kind, die beiden Mädels, China und Co. »Mein Kind«, das denkt sich leicht so im Kopf. Ob die Tochter mich als Vater überhaupt ernst nimmt? Diese unvergeßbaren Schreie beim Verlassen der Familie. Und immer wieder das Bild der Idylle in diesen Ferien im schwiegerväterlichen Haus im Wald hinter der Bahn. »Hinterbahn«, eine Revierbezeichnung. Stand so unter einer Gehörn-Trophäe: »Guter Bock Hinterbahn«. Da gab es nicht nur gute Böcke, sondern im Spätsommer Preiselbeeren ohne Ende. Bei warmem Herbstwetter bis in den frühen November.

Diese Lichtung mit den Preiselbeeren. Vaccinium vitis-idaea. Kiefern ringsum. Pinus sylvestris. Einer dieser Hundstage im August, wenn der Sandboden am Abend die Wärme des Tages zurückgab. Die tiefstehende Sonne warf scharfes Seitenlicht und lange, präzise konturierte Schatten. Eine Bühne im Märchentheater, beleuchtet von Svoboda-Rampen. Heideland, Schäferland, Schaefferland. Die Frau und das Kind sammelten Beeren. Die Frau mit einer lächerlich zerbeulten Milchkanne aus Aluminium, das Kind mit einem Buddeleimer aus Plastik. Ich konzentrierte mich auf die Wege der Waldameisen. Formica. Das Beerenkraut und die trockenen Nadeln am Boden knisterten unter ihren Tritten. Viele schleppten sich ab mit Eiern, Maden, Teilen von toten Käfern, Wespenflügeln, einer halben Libelle. Ich meinte, die Schritte der Ameisen zu hören. Arbeiterinnen im Insektenstaat, Sklavinnen, die nichts wissen vom Wald, nichts wissen von mir, der ich sie mit meiner Schuhsohle zermalmen könnte, zu Dutzenden, Hunderten. Kennen nur den Staat, den Sklavenstaat, den sie immer wieder aufbauen, wenn ein Mensch mit Füßen, Stöcken, Steinen ihn zerstört. Machen einfach weiter. So sind wir auch. Wir machen einfach weiter. Nur, daß wir so anmaßend sind zu glauben, wir wüßten etwas vom Wald, von der Erde, vom Himmel, vom Kosmos. Wir bilden uns Götter ein, glauben, mutmaßen, phantasieren. Wir halten unsere Illusionen für Wissen, unsere Spinnereien für Wissenschaft. Urknall statt Adam und Eva: Irgendwann wird man auch darüber lachen.

Diese Waldlichtung erschien mir damals plötzlich wie ein Diorama oder ein großes Gemälde. Albert Bierstadt. In diesem Moment wußte ich, es ist eine andere Welt, die ich niemals wieder betreten würde. Das Zwitschern der Vögel, das Summen der Insekten, all das kam mir vor wie aus Lautsprechern in weiter Ferne. Das Bild mit der Frau und dem Kind rückte immer weiter weg, entfernte sich wie ein Plakat, an dem man vorbeifuhr und das man im Rückspiegel immer kleiner werden sieht. Diese Frau war nicht mehr meine Frau, dieses Kind nicht mehr mein Kind, es waren Wesen in einer fremden Wirklichkeit, eines anderen Planeten. Dann hörte ich den ICE heranrauschen. Hinterbahn. Ein Geräusch wie fernes Hallen. An dieser Stelle des Waldes sah man den Zug nur durch die Baumstämme hindurch. Diese Unsichtbarkeit machte ihn zu einer geisterhaften Erscheinung. Ein rotweißes Band, das einige Sekunden zwischen den Stämmen flatterte. In dem Moment stand mein Entschluß fest. Ich war gewillt und bereit, meine Position unter den Toten einzunehmen. Schluß mit dieser Welt! Die Welt, in der alles Familie war, gehörte der Vergangenheit. Die Gegenwart war der Übergang. Die Zukunft das Nichts.

Die mit dem Rücken zu mir scheint die Asiatin irgendwie zu interviewen. Sie schreibt auf, die Chinesin redet. Warum interessieren die mich so? Naja, sind gegenwärtig die einzigen weiblichen Wesen in meinem Gesichtsfeld; da kann man wohl nicht anders. Die beiden Hübschen. Nee, Asien ist unhübsch. Wie interessant, daß jetzt die Kellnerin das Eierglas abräumt. Und kassiert, wegen Schichtwechsel. Klar, seit sieben auf den Beinen, den ungleichen. Wo öffnet bei uns ein Café um sieben Uhr früh? Die Kneipe gegenüber der Tankstelle machte um zehn auf. Da standen die Rentner schon kurz nach neun mit zitternden Gehstöcken vor der heruntergelassenen Jalousie und warteten auf das erlösende erste Bier. Wenn der Rolladen endlich hochging, bückten sie sich unter der halben Öffnung durch, um schneller an der Theke zu sein.

Vom Bahnhof Oldendorf führte ein Schotterweg über einen Wall direkt an den Gleisen entlang. Die Bahnstrecke war dort von dichtem Wald umschlossen. Der schwarze Schotter gab dem Weg den Namen: Schwarzer Weg. Ich ging ihn fast jeden Tag, bis die Kurve kam. Den Schwarzen Weg bis zur Kurve. Die Kurve vor Jakel. Dort wollte ich mich auf die Schienen legen und auf den Zug warten. Hinter der Kurve, damit der Zugführer mich nicht schon von weitem sehen konnte. Es mußte ein Güterzug sein, denn irgend jemand hatte mir erzählt, daß der ICE eine solche Druckwelle vor sich herschiebt, daß alles, was im Gleis ist, in die Luft gewirbelt wird. Ganze Kühe! Inzwischen haben Tatsachen bewiesen, daß es nicht stimmt. Aber damals glaubte ich das und wollte vermeiden, daß ich von dieser Druckwelle nur in die Fichten geschleudert und mehr oder weniger schwer verletzt überleben würde. Nein, der langsam und schwerfällig rumpelnde Güterzug sollte mich mit jedem seiner unzählbaren Waggons genüßlich zermalmen. Außerdem der Ärger, den man den Fahrgästen macht. Am Abend – es hätte ja am Abend geschehen müssen – wollen die Leute nach Hause, wollen ins Bett, und dann hält der Zug mit Ruck und Quietschen und rattert noch ein Stück weiter, und dann merkt man schon an dieser sofort einsetzenden Stille – Totenstille – den Unfall mit Personenschaden. Ein Begriff, den es damals gar nicht gab, denn als die Bahn noch staatlich war, hielt man Stillschweigen – Totschweigen – über jede Ursache von Fahrtunterbrechungen. Man stand, saß fest und sollte eben sehen.

Die Chinesin ist aufgestanden und packt ihre Noten zusammen. Erstaunlich groß für ihre Rasse. Ja, so denkt man. Wir sind alle irgendwie Rassisten. Hoch und flach wie ein Brett. Gesicht wie ein Tischtennisschläger mit Punkt Punkt Komma Strich. Vielleicht ist ein bißchen Xenophobie ganz nützlich. Angst schützt ja auch. Chinesische Grausamkeiten. Umhängetasche mit großer Klappe, auf der DIE ZEIT steht. Eine Abo-Prämie offenbar. Verabschiedet sich, die andere schreibt wie besessen auf einen Spiralblock. Mein Kopf ist jetzt klar genug, daß ich beim Ober der zweiten Schicht, der seinen ersten Rundgang macht, ein Achtel Weißen bestelle.

Es war kein Entschluß damals, das mit der Bahn. Es war eine Obsession. Ich war wie getrieben von der Idee, mich von der Welt zu verabschieden. Gestand mir nicht das Recht zu einer Alternative. Todesstrafe für den Ehebrecher. Steinigung mit anderen Mitteln. Aus der Familie kommt keiner lebend raus. Aus der Ehe geht man nur mit den Füßen voran. Ich wollte mich auf den Rücken legen, genau auf eine Schwelle, den Nacken auf einer Schiene, daß der Zug wie eine Guillotine wirken sollte. Was mit den Beinen passierte, war mir egal. Ich hätte ja keine mehr gebraucht. Spurbreite 1435 Millimeter. So weit die Füße tragen. Ich stellte mir vor, wie ich beim Zittern des Gleiskörpers den Kopf drehen würde in die Richtung, aus der der Zug kommen würde. Um die Kurve vor Jakel. Wie ich all meinen Mut zusammennehmen würde, um nicht im letzten Moment aufzustehen. Wie ich dem Tod ins Auge sehen würde. Würde Würde Würde, die Würde des Suizids. Würdiges Sterben. Die Augen des Todes als die beiden Puffer der Diesellokomotive. Spurbreite 1435 Millimeter: auf welch schmaler Basis doch die Bahn fährt!

Mit einem gewissen Aplomb setzt der Kellner das nasse Chromtablettchen mit dem Achtel mir vor: »Sehr zum Wohl, der Herr.« Wenn der wüßte, was dem Herrn gerade so durch den Kopf geht. Oder fuhren die Güterzüge damals auch schon elektrisch?

Zu jung für 68, zu alt für 89. Unsere Eltern waren keine Nazis, kein Sohn wollte den Vater töten; es hätte sich gar nicht gelohnt. Unsere Väter waren Würstchen, unsere Mütter dumme Puten. Von Nazis erzogen, von Bomben verschreckt, von Russen geschändet, von Leichenbergen traumatisiert. Ihre Lehrjahre waren das Dritte Reich, ihre Gesellenprüfung das Wirtschaftswunder. Als die Beatles erfunden wurden, waren unsere Eltern fremde Leute. Was wollten die von uns? Wir sollten uns die Haare schneiden lassen, den Scheitel mit dem Lineal ziehen, Trachtenjanker und Lederhose. Denn alles, was es jetzt gab – Coca-Cola, Twist, Hula-Hoop und abstrakte Kunst –, hatte es unter Adolf nicht gegeben. Und das war zwar besser so, aber jetzt konnte man auf den VW sparen. Dafür nahm man die Negermusik in Kauf. Nur leise sollte sie sein!

War das überhaupt schon der ICE? »Der Hochgeschwindigkeitsverkehr in der Bundesrepublik Deutschland ist hiermit eröffnet.« Aber bitte mit Zuschlag. Der Ober nimmt den ersten Topfenstrudel dieses Nachmittags aus der Mehlspeisenvitrine und trägt ihn auf einem Tablett über der Schulter auf die unsichtbare Seite des Cafés. War es etwa noch der D-Zug zwischen Hamburg und Hannover? Raucher, Nichtraucher, Abteile mit Gardinchen? So arbeitet Verdrängung: Die neuen Bilder decken die alten zu. Übermalung: Arnulf Rainer.

Wie eine Lasur lag ein Schleier über allem, was die Familie betraf. Ich sah die Frau und das Kind nur noch gezeichnet, mit weichen Konturen, ihre Stimmen hallten aus großer Ferne. Zu Haus in der Küche wurden die Gegenstände des Alltags mir fremd. Was tat man mit einer Pfanne? Einem Rührbesen? Wozu Milch? Möhren, Wurzeln, Mohrrüben – wie hießen sie denn nun wirklich? Erst am Nachmittag merkte ich, daß ich am Morgen die Hose verkehrt herum angezogen hatte. Das Telephon? Als würden in einem weit entfernten Stadtteil die Kirchenglocken läuten. Was ging mich das an?

Als wäre ich schon im Jenseits und müßte mich dort nur noch einrichten. Die letzten Fäden, die mich mit der Welt verbanden, durch-
schneiden. Das waren die Tage, für die man mir in der Klinik ein Bett
freihielt. Ich hatte gar nicht verstanden, warum. Suizidgefährdung.
Ja, hinterher ist man immer klüger. Damals nur Angst. Die alte Angst
des Kindes vor dem Großen, dem Schweren und daneben dem Kleinen, dem Klitzekleinen. Stecknadel und Glocke. Niemals durften die
zusammenkommen! Groß und Klein – welch ein Horror!

»Niedschläger!« Dieser unauslöschliche Name aus dem Stück von
Botho Strauß. »Niedschläger!« Die Szene vor der Klingeltafel an
der Hochhaustür. »Niedschläger!« Mit dem ausgeleierten Ruhrpott-
akzent, den die Clever da reingelegt hatte. »Niedschläger!« Ein Jahr-
hundertwerk. Da schreibt einer ein einziges Theaterstück und ist alle
Sorgen los. Glückstreffer voll ins Schwarze. Dürrenmatt konnte sich
allein von der Alten Dame einen Palast bauen. Wenn einem das ge-
lingen könnte! Aber dazu gehört auch Glück. Die Götter müssen es
wollen.

Plötzlich steht das Mädchen vor meinem Tisch. Das eben noch drüben gesessen hatte mit der Chinesin. Es ist nicht nur die Kapuze, es
ist auch das Gesicht. Oder doch nicht? Sie steht im Gegenlicht, ich
kann sie nicht genau erkennen oder wiedererkennen. Weiche Züge,
ein hübsches Lächeln. »Niedschläger!« Ja, es ist – wie war der Name?

Also! Das gibt es doch nicht. Niemals. Prisca. »Bist du das?« Ja, sie ist
es. Sitzt hier im Eiles, ein paar Meter entfernt nur von mir und läßt
sich Musik erklären. Ihr Götter! Ich komme hierher auf gut Glück, auf
eigene Faust, auf Biegen und Brechen wie gestern abend, und da steht
einfach mir nichts, dir nichts das Mädchen vor mir aus dem Vortrag
im Heinz-von-Foerster-Institut. Ist einfach da, und noch dazu in meinem Lieblingscafé. Ein Traum! Eine Erscheinung? Prisca.

Musik? Erklären? Dominante und Subdominante, Terz, Quinte, None. Dur und Moll. Auftakt. Reprise. Violinschlüssel, Bratschenschlüssel, Baßschlüssel. Das ganze Zeug. Sie setzt sich mir gegenüber, ohne zu fragen. Ich bin ganz erschrocken, ganz schüchtern plötzlich. Werde ich rot? Aber hallo! Knallrot! Ausgießung des Heiligen Geistes. Dies ist mein Blut. Naja, und dann diese Floskeln. Was man so sagt. Vom Zufall zum Beispiel. Wie klein die Welt ist. Dabei geht es nur um Wien; das ist noch kleiner. Eigentlich ein Dorf, und also ist es gar kein Zufall, sondern nur eine Frage der Zeit. Aber denn doch gleich am zweiten Tag. Unglaublich! Bin doch gestern erst angekommen. Donnerwetter! Hier sagt man: »Herrschaftszeiten!«

Sie studiert Kulturmanagement. Ach du Schande! Ja, was die jungen Leute heute eben so studieren. Kulturmanagement. Von Kultur keine Ahnung, aber Management. Also Kultur nachholen. Immer der Kultur hinterher. Da muß man erst mal durch, durch die Kultur hindurch. Dazu gehört das Heinz-von-Foerster-Institut genauso wie die Musik. Und die ist ja nun mal heute chinesisch. An den Hochschulen nur Chinesen und Koreaner. Da haben sie nämlich noch Musikunterricht von klein auf. Noch sitzen in den Orchestern die Russen. Aber nicht mehr lange. Dann kommen die Asiatinnen und Asiaten und nehmen ihre Plätze ein. War da nicht schon mal was Ähnliches an der sowjetisch-rotchinesischen Grenze? Der Grenzfluß: Amur. Amur, Stein und Eisen. Russen und Mongolen in dicken Pelzen, ununterscheidbar. Ewig her.

Was heute noch auf dem Programm steht. Der Tag fing an mit einem Interview zur Musik. Die Studenten werden losgeschickt und müssen sich ihr Wissen selbst zusammensammeln. Lernen, wie und wo man an Informationen kommt. An Infos rankommen, das ist es. Studentinnen und Studenten. Man sagt der Einfachheit halber Studierende. Lehrende und Studierende, Forschende. Nicht mehr Vagabundinnen und Vagabunden, sondern Vagabundierende. Was also steht heute noch auf dem Programm?

Psycho ... Der Film? Nein, Psychoanalyse. Na tulli, da sind wir ja genau beim Thema. Asinus in fabula. Thema Angstneurose. Kindheitstraumen. Depression. Aber davon sage ich nichts. Schweig fein still. Nur stille, mein Herze. Mein ist dein Herz. So stand es doch auf der Karte? Ja, war aber verdreht. Heißt ja in Wirklichkeit anders herum. Was heißt Wirklichkeit? Die Wirklichkeit ist eine Operette. Die Operette ist nicht wirklich Kultur; eher so was wie Unterhaltung. U-Musik, E-Musik. E und U, Müllers Kuh. Na hör mal, Herzchen, die Wiener Operette, wenn das keine Kultur ist, dann geh ich ins Maxim. Da kenn ich alle Damen, auch die mit Doppelnamen.

Berggasse steht heute noch auf dem Programm. Gut. Da war selbst ich noch nicht. Ein Blick auf das Schnitzler-Bild über mir an der Wand. Die Fahrt ins Dunkle. Gehen wir zusammen. Nimmt sie noch einen kleinen Braunen? Ja, ich nehme noch einen kleinen Mokka. Der wird im Glas serviert. Kaffeeglas, auch so ein Stück Kultur. Einen kleinen Braunen für die Kulturmanagerin in spe. In Hoffnung. In guter Hoffnung. Kulturmanagerinnen und -manager. Besser doch gleich: Kulturmanagende. Statt Männer und Frauen nur noch Menschen. Managende Menschen. »Herr Ober, zahlen bitte!« Herr Ober, Frau Oberin; statt dessen: Servierende. Kassierende. Wieviel Schilling? Und dann gehen. Schon gehen zwei zusammen. Zusammen, was zusammen gehört. Servus. Auf Wiederschauen, Herr Ober. Servus Kaiser.

Rathaus in die U-Bahn bis zum Schottentor. Das breit grinsende Maul des Triebwagens, wenn der Zug einfährt. Immer der Gedanke daran, wie es ist, wie es sein würde, vom Zug überfahren zu werden. Den Blick schnell zur Seite. Prisca. Das ist sie also. Die Kapuze rahmt wieder ihr Gesicht ein, daß nur Augen Mund Nase herauskucken. Sie sieht aus wie ein Kind, nein, wie ein ... ich komme nicht drauf. Mit diesem feinen Flaum, der jetzt im U-Bahn-Licht glitzert wie Silberstaub auf Stirn und Augenbrauen. So was war früher auf den Adventskalendern, eine Kruste, die den Schnee, den Frost der Krippenlandschaft bedeutete und im Laufe der 24 Tage abfiel und überall in der Wohnung seine

Spuren hinterließ. »Dem muß man immer hinterhersaugen«, sagte meine Mutter, für die das Schlimmste an Weihnachten der nadelnde Tannenbaum war. Mit so einer Glitzerkruste kuckt das Mädchen aus der pelzumrandeten Kapuze hoch zur Votivkirchenspitze am Schottentor. Ein grauer, kalter Wind voller Staub vom Schotter gegen das Glatteis, der sich in Rinnsteinen und an Hausecken noch gehalten hat, schneidet uns in die Gesichter. Schwarzer Weg.

Geworfen sein. Sich werfen. Sich vor den Zug werfen. Eine Alternative. Auch eine Möglichkeit. Mit der letzten Kraft des Lebens den Zusammenprall suchen. Ein Endkampf ohne Aussicht auf Gewinn, aber ein Kampf. Keine Niederlage von vornherein. Sich von vornherein niederlegen in das Gleis, sich zermalmen lassen ohne Regung. Passiver Suizid. Aktiver Suizid. Wer den aktiven Suizid wählt, fordert den Tod heraus. Sich vor den Zug werfen, nicht um zu sterben, sondern um den Zug zum Halten zu bringen. Und zwar auf offener Strecke.

Berggasse. Der Name ist Programm. Ging es doch zu Freuds Zeiten immer um das Besteigen. Eine Frau wurde bestiegen, weshalb in den Träumen davon, die Wunschträume waren, weil unerfüllbar, es sei denn um höchste Preise, Treppen vorkamen, hohe Bäume oder steile Berge. Berggasse also, da sollte was erstiegen werden, dabei gehen wir abwärts. Von der Währinger Straße geht die Berggasse ordentlich bergab.

Berggasse 19. Ein älterer Herr mit Pelzkragen und einem Hut, wie ihn Adenauer trug, kommt aus der Tür. Geht mit knarzenden Schritten die Straße hinauf. Ledersohlen auf Schotterresten. Schwarzer Weg. Tür Nummer 19, Museumseingang. Ziselierte Scheiben. Nennt man das so? Ins Glas geätzte Ornamente und Allegorien. Damen mit Füllhorn und Pfeil und Bogen. Fortuna und Diana. Die Treppe aus Marmor, jetzt also steigen, ein kurzes Stück bis zum Mezzanin, also nicht so hoch, daß man es nicht hätte schaffen können, damals in der Wunschtraumzeit. Angsttraumzeit. Angst Raum Zeit.

Im engen Flur die Garderobe hinter Glas. Hut, Stock, Mütze, Plaid.
Als könnte er jeden Moment aus dem Behandlungszimmer kommen
und zum Mittagessen gehen.

Wartezimmer. Dumpfe Stube mit Plüschsesseln, Perserteppich,
Palmwedel vor dem Fenster mit schweren Stores, noch schwereren
Vorhängen und Schabracken, Brokat, Gründerzeit in Eiche massiv.
An der Wand »Der Albtraum« von Füssli. Damit jeder Patient gleich
wußte, worum es ging: um die nackte weiße Frau. Gegenüber ein
kleiner Intarsienschrank mit Glastüren oder wohl besser Kristall. Anrichte. Nennt man das so? Eine kleine Anrichte. Was Albträume alles
so anrichten. Was Eltern bei ihren Kindern alles so anrichten.

Überall Portraits. Photographien, die ihn am Schreibtisch zeigen, rau-
chend, lesend, schreibend. In einer Vitrine der Füllfederhalter, eine
Brille, wie sie später John Lennon zur Mode machte. Freud war ein
gutaussehender Mann. Ein Mann zum Verlieben auch ohne Neurose. Ich sage: »Eigentlich sieht er aus wie Curd Jürgens.« Sie zieht
die Schultern hoch. Zu jung, um Curd Jürgens zu kennen. Wie alt sie
wohl sein mag?

Vor der Bücherwand mit seinem Hund. Wie Hieronymus im Gehäuse
mit dem Löwen. Der Aufklärer als Heiliger. Auch Hieronymus hatte
schon über die Ehe nachgedacht. Als Asket selbstverständlich. »Ein
Vater ermahnt seine Tochter, Du mögest nicht mehr Deines Vaters
gedenken.« Der Löwe als Hund: ein Chow-Chow. Lila Zunge. Ciao
ciao, bambina!

Auf den Photos oft mit der Tochter. Freud deutet, die Zigarre in der
beringten Hand, aus dem heruntergeschobenen Fenster des Eisen-
bahnwaggons nach draußen, die Tochter, die neben ihm steht, lachend, mit Baskenmütze das Haar verdeckt. Was zeigt er ihr? Sie be-
finden sich im Schlafwagen. Über dem Fenster deutlich die Schrift:
WAGON-LIT. Paris 1928. Oder am Tisch, vor Karaffen und leeren

Gläsern, eine holländische Bierflasche. Richtig: Den Haag 1920, also acht Jahre früher. Und hier das bekannte, berühmte Photo: Freud und Tochter Anna spazieren über eine Wiese. Der Vater im Steiereranzug mit Hut, Pfeife, Stiefel, Stock und Wanderbeutel, die Tochter im Dirndlkleid, ganz ländlich, pastoral, darunter ein Zitat: »Wir werden dann abwechselnd lesen, schreiben und in die Wälder laufen; wenn uns der liebe Gott den Sommer nicht ganz verregnet, kann es sehr schön werden.« Anna Freud, 7. Juli 1908. Ein glückliches Paar. Ein ganzes Leben lang ein glückliches Vater-Tochter-Paar. Ist niemals jemand darauf gekommen zu fragen, warum der Erfinder des Ödipus-Komplexes ein so inniges Vater-Tochter-Verhältnis hatte? Es zuließ? Prisca? Wo ist sie denn? Die Couch. Ja, natürlich, deshalb ist sie hier. Wo ist die Couch?

Die Couch im Behandlungszimmer fehlt. Die berühmte Couch steht in London. Hier nur auf einer Photowand in Originalgröße. Schwere Decken, Persermuster, dicke Kissen. Das wäre früher das reine Angstmöbel für mich gewesen. Kissentürme, Deckenstapel, Polsterwülste: der reine Horror. Schweißausbrüche, Herzrasen, kalte Stirn. Und jetzt? Ein Diwan zum Sich-Niederlegen, zum Sterben womöglich.

Auf solcher Couch sich zum Sterben niederlegen. Und nebenan ist alles voller Götter. Eine Sonderausstellung mit der archäologischen Sammlung, die Freud in seinem Behandlungszimmer akkumulierte. Die Patienten dachten, sie gingen zum Arzt, und sie kamen in ein Kabinett, das mit Altertümern bis an die Ränder gefüllt war. Der Arzt als Archäologe des Unterbewußten, der verschütteten Kindheitsängste. Das Kind ist ja immer ausgesetzt den ärgsten Bedrohungen. Alle wollen das Kind, kaum ist es auf der Welt, töten. Die Großmutter, der Großvater, die Mutter, der Vater, wenn schon Geschwister da sind, die erst recht, und jede Tante, jeder Onkel blickt blutrünstig auf das kleine, schwache Kind, das man so leicht, so ohne jede Kraftanstrengung ermorden könnte. Bei den Füßen packen und es gegen die Wand schleudern. Jedes Kind ist ein potentielles Opfer seiner Familie. Schlachtopfer. Abel, Isaak, Iphigenie. Jesus.

Da läge man auf der Couch, umgeben von den Göttern Ägyptens, Griechenlands, Roms, aber auch Chinesisches ist dabei, mit spitzen Nasen und Hüten. Keine Tischtennisschlägergesichter. Prisca hat die Kapuze nach hinten geklappt, ich sehe ihr Haar. Dickes braunes Haar. Ganz versunken in Betrachtung der sitzenden Isis mit dem Horus-Knaben. Madonna mit dem Kinde. Da kommt das her. Vom Nil zum Adventskalender. Isis stillt den Horus-Knaben. Das Urbild von Mutter und Kind. Mutterkindbeziehung. Mutterfixierung. Ödipus. Urahne, Großmutter, Mutter und Kind in dumpfer Stube beisammen sind. Gebenedeit seist du, Isis. Die Psychoanalyse eine Isis-Diagnose.

Eine kleine Sphinx, so hoch wie meine Hand, mit derbem Muttergesicht. Alles Mütter hier. Mutter mit Flügeln und Löwentatzen. Praktisch zum eine Scheuern. Die Mutter scheuert eine mit der Löwentatze und fliegt davon. Das Kind bleibt bescheuert zurück. Ohrfeige, Backpfeife: wieso eigentlich Feige und Pfeife?

Geflügelter Eros, in der Landung begriffen, mit den Armen sich ausbalancierend. Wie ein Skispringer. Vierschanzentournee. »Den würd' ich am liebsten mitnehmen«, sagt sie, ganz ergriffen von der Anmut der Figur. Erinnert mich an den geflügelten, nackten Knaben von Caravaggio, mit den Musikinstrumenten daneben. Amor vincit omnia. Höhe 38 cm, steht auf dem Label, Freud-Museum London. Da, wo die Couch steht. »Die Eros-Figur«, heißt es weiter darunter, »befand sich in zentraler Position in einer antiken Vitrine am Fußende von Freuds Couch und war wohl für so manchen Patienten ein Blickfang während seiner Analyse.« Für so manchen? Für so manche Patientin. Waren doch mehr Frauen. Auch Prisca ist dem Blickfang erlegen, vom Anblick gefangen. Sind so kleine Hoden, so ein kleiner Penis. Alle antiken männlichen Statuen haben kleine Penisse. Edle Einfalt, kleine Größe. Italienische Schuhe fallen in den Größen kleiner aus, hieß es im Schuhgeschäft, als es noch Verkäuferinnen gab. Am Mittelmeer sind die Leute kleiner, auch die Männer. Kleines mediterranes Geschlecht. Kurzbeinige Frauen. Kleinfüßige Männer. Mit dreißig Franc Salär in der Woche.

Unterdrücktes Juchzen. Da: ein männliches Genital! Als ob es ohne Körper existieren könnte. Der organlose Körper! Auf einem kleinen hölzernen Sockel. Hoden und Penis alone, alone and alone. Herrensockel. Falke Bristol. Die reine Allegorie der Zeugung. 11,4 mal 10,5 Zentimeter. Mal gerade so eine kleine Handvoll. Paßt gerade so in ihre Hand. In ihr Händchen. Handsome. Aus Ton? Das Berühren der Figüren ... Würde sich ja auch nichts rühren beim Berühren. Das tönerne Gemächt. Wer sagte, es käme bei der Erektion nicht auf die Größe an, sondern auf den Klang? Asta Nielsen? Nee, die wird lesbisch gewesen sein. Alma Mahler? Absolutes Gehör, könnte sein. Oder war es Adele Sandrock?

Er hob den Sandrock und bestieg sie. Traumnovelle. Der Patient besteigt die Couch. Liegt auf ihr wie auf einer Frau. Auf einem Fräulein. Fräulein Else. Wie ein Baby auf dem Bauch der Mutter. Am Fußende Eros. Schaut der Analyse zu, reckt dann und wann die Flügel. Wie ein Engel. Wir führen ein englisches Leben, und Petrus im Himmel schaut zu. Am Kopfende der Analytiker in einem Clubsessel mit grünem Samtbezug. Unsichtbar hinterm Kopf des Patienten. Hinter Ihnen geht einer, hinter Ihnen steht einer, drehen Sie sich nicht um. Hinter Ihnen sitzt einer. Drah di net um, da da dá, der Kommissar geht um. Sind auch ganz lustig daneben.

Wir sind nicht die einzigen Besucher. Knarrendes Parkett, knirschende Sohlen bringen den Schotter von draußen rein. Arbeit für die Putzfrauen abends. Schwarzer Weg. Pensionisten beugen sich schnaufend über die Götter. »Meine alten und dreckigen Götter« hat Freud sie genannt. Warum so abschätzig? Zwei unstillbare Leidenschaften: Rauchen und Sammeln. Sind so kleine Zigarren, die Freud geraucht hat. Sumatra. Zwei liegen da als Muster. Torpedos in dieser Größe werden heute gar nicht mehr hergestellt. Etwa das Format des singulären Penis. Manchmal ist eine Zigarre eben nur eine Zigarre.

Donnert es draußen? Keine Jahreszeit für Gewitter. Die Vitrinen erzittern ein wenig und klirren, fast unhörbar. Mir fällt das Wort »Götterdämmerung« ein. Alte und dreckige Götterdämmerung. Aber nichts. Niemand scheint etwas bemerkt zu haben. Ein älterer Herr im Janker sieht sich um, beunruhigt, ruft leise: »Hildegard?« Die Frau schaut aus dem Nebenzimmer herein, war mit der Entzifferung von Bildlegenden befaßt, flüstert: »Ich bin hier.«

Sie kommt von dem landenden Eros nicht los. »Den würd' ich am liebsten klauen.« Die Hände der Figur sind abgebrochen. Die Arme sind wie bei einem Boxer angewinkelt nach vorn gestreckt, der rechte wie ausholend, als sollte ein Vorhang geöffnet werden, ein Fenster, eine Tür, eine Welt. Open to love. Die Flügel sind Vogelschwingen nachgebildet, den Kopf schmückt ein Kranz, den man auf den ersten Blick für eine Dornenkrone halten könnte. Ein Lorbeerkranz sähe anders aus, aber eine Krönung ist es ohne Zweifel. Amor vincit omnia. Ich kam, ich sah, ich liebte.

Meine Begleiterin, bis vor kurzer Zeit noch unverhoffte Begleiterin, ist verschwunden. Prisca? Ich gehe durch die Räume unseren Weg zurück, vorüber an Gorgonenhäuptern. In Augenhöhe eine Öllampe mit dem Relief eines Paares. Der Mann auf dem Rücken liegend, die Frau rittlings auf ihm; waren also doch nicht alle schwul, die Alten. Oder beides? Was haben Frauen und Knaben gemeinsam? Die runden Formen der Hinterbacken, der Hüften, den konkaven Halsansatz. Den Flaum auf der Haut. Diese feinen, sich bei Berührung aufrichtenden Härchen, sträubenden Härchen. Das haarfeine Sträuben.

Da ist sie hinter mir und flüstert. »Donauinsel, morgen früh um zehn? Wir machen einen Spaziergang.« Wie das jetzt? Ach so. Wie kommt man dahin? »U 1 Richtung Kagran, Donauinsel.« Ja, gut, warum nicht. Sie hat es eilig plötzlich, neue Kulturmanagementtermine wahrscheinlich, neues Wissen, neue Infos, nach Musik und Psychoanalyse jetzt vielleicht ins Burgtheater zu den Burgschauspie-

lern oder nur zum Infostand. An Infos rankommen. Und schon ist sie
weg. Ich stehe vor asiatischen Vitrinen, ein kleines Kamel aus China,
zwei Buddhafiguren aus Thailand, ein chinesischer Dickbauchbuddha.
Meine alten und fetten Götter ... Dem Freud ging es also nicht nur um
die klassische europäische Antike. Das Ausgraben von kostbaren Din-
gen jedweder Kultur muß ihn begeistert haben. Figuren, Kultgegen-
stände, dem Schoß der Erde entrissen, der Gäa geraubt, den Leben-
den zurückgegeben.

Jetzt will ich den Eros noch mal sehen, bevor ich dieses kleine Museum verlasse. In dem Raum, wo ich ihn vermute, sehe ich ihn nicht.
Habe ich mich geirrt? Da ist der Penis, das Einzelstück, die Sphinx
und dort ... Der Platz, wo der Eros stand, ist leer. Da ist ein Surren
wahrnehmbar, das anschwillt, lauter wird zu einem schnarrenden
Dauerton. Unruhe unter den Besuchern. Ein junger Mann, der an der
Kasse saß, stürzt in den Raum. Draußen blinkt irgendeine Lampe,
ein Jaulton hebt an. Rufe, erregte Stimmen, man hört eine Frau im
Flur telephonieren. Der Mann mit dem Janker ruft vernehmlich nach
Hildegard. Die ist offenbar auch verschwunden, der Mann rudert pa-
nisch mit den Armen, plötzlich sind Polizisten da, draußen quietschen Bremsen, Gendarmerie, und dann die klar artikulierte Feststellung des Kassenmannes: »Der Eros ist gestohlen!« Es gelingt mir,
mich an allen vorbeizudrängen, demonstrativ hebe ich die Hände,
zeige meine leeren Handinnenflächen, die niemanden interessieren.
Schon auf dem Treppenpodest sehe ich Hildegard, die völlig über-
rumpelt mich fragt, was passiert ist, sie habe ihren Mann verloren,
sie sagt: »aus den Augen verloren.« Ich sage: »Ihr Mann ist da drin, er
ist noch da drin, gehen Sie hinein, oder nein, warten Sie besser hier
draußen.« Sie zieht ihren Mantel fester um sich, als friere sie entsetz-
lich. Da kommen weitere Polizeibeamte herauf, mit und ohne Uniformen, drängen durch die Freud-Tür, ich sage: »Er wird schon heraus-
kommen, Ihr Mann, eben war er noch drin.« Verbirgt sie etwas unter
ihrem Mantel? Ich sehe in ihr Gesicht, das Make-up um die Augen
ist leicht verschmiert, die Unterlippe zittert, ihr ist kalt. Aber hier

zieht es ja auch im marmornen Treppenhaus, Stiegenhaus, Mezzanin, zieht wie Hechtsuppe. Wie war das noch mit der Hechtsuppe?
Eine jiddische Redensart, die mit dem Fisch gar nichts zu tun hat.
Und dann höre ich ihn auch schon, seine ängstlich zitternde Stimme
ist doch kräftig genug, das allgemeine Stimmengewirr und hastige
Geschrei zu übertönen: »Hildegard! Hildegard!« Da bin ich schon un-
ten, draußen auf dem Gehsteig, die Straße ist gesperrt, Limousinen
mit magnetisch haftenden Blaulichtern auf den Dächern, ich denke:
Kojak-Lampe, irgendwo habe ich dieses Wort mal aufgeschnappt,
Kojak-Lampe für magnetisch haftende Blaulichter, die während der
Fahrt aus dem Autofenster auf das Autodach gesetzt werden, und
dann ab die Post.

Unter meinen Schuhen knirscht der Schotter. Morgen wird die Kronenzeitung damit aufmachen: »Eros geraubt!« Amor vincit omnia.
Oder doch nicht? Bleibt nicht die Familie am Ende der Sieger? Die
Familie, die den Eros aussperrt für immer, ihn in den Betrug ver-
bannt, den Ehebruch, erweist sich als die stärkste Kraft. Familie ist
tierisch, Eros ist nur dem Menschen eigen. Darum machen die Menschen sich Götter, um nicht mehr als Tiere zu gelten. Ein Tier opfert
nicht. Die Familie, die Kinderaufzucht, das ist der Schweinestall, das
feiste Schmatzen, das dumpfe Muhen stillender Muttertiere.

Selbst Freuds Psychoanalyse konnte die Familie nicht abschaffen.
Das schärfste Skalpell der Aufklärung stumpfte ab gegen das dicke
Fell animalischer Fortpflanzung. Kein Ausweg aus dem Vater-Mutter-
Kind-Spiel, das kein Spiel ist, sondern die Schicksalstragödie der
menschlichen Gattung. Ich habe geheiratet, um einmal, ein einziges
Mal, die Anerkennung, den Respekt meiner Eltern zu gewinnen. Ich
habe ein Kind haben wollen, um es meinen idiotischen Eltern vor die
Nase zu halten und zu sagen: »Hier, bitte schön, das ist doch das ein-
zige, was ihr versteht.« Und, ist es gelungen?

Ach, ich ziehe mich in meine Jacke zurück. Krieche tiefer hinein in das wärmende Innenfutter. Kälte. Eiseskälte plötzlich. In der Tasche was Hartes. Das Ei! Das Ei vom Frühstück in Hannover. Ein Proviant für alle Fälle. Eiserne Reserve. Der schneidende Wind fegt mir über die breite Straße vor der Roßauer Kaserne den grauen Staub des Streuguts um die Hosenbeine. Winter in Wien. Kein Urlaub. Niemals Vergnügen.

Was ich hier will? Wie sollte ich das wissen? Ich bin lebenslang Regungen gefolgt, für die mir die Bezeichnung »Ruf« heute zu pathetisch ist. »Man soll auch des Mannes gedenken, der vergißt, wohin der Weg führt«, nach dem Rate des Dunklen von Ephesos.

Völlig offen, wohin der Weg führt. Ich bin hier, um zu erfahren, was die Götter wollen. Sie haben gewollt, daß ich dem Mädchen begegne, ohne Anstrengung, ohne Mühe, durch Zufall. Preiswürdige Götter! Alte und dreckige.

Am Schottenring das Modelleisenbahngeschäft gegenüber der Börse. Im Schaufenster auf Glasplatten die kleinen Züge. Was macht den Zauber aus? Manche haben einen Narren daran gefressen. Den ganzen Dachboden für die Modelleisenbahn. Märklin. Märklinkatalogsammler. Trainspotting. Junge Männer, ausnahmslos Männer in vernachlässigter Kleidung mit tief herabhängenden Rucksäcken stehen an den Enden der Bahnsteige und photographieren die Lokomotiven. Obwohl doch alle gleich aussehen, mehr oder weniger. Jedenfalls für mich. Das Auge des Spezialisten unterscheidet Nummern. Details der Markierungen und Beschläge. Keiner denkt an Selbstmord. Keiner photographiert die Lokomotive mit den zerfetzten Überresten des Selbstmörders an den Scheiben. Oder doch? Gibt es in diesem Fachgeschäft unter all den maßstabgerechten Figuren – Bahnwärter, Kranführer, Eisverkäufer – auch eine Selbstmörderfigur? Ein Figürchen, das man auf die Märklinschienen legen und den Zug drüberfahren lassen kann? Ich traue mich nicht, hineinzugehen und zu fragen.

Vier **Bergauf**

Wehe, wehe, du Wind! Wind ist immer, Wind ist ja immer in Wien, und wir haben ihn im Rücken. Denn er weht aus dem Osten, kommt von der Puszta, aus der Steppe, wo die kleinen Pferdchen grasen und die Brunnen stehen mit den langen Hebeln zum Wasserschöpfen, wo Piroschka wohnte, die kleine Piroschka mit ihren Stiefelchen und dem Lachen von Lilo Pulver. Piroschka, der Name, den sie immer falsch betont haben auf der zweiten Silbe, dabei wird die erste betont, genauso wie bei Kokoschka und Tabori, Havlitschek und Kratochvil. Neben mir geht auch so eine kleine Piroschka mit Stiefelchen, denn es ist kalt noch, und kalt bläst der Wind, der uns nach vorn schiebt stromaufwärts, den alten Treidelweg stromauf. Kalt ist es, obwohl die Sonne scheint und blau der Himmel ist und kleine Blüten an den Sträuchern uns zulachen. Kornelkirsche, gibt es nicht so was um diese Jahreszeit? Die Kornelkirsche, Cornus mas, in Österreich auch Dirndlstrauch genannt, keine Kirsche in dem Sinne, aber eßbar, wenn sie im Juni Früchte treibt mit einem süßsauren, leicht fauligen Geschmack. Aber das habe ich mir nur sagen lassen. Ich kenne ja keine Pflanze, gar keine Pflanzen, bewundere nur die Pracht des Gewächses wie den Riesenbärenklau, Heracleum mantegazzianum, die Herkulesdolden, eingeschleppt aus dem Kaukasus nicht nur bis Kärnten, nein, bis nach Deutschland, Frankreich, Spanien, ja die Portugiesen stöhnen angeblich unter der Last des eingeschleppten Riesenunkrauts. Selbst in Bangenfeld habe ich es gesehen, wie es sich unverschämt über die Jägerzäune erhebt mit seinen regenschirmgroßen Blütenplatten, die im Wind sich wiegen wie zum Hohn der Ziergärtner, die dieses Wegerichs in Baumgestalt nicht Herr werden können, Russenkraut auch genannt, das obendrein noch giftig ist, hochgiftig, wie man beteuert von allen Seiten und besonders von seiten derer, die aus dem Osten sowieso schon immer das Schlimmste erwartet haben.

Aber wir haben ja den Ostwind im Rücken und gehen hinauf, nach dem Westen hinauf. Westwärts schweift der Blick.

An harzigen Bäumen des Isters,
Der scheinet aber fast
Rückwärts zu gehen und
Ich mein, er müsse kommen
Von Osten.
Vieles wäre
Zu sagen davon.

Da kommt sie uns entgegen die Donau, kommt mit ihrem braunen Wasser vom Schwarzwald, von Donaueschingen und Ulm, von Donauried und Donauwörth und Ingolstadt, und von Regensburg bringt sie den Regen mit und von Passau den Inn, den niemand, der Innsbruck kennt, jemals dort vermuten würde, mitten im dunklen, im feuchten Passau, das oft überschwemmt wird bis an alle Kragen, der Schaiblingsturm fünf Meter unter Wasser, im Passau der Nibelungenhalle und des politischen Aschermittwochs, an dem alles andere angesagt ist als Asche aufs Haupt zu streuen und auf Knien die steile Treppe nach Maria Hilf hinaufzurutschen, auf jeder Stufe ein Ave Maria, und zwar nicht von Gounod. Bieranstich, Starkbieranstich, Bock und Doppelbock. Bier ist ja ein Fastengetränk und Karpfen dazu eine Fastenspeise, ein fetter Karpfen und ein Starkbier dazu, das setzt ordentlich an, obwohl es ein Fastengericht ist. So haben sie ein gutes katholisches Gewissen und verfluchen die teuflische Sozialdemokratie.

Gibt es Karpfen in der Donau? Wir wissen es nicht, denken, Karpfen brauchen stehendes oder ruhiger fließendes Gewässer als die Donau. Seen, Teiche, Karpfenteiche. Vielleicht gibt es Karpfen im Donaukanal, sagt Prisca, dann wäre der Donaukanal, auf dem auch sie noch niemals ein Schiff, einen Dampfer hat fahren sehen, genau wie ich, doch noch zu etwas gut. Aber Zander gibt es in der Donau. Zander, so groß wie ein Mann. Sie glaubt es erst, als ich sage, ich habe im Fernsehen gesehen, wie in Rumänien ein Angler einen Zander, so groß wie er selbst, aus der Donau gezogen und auf einen Handkarren geladen hat. Drei Mann mußten mithelfen. Stell dir mal vor, sage ich, hier in der Donau sind Zander unterwegs, so groß wie ich.

Stromaufwärts gehe ich nicht so gern, gehe lieber stromabwärts, der Mündung, dem Meere zu. Aber heute ist es anders. An Priscas Seite gehe ich nicht nur stromaufwärts, sondern überallhin. Überall entlang, wenn es sein muß. Hauptsache, ich kann immerzu nach rechts schauen, wo sie neben mir geht mit ihren Stiefelchen, einen Fuß vor den anderen setzend im Gleichschritt mit mir. Dafür mache ich extra kleine Schritte, kleinere jedenfalls, als ich sonst mache, damit sie nicht zurückbleibt, obwohl sie immer mal gern zurückbleibt, einfach stehenbleibt, um zu schauen, nach den Kornelkirschen zu schauen oder ob nicht doch gerade ein Zander einmal kurz über das Wasser springt, sei er auch nur halb so groß, wie ich behaupte.

Nach den Zandern kommen die Störe. Donauabwärts, im Mündungsdelta, soll es wimmeln davon. Da wohnen die Störfischer, die Kaviarproduzenten, sie leben in Schilfhütten und befahren mit kleinen, schlanken Holzbooten das Donaudelta, schlachten die Störe ab und schneiden ihnen die Bäuche auf, reißen den Rogen heraus, den schwarzen, glänzenden Kaviar, rein damit in die Konservenbüchsen zu 200 Mark das Stück. Wenn das mal reicht, aber die Fischer bekommen am wenigsten davon, das kann man sich denken. Ob sie schon einmal Kaviar gegessen hat? Nein, einen echten Kaviar hat sie noch niemals gegessen. Einen Kaviar, sagt sie. Ich habe einen Kaviar mit Elfenbeinlöffeln gegessen aus riesigen Schalen, auf Eis gelagert, auf einem Rollwägelchen herumgefahren um den Tisch von Gast zu Gast. Jeder nimmt sich mit dem großen Elfenbeinlöffel eine ordentliche Kelle und dann einen doppelten Wodka dazu, das geht runter wie Öl. Und dann das Ganze noch mal, bis zum Abwinken. Ich kenne Kaviarorgien von den Familienfesten meines Schwiegervaters, wo ich in der

Küche die Reste aus den Kaviarschalen mit dem großen Elfenbeinlöffel gegessen habe, mit dem Elfenbeinlöffel, weil Silber dem Kaviar
den Geschmack verdirbt. Ein Kaviar, zwei Kaviar, drei Kaviar, viele
Kaviare, immer hinein damit und auf der Zunge zergehen lassen im
Wodkabad. Der Reiche will Luxus, der Arme Verschwendung. Damit
ist es jetzt vorbei, ein für allemal vorbei sind diese Kaviarorgien, diese
Wodkagelage, diese ganze Luxusfresserei bei den Millionären, Hummer, Filet Wellington, Chablis literweise, das hat nun ein Ende. Dafür
habe ich Freiheit. Für sie gebe ich den Wohlstand auf, obwohl nur der
angenehm lebt, der im Wohlstand lebt. Für die Freiheit gebe ich alles
andere auf. Zuviel Pathos? Ist aber so. Ich sage, wie es ist. Gefüllten
Störkopf habe ich nicht gegessen. Der kommt bei Flaubert vor, in der
Sentimentalen Erziehung. Vielleicht wird dieser Spaziergang ja auch
eine sentimentale Erziehung, aber ohne gefüllten Störkopf. Nein, die
Inlineskater, die ständig uns entgegen und an uns vorbei rasen, stören uns nicht.

Woher ich das weiß, will sie wissen, das mit den Stören im Delta. Bei
Oscar Cisek habe ich das gelesen. Menschenskind, sagt sie, was du
alles gelesen hast, ich kenne nicht mal den Namen. Bis zum Hals im
Blut waten sie da, die Störfischer im Delta, ein wüstes Gemetzel ist
dieser Störfang, und die Störfischer sind wilde Kerle, brutal reißen
sie nicht nur den Stören die Bäuche auf. Inzwischen ist der Stör vom
Aussterben bedroht, so haben sie da gewütet, und die Mafia reguliert
den Kaviarexport und verdient sich dumm und dämlich daran.

Stromaufwärts ist schwerer zu gehen. Das Wasser nimmt einen nicht
mit. Wanderer gehen gern mit dem fließenden Wasser, auch wenn es
nur ein Bächlein ist. Vom Wasser haben wir's gelernt, vom Wasser. Sie
muß lachen, denn bei dem Lied hat sie als Kind immer verstanden:
Die Schweine selbst, so schwer sie sind, die Schweine. Schweinewanderung, Wanderschwein, das Haustier der Nomaden. Wäre ja denk-
bar. Schweinewanderung. Jesus läßt die Dämonen in die Schweine
fahren, und ab damit. Außerdem gehen wir gar nicht nach Westen.

Man denkt immer, die Donau fließt quer durch Europa, im Unterschied zu allen anderen Flüssen, die längs fließen. Hier bei Wien fließt sie längs nach Süden, naja, nicht ganz, nach Südosten. Nach Norden könnten wir jetzt rechts abbiegen Richtung Laa an der Thaya, das klingt schon ganz tschechisch. Man durchquert das Weinviertel, das klingt doch sehr appetitlich. Weinviertel, Waldviertel, Mühlviertel. Weinviertel klingt am besten. Wald und Mühlen gibt es nicht viertelweise, Wein schon. Dazu serviert man Wasser. Erst kommt das Wasser. Die ganzen Brunnen eben: Karnabrunn, Nieder-Fellabrunn, Ernstbrunn, Hollabrunn, Eichenbrunn, Unterstinkenbrunn. Das hätte ich jetzt erfunden. Nein, ich versichere ihr: Das gibt es, und so heißt es. Ich erfinde überhaupt nie was. Stell dir vor, du hast in deinem Lebenslauf stehen: geboren neunzehnhundertsoundsoviel in Unterstinkenbrunn. Wenn es denn doch wenigstens Oberstinkenbrunn wäre! Bei dem Wort neunzehnhundertsoundsoviel zähle ich nach. Ja, es sind, Moment, genau: vierundzwanzig Jahre. Das ist eine komplette Generation.

Nach Nordwesten ist es, hinwelches wir gehen. Da drüben der Kahlenberg, dahinter das mächtige Klosterneuburg. Da! Da, schau nur! Ein springender Fisch. Endlich! Wo? Wo? Ach, schon weg. Ich habe ihn natürlich nicht gesehen. Die Strömung planiert die konzentrischen Kreise im Nu. Da irgendwo in der Mitte. So in etwa, genau in der Mitte. So beginnt das Endspiel. So immer weiter gehen, immer stromauf bis zur Quelle. Oder zu den beiden Quellen. Zurück zu den Quellen! Gut, ganz so weit müßte es ja nicht sein. Bis Melk. Bis zur Wachau. Stift Melk in der Wachau. Nein, das Stift Melk ist auf der nördlichen Donauseite, also nicht in der Wachau. Ich habe mir die Wachau immer am linken Ufer vorgestellt. Mehr der Tschechoslowakei zu. Aber die Wachau ist rechts. Warum ich mir die Wachau immer auf der anderen Seite vorgestellt habe? Das ist eine gute Frage. Wahrscheinlich liegt das an der Tschechoslowakei, die für mich mit meinem Vater verbunden ist. Mein Vater sagte immer: Tschechei. Das schien mir immer der Nazi-Ausdruck zu sein, hatte jedenfalls etwas gezielt Abwertendes. So wie Schweinerei, Keilerei, Völlerei. Dabei war es nur das slawische Wort für Böhmen. Und mein Vater war als Kind in der Wachau.

Als Kind? Ja, als Kind. Kinderlandverschickung. Davon schwärmt er heute noch. Den ganzen Tag marschieren unter freiem Himmel. Der Nationalsozialismus hatte es offenbar mit dem freien Himmel. Naja, sonst gab es eben keine Freiheit, nur am Himmel. Holt Hartmann vom Himmel! Ein Onkel von mir predigte auch immer mit pathetischem Zittern in der Stimme: mit freiem Oberkörper unter freiem Himmel. Irgendwie der letzte Rest Lebensreform, den die Nazis noch so mitgenommen haben. Wer weiß, wozu es gut ist. Die wunderbaren Abkürzungen: LKW, PKW, Krad, FKK. Jedenfalls hatte mein Vater bezüglich der Wachau diesen Linksdrall. Meine Eltern fuhren ja auch immer in den Bayerischen Wald in Urlaub. Ja, in Berlin sagte man nicht Ferien, man hatte Ferien als Schüler, aber in die Ferien fuhr man nicht, man fuhr in Urlaub. Nein, eben auch nicht in den Urlaub, sondern in Urlaub. Farin Urlaub, der Mann von den »Ärzten«, da ist es noch drin. Und da mußten wir auf den Arber, weil man vom Arbergipfel hinuntersehen konnte in die Tschechei, wie mein Vater sagte. Dabei machte er immer so eine abwertende Handbewegung. Hand hoch, Tsche... - ...chei, Hand runter. Also wir mit dem Sessellift den Arber hoch. Meine erste Sesselliftfahrt. Du fährst in Urlaub, und hinter dir stürzen die Neubauten ein.

So oder so. Immer dieses Entscheiden. Sich entscheiden müssen. Man muß auch immer die andere Seite sehen, sagte mein Vater und meinte damit die verkehrte. Das war seine. Keine Kompromisse. Entweder links oder rechts. Die Wachau ist beidseitig der Donau. Links und rechts? Ja, stell dir vor. Rechts Wachau, links Wachau, in der Mitte Donau blau. Kann etwas gleichzeitig rechts und links sein? Zwei links, zwei rechts. Nein, jetzt nicht politisch, das ist doch von vorgestern, links oder rechts. Heute gilt Und statt Oder. Man redet sich hinterher was ein, das gar nicht stimmt. Der SDS zum Beispiel war national und sozialistisch. Dutschke dachte deutsch. Rechts in der Richte. Links in der Lichte. Nichts verwässern! Und kommen auf die andere Seite, Hölderlin. Die Mitte? Mitten in der Mitte bringt Gefahr und größte Not.

Mein alter Lateinlehrer ist auch mal im Sessellift irgendeinen Berg hochgefahren. Eine tolle Geschichte. Es waren Einzelsitze, genau wie am Arber. Im Sitz vor ihm seine Frau. Da sieht er nun, wie es seiner Frau irgendwie übel wird oder schwindlig. Die Frau schwankt im Sessellift hin und her und stürzt schließlich in die Tiefe. Und der alte Lateinlehrer hinter ihr muß das alles hilflos, tatenlos mit ansehen, sieht auch noch, wie die Frau unten aufschlägt, vielleicht sofort tot, vielleicht auch nicht, jedenfalls vorläufig ohne Hilfe, und die Fahrt im Sessellift bis zur Gipfelstation will kein Ende nehmen. Was er gemacht hat? Ich weiß es nicht. Der alte Lateinlehrer war mit seinem alten Latein am Ende. Nein, Witze über so etwas macht man nicht. Die Frau war tot. Du bist oben am Gipfel angekommen, und unten liegt deine Frau tot. Ja, meine Frau. Es war die Frau des alten Lateinlehrers, nicht meine.

Ich sehe ihn noch bei Leineweber in Berlin, ein Klamottenladen, nein, wie sagte man? Konfektionshaus. Damenkonfektion. Herrenkonfektion. Nein, mit Konfekt hat das nichts zu tun. Bei Damenoberbekleidung denkt sie immer an Oberweite. Ja, gehört ja auch zusammen. Nein, eigentlich nicht, Oberweite ist BH, und BH ist Unterbekleidung. Damenunterbekleidung. Das sagt kein Mensch. Dessous sagt man dazu. Au dessous: unterhalb. Jedenfalls stürmt mein alter Lateinlehrer mit ausgebreiteten Armen und wehendem Sakko durch die Eingangstür von Leineweber, Schloßstraße, muß wohl da gewohnt haben, in Steglitz, alle unsere alten Studienräte wohnten in Steglitz, gute Wohngegend, ruhige Lage, Nähe Botanischer Garten, man sieht sofort die Gewächshäuser vor sich mit den Palmen und der Victoria regia, die nur einmal alle Jubeljahre blüht, und dann nur mitten in der Nacht. Stürmt also da hinein, in das Geschäft, damals stand am

Eingang solcher Läden, auch von Schuhläden, immer ein Mann im Anzug, fragte nach dem Wunsch und wies den Kunden in die richtige Richtung. Grüßauguste nannte mein Vater diese Männer. Grüßaugust, Frühstücksdirektor, Strohmann, Nebelfürst. Am Grüßaugust schon vorbei, ruft er: »Ich brauche einen Mantel für meine Frau!« Und da stolpert sie auch hinter ihm her, nein, hinter ihm drein, ein Anhängsel, ein Frauchen, ein Puppchen, du bist mein Augenstern. Die Frau des alten Lateinlehrers, und hatte kein einziges Wort. Ich war gerade dabei, den Leineweber zu verlassen mit meiner Hosentüte in der Hand, und dachte: So geht man nicht mit seiner Frau um, und als alter Akademiker noch dazu. Und dann erzählte mir jemand die Geschichte mit dem Sessellift. Und ich dachte: Siehste!

Auf dem Arber dichter Nebel. Richtung Tschechei nichts zu sehen, aber auch gar nichts. Mein Vater wies mit großer Geste, so mit weit ausgestrecktem Arm in das Nebelmeer und sagte, da unten fließt die Moldau. Na gut, man konnte ja nichts sehen. Viel später, Jahre danach, ich war schon fast erwachsen, kucke ich irgendwas im Atlas nach. Karte Tschechoslowakei. Grenze zu Deutschland. Bayerischer Wald. Dreiländereck. Arber. Da irgendwo mußte er sein. Und die Moldau? Naja, erst mal kommt der Böhmerwald, dann erst die Moldau. Sehen hätte man sie nicht können, auch ohne Nebel. Nur die riesigen Stauseen allenfalls, bei klarem Wetter. Wahrscheinlich haben sie in der Kinderlandverschickung den Kindern weisgemacht, hinterm Arber – den Böhmerwald lassen wir mal weg – fließt die Moldau, hinterm Arber ist gleich Prag. Ein Katzensprung, und wir sind da. Heim im Reich. Alles Deutschland.

Hand hoch, Hand runter: Tschechei. Und irgendwo in der Tschechei fließt die Moldau. Soviel wird er gelernt haben in der Schule, die paar Jahre. Viel Schule war ja nicht. Dann kam gleich die Kinderlandverschickung. Was das ist, weiß sie nicht. Ihre Eltern sind ja viel jünger, vermutlich kaum älter als ich. Sie, im Alter meiner Tochter beinahe, und ich? Als das mit den Bombardierungen der Städte losging, hat man die Kinder aufs Land verschickt. Jedenfalls die Jungs. In so Lager, damit hatte man ja Erfahrung. Die Mädels saßen wohl meist im Luftschutzbunker. Meine Mutter war jedenfalls nicht bei der Kinderlandverschickung. Die war im Luftschutzkeller, und wenn sie rauskam, lag alles in Trümmern. Trümmer und Leichen. Da hat sie die Macke weggehabt, die sie mir dann vermacht hat. Angst und Aggression. Angstlust und Regression. Als Kind sieht man ja alles anders.

Ja, als Kind. Prisca hält ihre Nase in den Wind, schnuppert. Ja, es riecht nach Wasser. Überall, wo es nach Wasser riecht, gibt es eine Ahnung vom Meer. Für mich. Für mich früher als Kind in Krautsand an der Unterelbe, da lag das nahe. Das Meer, die Nordsee lag nahe. Wie groß war dann die Enttäuschung, als ich an die Nordsee kam, von der ich dachte, sie sei ein Meer. Cuxhaven, Alte Liebe. Kein Meer, keine Brandung, keine Wellen, nicht mal Wasser. Nur Schlick, dunkelbraune Pampe, so weit ich sehen konnte. Ebbe, hatte Onkel Paul gesagt, so ganz lapidar, als wäre es völlig normal, daß am Meer kein Wasser zu sehen ist. Von da an war mir klar, daß ich mit der Nordsee nichts mehr zu tun haben wollte, daß sie ein einziger Schwindel war. Und wenn im Erdkundeunterricht dann wieder von der Nordsee die Rede war, konnte ich nur abwinken. Nordsee? Ebbe, damit war ja alles gesagt.

Aber auch an der Havel überkam mich jedesmal die Ahnung vom Meer. Selbst an den Grunewaldseen, wo es faulig roch an den Ufern und das Wasser stand als eine trübe Brühe. Krumme Lanke, Scharfe Lanke, Schildhorn. Havelchaussee, das klang gleich nach Sonntag und dem Geruch von Autoabgasen, Kaffee und Kuchen. Am Zusammenfluß von Spree und Landwehrkanal, wo im Flutgraben der Treptower Schleuse die alten, flachen Fischerkähne lagen. Die Luft roch nach Sprotten. Links der mächtige Klinkerbau der Oberbaumbrücke, eines der sieben Weltwunder Berlins. Drüben Rummelsburg, das war der Osten, das Gefängnis am anderen Ufer. Bis der Gefängnisdirektor selber drinnen saß, der Kerkermeister persönlich. Mutti hatte sich schon abgesetzt nach Übersee, ins Land der alten Nazis. Da kommen auch die Kommunisten unter. Ist ja alles eine Sippe. Oder Suppe. Suppe ist nicht so belastet. Wie sich die Bilder gleichen. Ganz allein stand er da im Gefängnishof von Rummelsburg. Man hätte Mitleid haben können mit ihm. Er war ja auch so dumm. Daß die Mächtigen immer dumm sind! Naja, vielleicht besser so für die Ohnmächtigen. Ich wünsche mir an Flüssen immer das andere Ufer weg, dann hätte jeder sein Meer. Fluß ohne Ufer. Natürlich wurden da keine Sprotten geräuchert, aber es roch danach. Komisch.

Jetzt warten wir auf die Fähre, die gerade rübergetuckert kommt von Nußdorf. Sie muß sich ordentlich gegen den Strom stemmen. Radfahrer warten mit uns und trinken aus ihren Plastikflaschen. Heute muß ja immer und überall getrunken werden. Wie haben wir das früher gemacht ohne diese Flaschen? Zwischendurch? Nein, zwischendurch gab es auch bei Prisca nichts zu trinken. Zu den Mahlzeiten, ja, aber sonst? Nein. Wie unangenehm auch, immer dieses Glucksen im Bauch. Jetzt übertönen die Stimmen der Fahrgäste das Motorgeräusch. Am und auf dem Wasser tendiert man immer zur Lautstärke. Kein Schwimmbad ohne Geschrei. Keine Dampferfahrt ohne Gesang. Lore, Lore, Loreley. Auf dem Wasser fühlt er sich wohl, der Mensch, hier ist, darf er sein. Und schreien. Leise geht es einfach nicht. Man hört ja nichts. Komisch.

Stumm aber die Inlineskater. Aus sicherer Warteposition am Fähranleger betrachten wir, wie sie an uns vorbeiziehen. Mit zusammengebissenen Zähnen, mahlenden Kiefern, die langen Arme pendelnd wie beim Eisschnellauf. Knie und Ellbogen sind dick gepolstert, sie tragen Handschuhe und Helme, alles aus Plastik. Auch die Schuhe und die Rollen sind aus Kunststoff. Wahrscheinlich alles Abfallprodukte der Weltraumforschung. Und genauso gesundheitsschädlich wie Teflon. Aber es stürzt niemand. Sicheres, elegantes, gleichmäßiges, stilles Rasen. Schon mal gemacht? Nein, du? Mir ist alles zuwider, bei dem man den festen Boden unter den Füßen verliert. Rollschuhlau-

fen, Schlittschuhlaufen, Skilaufen. Radfahren? Na heast! Wir könnten uns mal am Neusiedler See Räder mieten. Ja, im Sommer, aber
ohne Helm.

Ein Schiff kommt die Donau herab. Tief liegt der Frachter im Wasser,
schiebt eine flache Bugwelle vor sich her. Dreieckige Fähnchen flattern. Vor ihm kommt die Fähre noch gerade mal eben vorbei. Für die
Rückfahrt müssen wir warten. Können in Ruhe das Schiff betrachten. »Aloisia« steht am Bug und an der Kajüte »Regensburg«. Der Kapitän hat seinen Toyota hinten draufstehen. Damit kann er gleich
losfahren, wenn er angelegt hat. Eine kurze, dralle Frau hängt Wäsche auf. Flatternder BH. Junge, Junge, sagt Prisca, da paßt aber was
rein. Dessous. Oberweite. Damenoberbekleidung. Ich kann das auf
die Entfernung gar nicht erkennen. Vielleicht hat sie einen speziel-
len Blick für so was. Konfektion und Konfekt. Confiserie und Kon-
fitüre. Brustspitzen sind was Süßes. Findest du? Ja, finde ich. Bin ja
sonst nicht so für Süßes. Mehlspeisen und so. Indianerkrapfen. Gibt
es heute gar nicht mehr. Nur bei Doderer. Bei Brustspitzen mache ich
eine Ausnahme. Brustspitzen in Erdbeerform. Wart's ab. Der Frachter ist ein Schrottfrachter. Schrott bis zum Rand. Es kommt ein Schiff
geladen bis an sein' höchsten Bord. Wahrscheinlich nach Rumänien.
Komisch, aber bei Schrott denkt man immer an Rumänien. Komisch?

Regensburg. Warst du mal in der Walhalla? Ja. Komisch, wer sich das
Ding ausgedacht hat. Befreiungshalle. Nach griechischem Vorbild. Der
Ister. Lauter Köpfe im Marmortempel. Und dann diese enorm stei-
len Treppen. Wird einem fast schwindlig, wenn man da hochkuckt.
Druck in der Kehle beim Blick nach oben. Kehlheim. Blauer Himmel
über Walhalla, dunkelblau. Deshalb, hatte ich damals gedacht, heißt
es schöne, blaue Donau. Denn das Wasser war ja braun. Auf Säulen
ruht sein Dach, und Steine sehen dich an. Dabei ist Walhalla doch
die Totenstätte der Kriegshelden. Der Gefallenen. Schlachtopfer, sagt
man in Holland. Walstatt. Walküre. Wahlkampf. Wahnfried.

Komisch. Komisch? Ja, komisch, du sagst immer komisch, obwohl es gar nicht komisch ist. Rumänien und die Walhalla, das ist doch nichts zum Lachen. Ja, wir sagen eben komisch, wenn wir merkwürdig meinen oder fremd, etwas nicht erklären können. Das Komische, das war ja früher das Außergewöhnliche, nein, mehr noch, das Unnormale, das Perverse, Abartige; das Häßliche auch. Bei den Griechen war das Normale tragisch. Die Tragödie ist das Gesetz, die Komödie die Überschreitung, der Bruch. Einverstanden, jetzt mache ich aber mal einen Punkt. Was ist Lachen für ein Gesetzesbruch? Wer lacht, nimmt etwas nicht ernst. Das Gesetz aber heißt: ernst nehmen. Die Wirklichkeit ernst nehmen. Selbst da, wo sie komisch ist. Und da am meisten. Das Komische ist der Ernstfall, was denn sonst? Schau mal, was der Radfahrer da für komische Schuhe anhat. Ja, abartig. Damit kann er gar nicht gehen. Es sind ja auch Schuhe nur zum Radfahren. Was macht er, wenn das Schild kommt: Radfahrer absteigen? Dann kippt er aus den Schuhen.

Die Fähre rumpelt sich an den Steg. Alte Autoreifen puffern das Anstoßen. Ein Tau wird geschlungen. Der Fährmann trägt eine flache runde Mütze wie die Elbschiffer. Die gleichen Mützen, egal welcher Fluß. Elbe, Weser, Rhein, Donau: Fluß ist Fluß. Wasser ist Wasser. Überall Möwen und überall der Geruch nach Meer. In Berlin haben früher, als ich Kind war, alle alten Männer solche Mützen getragen. Als wären sie alle mal Kapitäne gewesen. Dabei waren sie nur in der Wehrmacht. Waffen-SS. Arbeitsdienst. Hauptsache Uniform. Wehrdienst macht Männer aus Jungs. Wer macht sich was aus Jungs?

Als ich Kind war? Ja, wann war das? Als ich so alt war wie du? Nee, als ich Kind war, warst du noch gar nicht auf der Welt. Die Fähre leert sich. Jetzt soll es nun auch bald mal losgehen. Sie tritt mit einem Fuß auf den anderen, kann nicht mehr warten. Ich sehe nach unten auf ihre Füße: ungeduldige Stiefelchen. Als ich so alt war wie sie jetzt? Was trug ich da an den Füßen?

Roots. Back to the roots! Der grüne Wahn. Ach Gott, wie hat man nur laufen können damit: gesenkter Absatz, Zehen hoch. Heute noch Schmerzen beim Bergabgehen in der linken Wade davon. Mal einen Arzt gefragt. Ach, sagte der mit Blick auf meine Füße und lachte: die Roots-Generation. Bio, grün, natürlich. Igel-Partei. Man wollte sich zusammenrollen und dennoch stechen. Gefühl und Härte. Familie Beinchen. Weicher Brei und harte Knochen. Gemütlichkeit und Gefahr. Blauäugig, blond und grausam. Es kommt doch immer wieder hoch. Es ist immer wieder da. Unausrottbar. Wo bei anderen die »roots« sind, ist bei uns nur Blut und Boden.

Keine Deutschen auf der Fähre? Man hört nichts Verständliches. Doch da: Sachsen. Sind jetzt überall, auch in Amerika. Wollen endlich die Welt sehen. Und ausgerechnet Bananen. Kucken immer irgendwie enttäuscht. Empört auch. Klar, kein Begrüßungsgeld in Österreich. Und alles irgendwie nicht so bunt wie im Fernsehen. Die Donau ist eben nicht blau. Die Donau ist dreckig braun, obwohl sie aus dem Westen kommt und der Osten hier noch gar nicht angefangen hat.

Mit einem großen Schritt besteigen wir die schwankende Fähre. Auf und ab. Der Boden ist aus Metall, plattgetretene Zigarettenkippen. Nil. Austria 2. Auf ein Wort: Smart Export. Das Boot ist kaum Boot, mehr ein eckiges Floß aus Stahl: Ponton. An der Seite eine Zelle mit Fenster und Steuer. Da quetscht sich der Fährmann rein zum Überholen. Fährmann, hol über. Aber erst mal bezahlen. Obolus. Kleine Münze, Scherflein. Bei den Griechen obolos, das Taxigeld für Charon, den Chauffeur ins Jenseits. Was gibt man dem Mann? Einen *obolós*. Unser Charon knöpft jedem seine zehn Schilling ab und zwängt sich dann in die Steuerzelle. Rotäugiger, schlangenhaariger, hammerschwingender Würger. Der? Wieso? Der sieht doch ganz nett aus. Ja, bei den Etruskern. Ach, du immer mit deinen Altertümern. Stören den Bauch aufschlitzen. Störenfried. Will nichts mehr hören davon, meine Piroschka. Kuckt jetzt ganz verzaubert ins Wasser, in die lehmige Brühe. Stupsnasiges Profil. Was da alles treibt. Zweige, Äste,

halbe Bäume. Da schau! Das Weiße! Eine Leiche? Nee, bloß 'ne Ein-
kaufstüte. Aber die sind doch nicht weiß. Billa-Tüten sind gelb, knall-
gelb, und Zielpunkt grün, Hofer blau. Hofer, der Kostümverleih?
Aber wo! Aldi. In Österreich Aldi. Vielleicht ist es ein Kühlschrank.
Treibt hinter der Fähre weg, im Kielwasser einfach weg: ein weißer
Sack; aufgebläht.

Stampfen über den Fluß, quer zum Strom. Ein knarrendes Tuten,
zweimal, dreimal. Quertreiber. Warnsignal. Sind aber keine Schiffe
da. Unbelastet von Lastkähnen strömt der Strom vor sich hin. Der
Radfahrer hat ein Sitzpolster in der enganliegenden Hose aus Kunststoff. Mikrofaser. Läßt die Nässe raus, die Wärme drin. Harter, glänzender Hintern. Vom vielen Radfahren wie zu Stein geworden. Die
Waden wie Marmor, glatt rasiert, blank poliert. Stimmt es, daß Rad-
rennfahrer impotent sind? Keine Ahnung, habe das auch gehört, ja.
Die Wärme des Fahrradsattels soll den Hoden nicht guttun. Die hängen ja außen dran am Körper, weil sie es kühl brauchen. Immer ein
paar Grad unter der Körpertemperatur. Wirklich? Kalte, harte Eier:
nahm man früher mit zum Picknick. Kannste dir nicht vorstellen?
Faß mal an. Zwei Eier im Glas. Nein, nicht beim Radfahrer. Gut, aber
nicht jetzt und hier. Zeugungsunfähig womöglich, aber impotent? Da
würde doch keiner mehr Radrennen fahren. Ich habe mein steinhar-
tes Hannover-Ei noch in der Tasche. Was man hat, hat man. Bollern
schon an den Steg. Puffern schon gegen die Autoreifen. Anleger Nußdorf; drüben links Brigittenau, Brigitta Spitz. Immer diese Frauenna-
men für Gegenstände des Alltagslebens: Melitta, Brigitta, Gabriele,
Constanze, Constructa.

Priscilla. Hat das was mit Prisca zu tun? Nö. Vielleicht doch. Die Frau
von Elvis Presley hieß so. Nein, die Tochter. Egal. Klingt wie Chinchilla. War mal so ein Pelztier. Zuchtpelz. Nerzersatz aus Südamerika. Chinchilla, Cha Cha Cha. Uh! Komm, ich helfe dir an Land. Ein
großer Schritt, hopp. Cha Cha Cha. Ein kleiner für die Menschheit.
Uh!

Oben rauscht die Franz-Josefs-Bahn nach Klosterneuburg. Der Radfahrer schiebt seinen harten Hintern, dessen Mikrofasern das Son-
nenlicht reflektieren, über den noch härteren Sattel, saugt einen
Schluck aus der Pulle, hakt die am Rahmen ein, Fuß in die Pedale,
und ab. Keine Inlineskater. Die paar Mitpassagiere verkrümeln sich
rauf zu den Heurigen: Nußdorf. Nußdorf Kußdorf. Ihr Mund ist immer rot und feucht. Kirschrote Lippen. Rote Lippen soll man küssen.
Kindermund. Denn zum Küssen sind sie da. Tut Wahrheit kund. Ein
Schatten von Schnurrbart kitzelt. Lange, dunkelblonde Barthärchen
an den Mundwinkeln. Kinnflaum. Dichte, kräftige Augenbrauen.
Waigelbrauen. Starkes Haar. Weichselzopf. Zöpfe getragen, früher.
Mutter wollte das so. Aber wie sah denn das aus? Man kann doch
nicht immer Kind sein, Kind bleiben. Vater schlug ihr noch mit 14 auf
den Po. »Bin doch kein Kind mehr!« hat sie geschrien. »Dir juckt das
Fell«, hat er dabei gesagt. Ein eindeutig kompensatorischer Vorgang.
Mutter läßt ihn nicht mehr ran, wozu hat man die Tochter. Aber verdient war's, findet sie. Wieso? Wofür verdient ein Kind Schläge von
den Eltern? Der uralte Haß der Eltern auf ihre Kinder? Generations-
bedingter Sadismus. Alle Eltern wollen einmal ihre Kinder töten. Ach
was! Kinder und Narren red'n ein Schmarren.

Nun schreiten die Stiefelchen steil bergauf. Hätte auch andere Schuhe
anziehen sollen als diese Timberlands. Aber das sind die bequemsten.
1991 in San Francisco beim Footlocker gekauft. Der freundliche Ne-
ger, der meiner Tochter die Nikes in der nicht vorhandenen Größe bestellte. In zwei Wochen holen wir sie ab. Jaja. O. K. You're welcome.
Als wir 14 Tage später wiederkamen, hatte der große schwarze Mann
Tränen in den Augen. Die Schuhe waren da und paßten. Lagen bereit
auf unseren Namen. Tränen! So you come back again really. Terrific!
Wahrscheinlich wurde er Verkäufer des Monats. Vorbild für den ganzen Betrieb. Well, they were Germans. True Germans. They've pun-
ished the communists. Russia out of Germany, Russia out of Europe.
Do the Soviets love their children, too?

Burgstall. Eichelhof. Nußberg. Hand in Hand schreiten wir fürbaß. Kann man das so sagen: fürbaß? Karl Ditt Ditter Ditt-Ditter von Dittersdorf. Fürbarßschreiten: weiterschreiten. Immer weiter. Basso continuo. Heiligenstädter Wiesen. Heiligenstädter Testament. Roll over Beethoven. Sollte man wissen fürs Kulturmanagement: »So war es denn auch dieses halbe Jahr, was ich auf dem Lande zubrachte, von meinem vernünftigen Arzte aufgefordert, so viel als möglich mein Gehör zu schonen, kam er fast meiner jetzigen natürlichen Disposition entgegen, obschon, vom Triebe zur Gesellschaft manchmal hingerissen, ich mich dazu verleiten ließ, aber welche Demütigung, wenn jemand neben mir stund und von weitem eine Flöte hörte und ich nichts hörte; oder jemand den Hirten singen hörte und ich auch nichts hörte.« Hirtenflöten? Nee, hier nicht mehr. Hörst du das Motorrad? Das ist viel zu hoch für ein Motorrad. Moped? Nein, ein Rasenmäher. Dankbare Gefühle? Och, kann jedenfalls nicht schaden, so ein bißchen Wissen.

Heiligenstädter Rasenmäher: solche Ereignisse brachten mich nahe an Verzweiflung. Na hör mal! Ja? Heast? Wir sind hier am Rande einer Großstadt. Ach ja? Da stehen ihr die Haare zu Berge, ihre Härchen richten sich auf im ganzen Gesicht. Du, überall, am ganzen Körper. Haare am ganzen Körper? Naja. So fristete ich dieses elende Leben – wahrhaft elend; einen so reizbaren Körper. Einen so reizvollen Körper. Naja, geht so. Beim Thema Oberweite ... Hör auf! Alle Frauen wollen einen größeren Busen, alle Männer einen größeren Schwanz. Das ist so normal wie blöde. Denk mal an Beethoven: »Gottheit, du siehst herab auf mein Inneres; du kennst es, du weißt, daß Menschenliebe und Neigung zum Wohltun drin hausen.« Neigung zum Wohltun: sechste Symphonie. Erwachen heiterer Gefühle bei der Ankunft auf dem Lande. Am Rande einer Großstadt. Dadida dadida, dadida dadadá ...

Das hat er hier komponiert? Womöglich. Beim Wandern, Spazieren, so im Kopf. In seinem schwerhörigen Kopf. Schnaufen. Steigen.

Beethoven hatte einen vergleichsweise riesigen Kopf. Schnaufen.
Steigen. Die Mähne kam noch dazu. Schnaufen. Steigen. Künstler-
mähne. Haben es bald geschafft. Sind bald oben. Großkopferter. In
deinem Kopf nur das Pochen des Blutkreislaufs. Bu-bumm, bu-bumm,
bu-bumm. Dumpfes Pumpen. Zwischen dir und der Welt ein Schleier
aus Rauschen. Wenn du dem Rauschen lauschen willst, übertönt das
Herz alles andere. Das Herz ist ein einsamer Schläger. Es wirft dein
Hören immer wieder auf dich selbst zurück. Du willst die Welt hören
und hörst nur und nur dich selbst. Du bist der einzige. Allein mit dir.
Da muß man doch verrückt werden. Meinst du, der hat so was gedacht? Gedacht vielleicht nicht, aber empfunden. Hör dir doch das
späte Zeug an. Schnaufen. Steigen. Opus 131 folgende. Letztes Mal
mit dem 38er Bus raufgefahren. Dachte, der Wagen bricht. Schnaufen und Steigen und Steigen und Schnaufen. Ausschnaufen. Ja. Angekommen. Oben angekommen. Endlich! Der Kahlenberg. Klare Luft.
Frische Brise. Frohe und dankbare Gefühle.

Schnaufen. Schauen. Ausschnaufen. Aussichtsplattform. Du schnaufst
aber ganz schön. Bin das vom Flachland eben nicht gewohnt. Knufft
mir in den Bauch. Links die Donau im blauen Dunst. Rechts der
Wienerwald, als würden in ihm Kartoffelpuffer gebacken. Erdäpfel-
riebl. Schnaufen. Halbe Hühner. Hendln. Ausgeschnauft. A bisserl
mehr Kondition, heast. Dazwischen die Türme des Steffl kaum zu
erkennen, die Minarette der Karlskirche, das eine alberne von Hundertwasser Tausendsassa: der Panoramablick über Wien. Kondition:
du hast gut reden. Gut rennen. Kannst aufwärts rennen mit vier Beinen, notfalls. Sag nicht so was. Ich spüre mein Herz. Herzl pumpert.
Bu-bummbumm, bu-bummbumm. Donau, Schlagader Europas. Hört
sich nicht gut an? Wie denn? Stimmt, nach Politik. Europa ist die
Zukunft für morgen, Ö Schlau P. Dabei ist's doch ganz richtig. Durch
so viele Städte quer durch. Wien, Budapest, Belgrad. Jetzt komme,
Feuer! Quer durch Europa; der Rhein ist seitwärts hinweggegangen.
Der Rhein, *die* Donau. Vorsicht: *der* Ister. Vom Griechischen: Istros.
Hier aber wollen wir bauen. Denn Ströme machen urbar das Land.

Wenn nämlich Kräuter wachsen und an denselben gehen im Sommer
zu trinken die Tiere, so gehen auch Menschen daran. Schauen. »Scenic view!« ruft die Amerikanerin neben uns mit Doris-Day-Stimme.
What ever will be, will be. »So nice!« Zum Sehen geboren, zum
Schauen bestellt. »Romantic! Terrific!« Doris wer? Blond. So ähnlich
wie Madonna, day after day, ein bißchen schrill und mädchenhaft.
Kindlich. Wer? Ich? Wo hört das Kind auf, fängt das Mädchen an? Bis
zur Frau noch lange hin.

Hören. Horchen. Lauschen. Auf die Stimme hören. Paminens Stimme.
Jaja, das ist Paminens Stimme. Wessen Stimme? Paminens? Nein.
Das ist die Stimme des Kindes. Das Kind ruft in den Wald hinein.
So schallt es heraus. Aber es ist nicht die Stimme des Kindes, was da
herausschallt, es ist die Stimme des ICE Hamburg-Hannover. Nicht
seine Stimme, sondern sein Geräusch. Das Rauschen der Luft, die
der Zug vor sich herschiebt. Der Zug zieht und schiebt. Schubzug.
Der nun, weiß mit rotem Streifen, rauscht heran, von Hamburg herunter nach Hannover, von Nord nach Süd, vorher länger zu hören als
nachher. Der fliehende Schall verschallt schneller. Ist dann verschollen. Man sagt doch, jemand sei verschollen. Ist dann sehr rasch verschollen. Jetzt rast der Zug durch den Wald, hinter der Lichtung, auf
der an diesem Spätsommerabend die Familie die ersten Preiselbeeren des Jahres sammelt. Vaccinium vitis idaea. Kronsbeeren, wie sie
hier heißen, in Norddeutschland, in Norddeutschlands größtem geschlossenen Waldgebiet. Das Kind hat den Buddeleimer, die Mutter
die Milchkanne, der Vater steht da mit leeren Händen. Steht da wie
blöd. Wie bestellt und nicht abgeholt. Hat hier jemand was bestellt?
Nein? Eine Handvoll, ein Pfund, ein Kilo Preiselbeeren, Kronsbeeren, wie sie hier heißen zwischen Hamburg und Hannover im Mischwald? Einen Eimer, randvoll gefüllt. Ja, von wegen. Pustekuchen.
Oder wie man in der gehobenen Gastronomie sagt: Soufflé. Die Familie auf der Waldlichtung, das Preiselbeersammeln im Spätsommer:
alles der gehobenen Gastronomie zu verdanken, die das hier alles bezahlt. Nein, nicht die Preiselbeeren, die sind umsonst, kommen aus

dem Wald, wie es aus ihm herausschallt, wenn wir mit Eimern hineingehen.

Wie ich jetzt darauf komme? Angesichts der Stadt? Das Panorama. Das Panorama Wiens vom Kahlenberg ist für mich wie so eine heile Welt. Wien, eine heile Welt? Durchgeknallt sei ich jetzt ja wohl, völlig durchgeknallt. Naja, womöglich hast du recht. Aber es gibt nicht viele Ansichten der Welt, die so etwas friedlich Geschlossenes vermitteln. Die Familie da auf der Lichtung war ja auch alles andere als friedlich. Wer's weiß, weiß es. Die anderen kucken drauf, von außen, mit all ihren Wünschen, die sie in solche Bilder hineintragen. Projizieren. Ach, was für ein Wort. Nein. Sie nehmen ihre Wünsche in die Augen, nein, nicht in die Hand, in die Augen, und tragen sie mit ihrem Blick da hinein. Zeugen Jehovas. Wie kommt man nun darauf? Ach Gott, der Wachtturm. Die Zeitung der Zeugen Jehovas ist der Wachtturm. Aussichtspunkt. Von da aus der Blick auf das Himmelreich, Familie im Vordergrund. Familie immer im Zentrum. Die Familie ist die Keimzelle des Staates. Man legt sie ins Feuchte und Warme, und schon geht's los, schon keimt sie und bildet einen Staat. Wir sind wie die Ameisen.

Gefängnisse haben auch Wachttürme. Lager. Straflager. Vernichtungslager. Draußen das Paradies, drinnen die Hölle. Oder umgekehrt. Jedenfalls kein Durchkommen, keine Durchlässigkeit, Durchlässigkeit unzulässig. Dazu der Wachtturm. Wachet und betet. Das Ende ist nah. Mit Freuden eil' ich dem Tod entgegen.

Ameisenhaufen sind unheimlich. Ja? Ja. Die Stille. Schau, bis hier herauf hört man das Rauschen der Stadt. Heast? Im Ameisenhaufen ist Stille. Die brummen nicht, wie die Bienen, die Hummeln. Und dabei doch immer in rasender Bewegung. Das rennt und schleppt und hebt. Und kein Laut. Das stumme Erfüllen der Leistung, die der Wald erfordert. Die Polizei.

Muß es sein? Man muß wohl diese Idylle einmal erlebt, wenigstens gesehen haben. Einmal als Idylle erkannt, schon faul. Der Vater ist das Oberhaupt der Familie. Wie hätte ich jemals Oberhaupt sein können? Oberhaupt einer Familie aus reichem Haus. Bessere Leute. Geld spielt keine Rolle, das rieselt von den Wänden. Da stehe ich mit meinen leeren Händen, finde, daß mich die Ansicht der Familie im Dunst des Spätsommerabends auf der Lichtung an die Titelbilder des Wachtturm erinnert, und empfinde Abscheu. Nee, nicht Abscheu, eher Furcht. Furcht und Grauen vor dem, was da noch auf mich zukommt. Heirat. Familie. Von jetzt an immer dieselbe Frau. Derselbe Mund, derselbe Halsansatz. Schlüsselbein. Konkave Hüfte. Derselbe Busen, derselbe Hintern. Dasselbe Fell. Es muß sein.

Auf das Geländer der Aussichtsplattform gestützt, knufft sie mich in die Rippen. Immer dieselbe Frau. Ja eben, meine Piroschka ist der Gegenbeweis. Und nicht der erste. Der Ehebruch ist vollzogen mit dem Gedanken daran. Jimmy Carter hat ja recht. Zeuge Jehovas? Egal, jedenfalls der vielleicht beste Präsident, den sie jemals hatten. Von denen, die wir kennen.

Welche kennen wir noch? Ich kenne die. Der alte Kalauer. Sie kennt Kennedy nur als Cabrioinsasse, dem der Kopf weggeschossen wird. Davor Eisenhower. General Eisenhower. Der Name ist Programm. Stahl und Eisen. Er haut's zusammen. Alliierte, das klingt schon so metallisch. Mit dem Wort bin ich groß geworden, aufgewachsen, ausgewachsen. Alliierte, ohne die waren wir nichts. Wir waren alles nur durch die Alliierten. Eisenhower. Adenauer. Ollenhauer. Auf der anderen Seite der unaussprechliche Name: zerknüllt, verknotet, vermanscht. Chruschtschow. Vor Zischlauten keine Welt. Keine freie Welt. Hier ist RIAS Berlin – eine freie Stimme der freien Welt. Und da ist Chruschtschow, der altböse Feind, mit Ernst er's jetzt meint. Wie lieblich dagegen: Morgenthau.

Da und da, die Flaktürme. Und die Müllverbrennung. Spittelau. Hundertwasser wußte, wo er hingehört. Hätte gleich mit rein gehört. Jetzt mache ich aber einen Punkt. Wer Kunst verbrennt, verbrennt auch ...? Ja, was denn? Müll? Mist. Hier sagt man ja Mistkübel statt Mülltonne. Mistverbrennung. Hochmoderne Entstickungs- und Dioxinzerstörungsanlage. Bitte, mehr kann man nicht verlangen.

Schön. Es ist einfach schön, so von oben auf eine Stadt herabzusehen. Eine Stadt mit klaren Konturen. Da hört die Stadt auf, fängt der Wald an. Und der Fluß. Und der Wein. Vitis vinifera. Wien zwischen Wasser, Wald und Wein. Locus amoenus. Wie die Waldlichtung zwischen Hamburg und Hannover? Ach Quatsch! Da knallt der Zug durch. Jedenfalls mit seinem Geräusch. Hier halten die Züge draußen, gibt es keine Durchfahrt. Südbahnhof, Westbahnhof, Franz-Josefs-Bahnhof, Ernstfallgegend. Den in Mitte sieht man gar nicht. Kommt man nie hin, kommt man nie an. Passiert man nur, wenn man zur Bachmannadresse will. Ungargasse. Bachman Turner Overdrive.

Links unscharf die UNO-City. Ganz draußen, wo schon das Marchfeld beginnt. Deutsch-Wagram. Kagran. Haben sich das an den Kragen gesteckt, die Wiener. Die UNO als Mascherl am Kragen. Schaut guat aus. So fesch, so resch, a Hetz is'. Deutsch-Wagram im Unterschied zu Kroatisch-Wagram. Nordbahn. Die Prinzessin von Kagran. König Ottokars Glück und Ende.

Als ich dieses Bild sah im Wald bei den Preiselbeeren und mich als Teil des Bildes und doch herausgefallen, da stieg in mir eine große Müdigkeit auf. Eine Müdigkeit, wie ich sie vorher niemals in meinem Leben empfunden hatte. Ich war so müde von allem. Zu müde, um allein wieder aufzustehen. Todmüde. Lebensmüde.

Weißt du, es gab da, an der Bahn entlang, dort im Norden sagte man: längs der Bahn, einen Weg, der hieß der Schwarze Weg. Schwarzer Weg, wo er anfing, im Dorf, stand auch noch ein Straßenschild:

Schwarzer Weg. Der war auch schwarz, der Weg, war ein Schotterweg, schwarzer Schotter, wahrscheinlich Abfall beim Aufschütten
der Bahntrasse. Der Weg ließ das Dorf rasch hinter sich und stieg im
Wald etwas an, lag über den Schienen. Man konnte runterkucken auf
die Gleise vom Schwarzen Weg aus. Da wollte ich ein Ende machen.

Du meinst? Ja. Ende. Wäre gut gegangen. Nicht vor den ICE, nein,
das nicht. Schon wegen der Leute. Die müssen dann die halbe Nacht
da im Zug sitzen. Fährt auch zu schnell. Der ICE schiebt diesen Luft-
stau vor sich her, der dich erfaßt und in die Bäume schießt. Dann
hängst du da halbzerfetzt wie ein abgestürzter Papierdrachen im
Herbst. Nein, es fahren ja auch Güterzüge. Besonders nachts. Jede
Menge, einer hinter dem anderen, in beide Richtungen. Die fahren
auch langsamer, gemächlich rumpeln sie heran, du hast genug Zeit,
du legst dich hin in aller Ruhe, ruckelst dich zurecht auf der Schiene,
legst dich fest, siehst der Sache entgegen. Und dann.

Und da war keine Stimme, die gesagt hätte: Nein. Doch. Klar. Sonst
wäre ich jetzt ja nicht hier. Hier und jetzt. Aus dem Geräusch des her-
annahenden Güterzuges: ra-tatata, ra-tatata, ra-tatata: Manhattan
Transfer. Chan-son d'amou-ou-our, ra-tata-tata ... Aber das Bild der
Familie auf der Lichtung, im Septemberlicht der niedrig stehenden
Nachmittagssonne blitzten über den blühenden Erikabüschen die
Spinnweben, und sommermüde Hummeln rumpelten zwischen den
Wacholdern, die Frau stand gebückt, und das Kind schwenkte seinen
halbgefüllten Buddeleimer, daß ich dachte, jetzt fallen gleich alle ge-
sammelten Beeren heraus, und ich selbst mit den leeren Händen als
lächerliche Figur, die selbst als Teil des Bildes das Bild betrachtete,
gab mir in dem Moment, als der Zug im Hintergrund vorbeifuhr, die
Gewißheit, daß dies nicht das Letzte in meinem Leben sein kann, daß
es entweder das Schlußbild ist vor einem Ende, das ich mir selbst be-
reite, oder ich da raus muß, ausbrechen, fliehen, denn dieses Idyll war
nichts für mich. Obwohl du alles so gewollt hattest? Obwohl ich alles
ganz genau so gewollt hatte. Chan-son d'amou-ou-our, ra-tata-tata ...

Die Amerikaner sind nach intensivem Studium der außen angebrachten Speisekarte im Beisl verschwunden. Romantic Schnitzl. Die glauben wahrscheinlich, sie sind in Heidelberg. Das ist denen doch alles eins: Rome is nothing, Florence is worst. Nothing but Europe, good old Europe, nice but useless. Out of time. Freilichtmuseum. Warum nicht?

Genau, das ist es. So war es. Von diesem Moment an, dem Moment auf der Lichtung, war ich aus der Zeit. Aus meiner Zeit raus, die mir gegeben war, die ich mir genommen hatte für mich. Alle Entscheidungen, die ich bis dahin getroffen hatte, waren falsch gewesen. Und nun? Abbrechen oder Korrektur. Ja, ich war dann ein paar Nächte später auf diesem Schwarzen Weg und habe die Züge betrachtet, die da fuhren. Hatte ein paar Tage gewartet, eine Gelegenheit abgewartet, wollte ja keinen verrückt machen, war selber schon nicht mehr bei Troste. Auf dem Schwarzen Weg gegangen, den Schwarzen Weg begangen. Da gestanden, gekuckt, gelauscht, gewartet. Eine Zigarette geraucht, zwei Zigaretten geraucht, am Ende war es fast eine Schachtel. Nikotinvergiftung ja, Selbsttötung nein. Wie hätte man das dem Kind beibringen sollen? Der ganze blutige Salat da auf den Schienen. Und zwischen den Bäumen lachten die Rehe. »Guter Bock Hinterbahn«.

Im Tod kann man nicht auch noch gut aussehen. Gesund sterben, aber wie? Hier oben weht es gar nicht mehr, so dicht unter dem Himmel. Wir könnten durch die Himmelstraße gehen, wenn wir in Grinzing unten sind. Ja, gehen wir runter, steigen wir ab. Wandern wir Hand in Hand durch die Weinreben. So ist Beethoven hier spazierengegangen. Nur allein. Die Einsamkeit des Langstreckenläufers. Im Englischunterricht gelesen. So lange ist das schon her. Wie alt sind wir? Wie viele Jahre auseinander? Die Einsamkeit des Genies. Novalis starb mit 29. Wann hat er all das geschrieben? Seine Freundin starb mit 15. Blütenstaub. Dagegen sind wir oide Läit. Dankbare Gefühle.

Vor der Aussichtsplattform eine Tafel mit der Ode an die Stadt. Wien, Frau und Mutter, Königin. Weinheber, wie der Name schon sagt. Die Stadt als Herrscherin und steinerne Frau. Steine gebärende Mutter? Gott, man will sich das gar nicht vorstellen! Eine Sphinx? Der Mann geht 1945 in den Tod. Zieht das Nichts der Freiheit vor. Seine Freiheit wäre es nicht gewesen. Besen, seid's gewesen! Servus Kaiser.

An den Stöcken keine Blätter, keine Trauben. Auch im Sommer verbergen sich die Trauben unter den Blättern. Sie zeigen sich erst, wenn man genau hinsieht. Mußt halt nachschauen. Grüne Beeren mit rauher, pelziger Oberfläche. Grüner Veltliner, nach dem lombardischen Valtellina, wo die Rebe herstammt. Was alle an dem finden: Grüner Veltliner. Allein die Farbe grün steht schon für Säure. Im grünen Mond Aprile. Vinho verde. Ungenießbar! Kann man gleich Essig trinken. Oder Eigenurin. Und alsbald lief einer von ihnen, nahm einen Schwamm und füllte ihn mit Essig und steckte ihn an ein Rohr und tränkte ihn. Ach, das ging einem immer durch und durch. Warum ausgerechnet Essig, warum nicht einfach Wasser? Und sprach: Halt, laßt sehen, ob Elia komme und ihn herabnehme. Zukucken wie einer stirbt. Das war völlig normal damals. Wie heute Fußball. Mich dürstet! Da stand ein Gefäß voll Essig. Wie kommt ein Gefäß voll Essig nach Golgatha? Das heißt verdolmetscht Schädelstätte. Da nun Jesus den Essig genommen hatte, sprach er: Es ist vollbracht und neigte das Haupt und verschied. Consummatum est. Es ist verbraucht. Alles verbraucht. Konsumenten. Bürger. Verbraucher. Wir sind eine Gesellschaft von Verbrauchern. So lange, bis alles konsumiert ist. Consummatum est. Feierabend. Ministerium für Landwirtschaft, Forsten und Verbraucherschutz. Das Tagwerk ist vollbracht.

Ein infamer Akt der Verhöhnung: dem Weingott im Sterben Essig zu reichen. Ihm, der Wasser in Wein verwandelte, der Wein zum Brot trank, Brot brach und teilte, Wein eingoß und der sich anschickte, den Dionysos abzulösen. Iß Brüderlein, trink Brüderlein, dies ist *mein* Fleisch, dies ist *mein* Blut. Nicht das des Dionysos. Jetzt bin ich dran.

Mein Leib. Leib, nicht Fleisch. Ja, was heißt hier Leib? Die Knochen
ißt doch keiner mit. Also Fleisch. In seinem Fleisch Gott sehen, das
ist der Witz.

Allein diese Idee, eine tolle Geschichte: Uneheliches Kind einer Ob-
dachlosen mit arbeitslosem Stiefvater, aber hochbegabt im Reden,
wandert als junger Mann durch diesen sandigen Küstenstreifen zwischen Totem und Mittelmeer, rüttelt hier einen angeblich Toten
wach, zaubert Wein aus Wasser wie Kalanag oder schlendert durch
einen See, ohne nasse Füße zu kriegen. Das kann ja nicht gutgehen.
Mit 30 kriegt er dann die gerechte Strafe. So einen hätten sie hier
und jetzt auch nicht einfach laufenlassen. Damals war Tod durch An-
nageln eben das Übliche. Schon den Vater soll es derart getroffen haben, meint Saramago. Nebenbei gesagt haben sich seine Jungs auch
nicht gerade solidarisch verhalten. Wo waren die beim Verhör durch
Pontius Pilatus? Beim ganzen Kreuzweg ist von ihnen nichts zu sehen. Dünne gemacht haben die sich. Was man ja verstehen kann. Erst
hinterher, als die Luft rein war, haben sie groß die Mäuler aufgerissen.

Über Gott macht man keine Witze. Warum nicht? Der lacht doch
auch über uns! Das Schlimmste am Monotheismus: die Humorlo-
sigkeit. Bei den Griechen lachten die Götter. Großer Gott, wir loben
dich. Was ist das für ein armseliger Gott, der immer gelobt sein will.
Hat der einen Minderwertigkeitskomplex, oder was? Die Griechen
haben ihre Götter auch gelobt. Opfern mußten sie ihnen. Opferkult.
In die Grube opfern. Die Götter wollen was zu futtern. Na, das mit
dem Opfern hat Christus ja nun abgeschafft, ein für allemal. Durch
sich selbst. Einer für alle. Die Idee ist ja nicht schlecht. Und das mit
der Auferstehung hat er sowieso von Dionysos: Denn jedes Jahr gibt's
neuen Wein und neue Liebelei. Hans Moser. Ich nehme sie in den
Arm: in meinem Fleisch. Moser Sepp.

Wenn sie ein bißchen schwitzt, riecht sie nach nassen Wollsachen.
Als ich Kind war, roch mein bester Freund so. Ich habe diesen Geruch

vermißt, wenn ich mit den Eltern verreist war oder im Krankenhaus oder einfach zu Hause im Bett liegen mußte mit Bronchitis. Dann endlich wieder raus und den Freund sehen. Wir rannten aufeinander zu mit ausgebreiteten Armen und fingen uns auf, und ich grub meine Nase tief in seinen baumwollenen Anorak, blau und rot, und sog den Geruch ein nach nassen Wollsachen. Er roch auch so, wenn es gar nicht regnete und er nichts aus Wolle anhatte. Mein erster, mein bester Freund. Naja, Spielkamerad: Sandkasten, Teppichklopfstange, vor den Haustüren rumlungern, mit den Rädern rasen. Masern und Maserati. Autoquartett. Aber vermissen. Das war neu. Ihn vermißt, wenn er nicht da war oder ich weg. Erste Liebe. Ach du Schande. Homosexuelle Liebe. Polymorph pervers. Unter Kindern ja was ganz Normales. Wieso unter Kindern? Bei Erwachsenen pervers? Pervers, aber nicht mehr verboten. Jede Perversität ist erlaubt. Alle dürfen alles. Fast alles. Servus Ödipus Tyrann.

Bleibt aber denn doch irgendwie un... Was? Unchristlich? Ja, sowieso. Unästhetisch? Sag, was du willst. Das sehen die Schwulen ganz anders. Denk an Mapplethorpe. Ja, die Schwulen. Schon das Wort. Ein Wort kann schon in der Klangkonsistenz ... Winckelmann, edle Einfalt, stille Größe. Ein Wort kann vieles. Pasolini. Paso doble. Roland Barthes, Michel Foucault. Zugeben wollte es keiner, obwohl sie doch so aufklärerisch waren. Althusser hat seine alte Frau erschlagen. Was habe ich immer gedacht auf den Friedhöfen, bei den Begräbnissen der Aids-Opfer? Was hast du immer gedacht? Ich habe gedacht, was man nicht denken darf, heute. Hier auf dem Kahlenberg darf man alles sagen, alles denken. Was meinst du – dabei zeigt sie auf die ganze Stadt und den Erdkreis –, was da unten los ist? Ja. Ich habe etwas gedacht, das ich wohl niemals werde sagen können.

Bei Frauen ist das anders. Die sagen alles? Ach wo! *Mit* Frauen ist es anders. Mit einer Frau. Jede Frau denkt mal daran, mit einer Frau zu schlafen. Jeder Mann mit einem Mann? Nee. Nicht jeder. Die meisten nicht. Frauen sind einfach schöner. Das denken aber nur Männer. Männer, die nicht schwul sind. Wenn in der Pubertät die Jungs auf dem Schulhof die Mädchen jagen, steht einer daneben und schaut nicht auf die Mädchen, wenn sie gefangen werden, sondern auf die Jungs, wenn sie fangen. Und daran merkt derjenige, daß was mit ihm nicht stimmt. So geht das los, daß *das* nicht stimmt. Deshalb ist das scharfe S so wichtig. So entdeckt man, daß man schwul ist. Schwul, schon wieder dieses Wort. Ja, was ist denn Schule für ein Wort? Schule? Schule. Spule. Spule. Das letzte Band. Es ist das Letzte. Kortner hat das fast gesungen. Schule? Nein, Spule, im Letzten Band, mit so ganz hoher Stimme. Aber wenn in Deutsch dann Werther drankommt, und du bist schwul, dann fragst du dich, was *hat* der, was *haben* die alle? Genau, es ist dir fremd, es geht dich nichts an. Die ganze Liebe geht dich nichts an. Muß man Lieben lernen? In der Schule? Es macht ihnen ja niemand vor.

Man muß doch nicht alles nachmachen. Zum Lieben brauchst du keinen Werther. Kommt von Wert oder Warten. Ein Karamelbonbon heute. Plombenzieher. Zuckerl. Die Leiden des jungen Bahnwärters Thiel. Überhaupt. Man muß doch den Schwulen nicht alles nachmachen. Was interessiert dich an der Homosexualität? Zu interessiert für einen, den das nichts angeht? Wie komme ich mir denn vor? Wie kommst du mir vor, wenn du fragst?

Und ob man alles nachmachen muß. Wer hat's einem denn sonst vorgemacht? Nur das Kino. Allein das Wort war widerlich: Fernverkehr, Berufsverkehr, Geschlechtsverkehr. Und noch nicht mal 'nen Führerschein. Eine große Dichterin hat geschrieben: Jeder Junge müßte, so mit vierzehn, fünfzehn, eine attraktive Tante haben oder gute Freundin der Mutter, die ihm sachte, sanft und ohne eigene Interessen die Dinge beibringt. Und jedes Mädchen ebenso den guten Onkel, den treuen Freund des Vaters. Na, danke schön! Oder den großen Bruder. Aber im Ernst, denk an dieses ungeheure Nichtwissen. Wo hinfassen? Was passiert? Warum? Wie lange? Was macht Lust, was nicht? Beim ersten Mal wüßte man wenigstens so ungefähr wie's langgeht.

Immer von Schwulen umgeben. Im Theater, mehr noch in der Oper.
Orte des Abartigen. Komische Oper. Das heißt ja nicht Oper zum Lachen, sondern Oper, die Grenzen der Tugend überschreitet zum Häß-
lichen. Bühnen sind nicht nur Orte des Auftritts, sondern auch Orte
der Übertretung. Anziehungspunkte für Leute mit Macken. Macken
jeder Art, jeder Couleur. Außenseiter. Stotterer. Exhibitionisten. Man
kann sich verstellen, was vorspielen, die Identität ändern, und wenn
nur für einen Abend. Ich ist ein anderer. Da sind ja nicht nur Vorstel-
lungen, die Proben, das Lernen der Rolle, immer ist man eine fremde
Person. Der böse Onkel. Mantel auf, Lappen hoch. Gute Schauspieler haben womöglich ein halbes Dutzend Hauptrollen drauf, ständig.
Spielen Repertoire, gestern Hamlet, heute Tasso, morgen Wallen-
stein, alle diese Texte im Kopf und noch unterscheiden können von-
einander. Bei Sängern noch verrückter, da kommt die ganze Musik
dazu. Genaue Töne, jeder Ton muß genau sein, Zehntel-, Hundertstel-
sekunden. Da bleibt für anderes kein Platz mehr in den Köpfen. Diese
Köpfe sind vollständig okkupiert. Keine Vorwürfe! Man soll Schauspielern und Sängern niemals Vorwürfe machen. Alles sei ihnen ge-
stattet, alles nachgesehen, verziehen, niemand bedarf der Gnade so
sehr wie sie. Immer bedroht, immer gefährdet zu verschwinden.

Ja bitte, alles ist erlaubt. Kein Magister Schmitzer sagt mehr: Des
kemma net mochn. Das ist endgültig vorbei. Mochn kemma ois. Am
besten vor der Kamera. Wenn alles erlaubt ist, zumal vor der Kamera,
wozu dann noch Theater? Stimmt, nichts ist mehr komisch. Anruf bei
Domian von Sven, 28: Vor drei Jahren habe ich meinen Hund geheiratet. Heute weiß ich, daß ich Katzen viel lieber mag. Ja gut, Sven, wie
alt ist denn dein Hund? Doch, zwei Tabus gibt es noch. Welche? Pä-
dophilie und Nationalsozialismus. Das erste ist man dabei abzuschaf-
fen. Sex mit Kindern? Ja, mein Kind. Wenn niemand wegen sexueller
Vorlieben diskriminiert werden darf, dürfen auch Pädophile nicht diskriminiert werden. Du meinst, Kindesmißbrauch wird erlaubt sein?
Frag mal den Pädophilen, ob er findet, daß er Kinder mißbraucht. Je-

der Pädophile würde das Kind heiraten, wenn es immer Kind bliebe. Ich bin sicher, pädophile Wissenschaftler in aller Welt arbeiten an einer legalen, wachstumshemmenden Substanz, und dann ... Denk an die Atombombe. Was möglich ist, wird auch gemacht. Forever young. 18 forever. Baby, please stay a little bit longer.

Mit 17 hat man noch Träume, da wachsen noch alle Bäume in den Himmel der Liebe. Marchfeld. Schlacht- und Erntefeld. Kornkammer und Erdölförderung. Glück und Ende des Wiener Beckens. Am Himmel hell und klar.

Pause, Jause, Brettljause. Bettelpause. Ich werfe den Bettel hin. Pause. Meine Prisca, meine Priscilla, meine Preziose, meine Perle, mein Perlchen, Perlika, Periklea. Perlicke! Perlacke! Klabund. Kunterbunt. Die kunterbunt wackelnden Blechkulissen im Hebbeltheater, weiß Gott, wann. So alt wie du? Ach – früher, viel früher. Zicke zacke, Hühnerkacke. Mahlzeit. Molzät. Der Mensch erscheint im Holozän. Als was? Na, als was erscheint der Mensch? Als Elefant? Hohler Zahn. Der Mensch erscheint als hohler Zahn. Junge, da paßt 'ne Menge rein. Wir unterhalten uns, weiter nichts. Unterhalten, ja. Ich esse eine Extrawurst und denke mir nichts Böses. Fleisch, klar. Sollte man ja gar nicht essen. Was allein die Rinderzucht anrichtet auf Erden. »Zucker ist ein Gewürz!« Meine Frau kochte Marmelade ohne Zucker. »10 Minuten, 10 Minuten, die Opekta-Schnellkochzeit.« Gesungen wurde das! Und von wegen »10 Minuten«! Stunden hat es gedauert, diese Eimer voll Beeren einzukochen. Tage! Milliarden von Gläsern. Gläser, Gläser. Wochen! Beeren von der Waldlichtung an der Bahn. Morgens dann der von den Konfitüren – Konfekt? Konfektion? – glänzende Frühstückstisch. Ein Frühstück auf dem Lande! Am Land! Wir sagen hier: »am Land«! Und Kasten und Sessel und Fauteuil. Nach Anis duftendes Brot aus dem Steinofen? Ja, Pustekuchen! Toastbrot. Peng! sprangen wieder zwei Scheiben hoch. Golden Toast. Golden fließt der Stahl. Meine Frau? Ex natürlich Ex-Frau. Ach, nur so.

Vor dem Beisl ein Würstlstand, der auch Semmeln verkauft. Semmerln. Nein, es heißt auch nicht Schinkerlnfleckerln. Man kann sie damit zur Weißglut bringen. Nachts habe ich diese Sprache gelernt beim Einleuchten der Bühne. Der Beleuchtungsmeister rief die Nummern der Apparate nach hinten zur Technik. Alles noch ohne Handy und dergleichen. »Die Dräraa-fuuchzg!« Der Bühnenbildner morgens um vier im Zuschauerraum des Akademietheaters: »Wer holt mir denn mal 'ne Schrippe?« Niemand verstand.

Meine Penthesilea kaut mit vollem Mund. Penthouselöwin mit blonder Mähne. Löwin vom goldenen Dachl. Innschbruck, ich muß nicht lachen. Die Tiroler sind nämlich lustig. Luschtick. Schlafen auf Stroh. Strohblond, mein irisch Kind. Was weinest du? Nichts. Mädchen, mein Mädchen! Mir kamen nur plötzlich die Tränen. Das passiert mir manchmal. Meinem Vater übrigens auch. Liegt in der Familie. Ist ihm dann furchtbar peinlich. Allergie? Die Augen gingen ihm über. Tränen in der Familie. Nirgends wird mehr geweint. Nur noch im Fernsehen. Augendruck. Fernsehen macht den Augen Druck.

Blondes Tierchen, mein Pläsierchen. Blondi. Klar. Wozu ist man getriezt worden? Die Assoziationen knallen einem um die Ohren, ob man will oder nicht. Womöglich ist das Geschichte. Geschichtsbewußtsein. Wunsch nach Schlußstrich. Nee, die Tragödie kennt keinen Schluß, es sei denn den Untergang. Ich nehme mein blondes Tierchen in den Arm. Immer feucht die Schnute, immer kalt das Näschen. Wie beim gesunden Hund.

Der Frühstücksdirektor an der Semmelbar. Frühstücksrevolutionär. Auch von deinem Vater? Nein. Schimpfwort der Anarchisten für Sozialdemokraten. Morgens Revolution, mittags ein Bierchen und abends die Stulle Brot: 'ne Schnitte rund ums Brot herum, die Butter dick, den Schinken dünn. Das Semmelangebot am Würstelstand unerschöpflich. Ich staune. Mein Pettchen mampft mit vollen Bäckchen. Kann man das sagen: Hämsterchen? Pet Shop.

Buttersemmel. Kaisersemmel. Schinkensemmel. Wurstsemmel.
Kassemmel. Fleischsemmel. Schnitzelsemmel. Bratensemmel.
Krustenbratensemmel. Extrawurstsemmel. Specksemmel.
Gselchtssemmel. Topfensemmel. Backfischsemmel.
Polnischesemmel. Grammlschmalzsemmel. Schnittlauchsemmel.
Sardellensemmel. Zanderfiletsemmel. Eierspeisensemmel.
Faschiertssemmel. Lungenbratensemmel. Teebuttersemmel.
Pfiat di, Meinderl.

Hoast koa Hunger? Doch, kann mich nur nicht entscheiden. Du beißt
rein, Bisse Küsse, reißt dir einen Semmelbissen nach dem anderen.
Kleines, wildes, blondes, behaartes Tier. Tierchen? Weibchen? Ein
Mädchen oder Weibchen. Beim Biß in die Blunzensemmel fällt mir
wieder ein, wie es war. Preiselbeerenlichtung. Das letzte Bild. Hätte
ja so sein können.

Fünf Bergab

Kinder, Kinder! Nein, keine Kinder. Horch will keiner Kinder Vater mehr sein. Hat noch den Geruch in der Nase von warmer Milch und frischer gelber Kacke in der Stoffwindel. Und das Rumoren in der Luft und durch den Erdboden hindurch, auch bis hier herauf auf den Kahlenberg, ist bedrohlich. Die Zeiten des Friedens, der Wirtschaftswunder, der Bequemlichkeit sind vorbei. Der Faktor Coca-Cola ist verbraucht. Es stehen ungekannte Katastrophen ins Haus. Klimakatastrophen, Hungerkatastrophen, Kriege um Wasser in unvorstellbaren Ausmaßen mit Waffen, von denen wir noch nichts ahnen. Belgrad unter Beschuß. Außerdem sind Mütter die Voraussetzung für Kinder. Mütter, das Schlimmste, für Kinder die größte Gefahr. Jetzt, wo es bergab gehen soll, fällt ihm diese Sache wieder ein. Er fuhr den Kundenwagen langsam, im Schritt, die Rampe herunter von der Parkpalette. Eine Frau mit kleinem Kind an der Hand überquert die Ausfahrt. Das Kind reißt sich los, hat irgendwas gesehen, irgendwas gewollt, läuft vor den Wagen. Na, wenn schon! Kein Problem. Fuß auf die Bremse, der Wagen steht sicher mehrere Meter vor dem Kind, das furchtbar erschrocken war. Nichts ist passiert. Da reißt die Mutter das Kind hoch und verprügelt es. Was heißt verprügeln, sie schlägt das Kind, vielleicht zwei, vielleicht drei Jahre alt, regelrecht zusammen, kann gar nicht mehr aufhören zu dreschen, mit Fäusten, flachen Händen, die Handtasche mit ihrem Metallverschluß hilft, schwere Verletzungen zuzufügen. Horch ist da ausgestiegen, auf die Frau zugegangen, hat sie beim Arm gepackt, am Oberarm, fest, so daß ein blauer Fleck unvermeidlich davongetragen werden hat müssen, und gefragt: »Sind Sie noch bei Trost?« Die Frau, das Kind mit Schwung wegschleudernd, kuckte ihn entgeistert an, stemmte die Fäuste in die Hüften mit dem Text: »Ich bin die Mutter!« Horch, kurz davor, ihr links und rechts und links und rechts ein paar in die überschminkte

Visage zu verabreichen, gedachte in dieser Sekunde der eigenen Mutter, entließ sie aus dem Oberarmgriff und sagte, wie für sich: »Ach so.« Das Kind war inzwischen auf allen vieren der Mutter um die Hochhackigen gekrochen, um sich am Rockzipfel aufzurichten. Das ist das Geheimnis, das ist der Mensch, das ist Familie.

Jetzt runter nach Grinzing und heim mit der 38. Heim, sagt Prisca, sie sagt »heim«. Heim? Heim zu ihr. Heim und Garten. Schöner Wohnen. Heim und Welt. Daheim und wieder da draußen. Birnenschnitze und Brot, in die Milch gebrockt. Das war einmal. Wenn sie nicht gestorben wären. Sind sie aber. Heimgegangen. Hingeschieden. Aus die Maus. Beim Heimgang meines lieben Mannes, meiner über alles geliebten Frau. Die Kunst und das schöne Heim.

Bergauf, bergab. Bergfahrt hat Vorfahrt. Runter geht's leichter, denkt Horch. Jedenfalls schneller. Jetzt spürt er es in den Knien. Ist ja nur Flachland gewöhnt. Kiefernwälder. Preiselbeeren darunter und Moos, weites Kucken über den Horizont hinaus. Rübenäcker, Kartoffeläcker, Roggen, Gerste, zunehmend in letzter Zeit Mais. Kennst du das Land, wo die Kartoffeln blühn? Polster von Erika die Autobahn entlang, alles ist Lüneburger Heide, lila und unfruchtbar. Mais steht bis November und versperrt die Sicht. Wird er dann gemäht, abgeholzt gleichsam, stürmen die Mäuse aus den Furchen in die Keller und Schuppen, reißen die Zuckersäcke auf, knacken mir nichts, dir nichts den Plastikschraubverschluß des Nutella-Glases, mit lautem Gequieke rasen sie, fast rattengroß, nachts über die Schlafenden in den Betten. Fressen einander übrigens. Weiß sie das? »Nein, Mäuse sind Kannibalen?« Ja, wenn man es so nennen will. Fressen ihre toten Artgenossen. Aaskannibalen. Allesfresser wie Menschen. Man findet am Morgen die toten Mäuse in der Falle angefressen. Hausmaus. Feldmaus. Wühlmaus. Mus musculus. Microtus arvalis. Arvicolina. Weltmaus.

»Hör auf!« Sie schreit Horch an und hält sich die Ohren zu. Ja, klar, das war eindeutig ein bißchen geschmacklos. Jetzt kommt das Tierchen eben doch durch. Stärkerer Haarwuchs an ihrem Halsausschnitt? Nein, aber die Barthaare Barthärchen Bartflaum Bartfläumchen jetzt deutlich in der winterlichen, aber schon durch und durch wärmenden Nachmittagssonne schimmernd glänzend funkelnd. Ein Glitzerbärtchen von den Ohren, den Ohrläppchen, Ohrwascherln abwärts über die Wangen, ein richtiger Backenbart links und rechts, backbord und steuerbord, Stoppeln am Kinn und ein Schnauz-, Schnurr-, Katzenbart, die Oberlippe krönend. Flache Stirn, tiefer Haaransatz, zusammengewachsene Augenbrauen. Nagelbürsten wie bei Theo Waigel.

Wegweiser zum Krapfenwaldbad. Schwimmbecken. Familienbecken. Erlebnisbecken mit Massagedüsen. Kinderbecken. Krapfenbecken. Krapfen im Schmalzbad. Des Krawa. Gemma ins Krawa. Erst im Sommer. Ins öffentliche Bad? »Na, i glaab, des kemma net moochn.« Jetzt sowieso noch zu kalt und geschlossen. Winter in Wien.

Bergab durch den Wein. Wien und der Wein. Die Stöcke sind kahl noch. Kann man sich vorstellen, daß da Trauben wachsen im Sommer? Daß Trauben geerntet werden im Herbst? Trauben tretend der Gott. »Welcher Gott?« Dionysos. Gott der Herr. Nun danket alle Gott. Christus wollte den Wein für sich. *Mein* Leib, *mein* Blut. Nicht das des anderen, des Dionysos, des älteren Gottes. Auch so ein Gekreuzigter. Jedes Jahr wird er gekreuzigt, zerrissen, zerstampft. Ab durch die Kelter. Es muß ein Stück vom Himmel sein. Um dann wiederaufzuerstehen, uns zu erlösen von dem Übel. Veni creator spiritus. Vom Himmel hoch.

Darum singen sie auch mit Ernst die Sänger den Weingott
Und nicht eitel erdacht tönet dem Alten das Lob.

Horch und Prisca schlendern die Himmelstraße abwärts. Ihr linker Schnürsenkel schleift nach. »Achte auf deine Schnürsenkel, sonst fällste noch hin.« Sie stellt einen Fuß auf den gemauerten Sockel des hölzernen Gartenzauns, um die Schleife wieder festzuziehen. Das Mascherl am Schuhbanderl. Schönes Bild. Horch sieht den Dornauszieher vor sich oder so was. Die Piroschka-Stiefel von Lilo Pulver waren nicht zum Schnüren. These boots are made for walking.

Heißt die Himmelstraße so, weil sie so weit oben ist? Dem Himmel nah? Dem Himmel über Wien? Steigen von Grinzing die Engel herab? Jessas, die Engerl! Oder wurde sie so getauft von der Hörbiger-Familie? Hörbiger-Himmel. Mit Hörbigers dem Himmel so nah. Dem Himmel überm Burgtheater. Hans Hörbiger. Paul Hörbiger. Attila Hörbiger. Elisabeth Hörbiger. Christiane Hörbiger. Maresa Hörbiger. Welteislehre. Hohlwelttheorie. Alles hohl da unten.

Welteislehre? Ja, also. Horch kramt seine Erinnerungen zusammen. Alle Himmelskörper sind entweder aus Glut oder aus Eis. Ab und zu prallen sie zusammen, und dann entsteht ein Planet wie die Erde, bis er wieder verglüht oder vereist. Eine dualistische Weltsicht, bei Laien sehr beliebt wegen des Entweder-Oder. Du mußt entscheiden, wie du leben willst. Da weiß man, was man hat. Und Hörbiger? Ja, der hat's erfunden. Großvater oder Großonkel der Schauspielerdynastie. Ingenieur, aber eben auch schon dieser Hang, sich eine eigene Welt zu schaffen, wie die Theaterleute.

Oben Cirruswolken. Schlohweiße am Himmel über der Himmelstraße. Milchstraße. Weinstraße. Heurigengarten. Ausg'steckt is'. Hörbig, hörbiger, am hörbigsten. Prisca staunt. »Ein ganz ein großes Haus.« Ein Riesenhaus im Tiroler Stil. Ursprünglich aus Tirol, die Hörbigers. Die Tiroler sind lustig. Prisca lacht. »Die schlafen auf Stroh.« Grüß eank Gott alle miteinander. Ein Haus wie ein Bühnenbild. Darüber der Himmel ohne ein einziges Flugzeug. Ja, der Himmel ist still. Plötzlich einmal fein still. Was ist mit Belgrad?

Der Himmel ist der Schnürboden der Bühne, auf der das Bühnenbild Wien ist. »Wenn der Vorhang aufgeht?« Ja, wenn der Vorhang aufgeht.

Das Wort Bühnenbild ist eigentlich Quatsch, weil es doch ein Raum ist? Der leere Raum. Jaja, das hat man schon mal irgendwo gelesen. Aber der Raum der Bühne steht für einen anderen, ausgedachten Raum, in dem sich ausgedachte Figuren bewegen, Personen. Persona, Maske, ein Gesicht über dem Gesicht. Prisca piekt sich mit dem Zeigefinger in die Nasenspitze. »Wie Figuren auf Bildern.« Genau! Deshalb Bild: Bühnenbild. Theater heißt, du sollst dir ein Bildnis machen. »Ein Raum, der einen anderen abbildet.« So ist es. Und da sollst du reinkucken wie in einen Kuckkasten. »Du sprichst das mit K, so trokken.« Prisca sagt sowieso nur »schauen«. Gö, da schaust. Trockenes K wie bei Kucken. Horch spricht es trocken, wie denn sonst. Horchtrocken eben.

Sie schüttelt den Kopf. Schüttelt sich und rüttelt sich, ein Ganzkörperschütteln. »Theater«, sagt Prisca, »ich weiß nicht. Leute kucken in einen Kuckkasten, wo andere Leute so tun, als seien sie Märchenfiguren in einem Märchen: König, Prinzessin, Räuber, Gendarm, Krokodil. König Ottokars Glück und Ende. *Personen!* Das gibt es doch gar nicht mehr. Die Zeit der Könige und Prinzessinnen ist vorbei. Im Kino, da gibt es Autos und Flugzeuge, Telephon und Leute von heute. Da sieht alles echt aus. So war's. So ist es. Aber Theater? Holzrahmen mit Leinwänden bespannt, Malerei, Lichteffekte, Vorhänge. Dann dunkel. Das große Versteckspiel. Wer braucht das? Kinder vielleicht. Eigentlich nur Kinder. Ich finde das Wort Kindertheater ist irgendwie doppelt ...« Horch sagt: Tautologie. »Ja, wenn das so heißt, also doppelt gemoppelt. Theater ist immer für Kinder. Und die da spielen sind auch nicht ganz durchgebacken.« Durchgebacken, sagt der Backfisch, ein Wort, das es nicht mehr gibt, außer bei Nordsee. So viele Nordsee-Filialen in Wien, als läge Böhmen am Meer. Die Sehnsucht des Berglers nach dem Flachen: Flundern, Schollen, Fischfilets. Watt statt

Watzmann. »Verkleidungen, bemalte Gesichter, falsche Bärte.« Ja, findet Horch falsche Bärte besser als echte? Ein Mann soll sich rasieren. Wir leben nicht bei Karl Marx und Johannes Brahms. Wozu gibt's Gillette? Bartflossen – gibt's das? »So was machen Kinder am Kindergeburtstag. Sackhüpfen Topfschlagen Eierlaufen, Kasperltheater.«

Jetzt ist es mal gut, ja? Spiegel, sagt Horch, drohend beinahe: Spiegel! Der Gesellschaft ein Spiegel. Spieglein, Spieglein an der Wand. Horch kommt sich blöd vor. Wo hat er das mit dem Spiegel zum letzten Mal gehört? Lukacs, Widerspiegelungstheorie. Auerbach, Mimesis. Trifft für das Theater eigentlich gar nicht zu. Aber Prisca scheint es nicht zu mögen, das Theater. »Der Kuckkasten ist doch kein Spiegel. Außerdem braucht man dafür nicht solche Paläste. Burgtheater, Volkstheater, Staatsoper, Volksoper, Akademietheater. Wo sind da Spiegel? In den Garderoben, damit die Schauspieler sich anmalen können wie beim Kindergeburtstag. Im Foyer, zum Nachziehen des Konturstifts.« Wieder dieses Schütteln. Wie ein Hund, denkt Horch, der aus dem Wasser kommt. Was für ein Komturstift? Lächerlich, dieser Spiegelvergleich. Als ob das eine Motivation ist, Theater zu machen. Und richtig, sie insistiert: »Warum soll ich 280 Schilling bezahlen, um in einen Spiegel zu schauen?« Und 280 sind noch knapp bemessen. Wo sie recht hat, denkt Horch.

Und der Mensch sei nur da Mensch, wo er spielt? Horch sagt es gar nicht erst. Natürlich Quatsch! Woher aber dieses Selbstbewußtsein, diese Souveränität, diese Ausstrahlung der Schauspieler? Im Theater sagt man: Präsenz. Präsenz heißt Gegenwart. »Ach! Vergangenheit. Vergangen ist vergangen. Als es noch kein Fernsehen gab, vielleicht. Kasperltheater. Was ist der Unterschied?« Betonung auf der zweiten Silbe. Auf der ersten ist Grammatik. Prä-*senz!* Präsentiert das Gewehr auf dem Präsentierteller.

Der Mensch ist nur da wirklich Mensch, wo er opfert. Homo necans. Töten, Opfer, Ritus, Theater. Ohne Tod kein Theater. Wann immer auf der Bühne eine Person stirbt, sterben unzählige Menschen draußen in der Wirklichkeit. Sagt Eduardo de Filippo. Großes italienisches Volkstheater. Capo comico. Kartoffeltheater, Kasperltheater, Kindertheater. Affentheater. Soll sich Horch zum Affen machen lassen? Nein, nicht zum Affen, Horch blickt neben sich auf das Äffchen, das niedliche.

Wo sie schon mal hier sind, gehen sie auf den Friedhof. Ahnenverehrung. Totenkult. Horch führt das Mädchen an die Gräber der Großen. Attila Hörbiger. Heimito von Doderer. Gustav Mahler. Thomas Bernhard. Gestorben neunundachtzig. Erfolg durch Krankheit. Anders geht es wohl nicht. Sie betreten, Horch irgendwie feuertrunken, den Grinzinger Friedhof. Der Tod und das Mädchen. Prisca bleibt stehen und findet Theater einfach nur peinlich. Horch sieht sie an. Wie findet er sie? Tierisch süß? *Vachement chouette.* »Heast?« Tramstation: An den langen Lüssen.

Alte Frauen mit Gießkannen. Männer sterben früher. Witwen bleiben zurück. Witwen sehen uns an. Es wird ersucht ... Eine mustert das süße Mädel skeptisch und schüttelt den betuchten Kopf. Ist nur eine Verkäuferin, oder was? Ist *doch* etwas zu sehen, zu spüren womöglich, durch die Kleidung hindurch? Nimmt die Witwe Witterung auf? Die Witwe geht weiter zum Brunnen. Weiber am Brunnen. Da holen sie Wasser und begießen die Gräber der toten Männer. Kein Trinkwasser. Gespenster am toten Mann.

Da stehen sie am Grab von Gustav Mahler. Wie oft hat er Tristan dirigiert? Das ist nun wirklich kein Kasperltheater. Eine Handlung in drei Aufzügen. »Aufzüge?« Ja, der Vorhänge wegen. Dreimal geht der Vorhang hoch. Will sie Horch aufziehen? Wie eine Uhr, wie ein Blechspielzeug. So kleine Trommelhasen. Wie oft Mahler Tristan dirigiert hat, woher soll Horch das wissen? Viele Male. Genug jedenfalls, um gelassen zu verschmähen, selbst eine Oper zu schreiben.

»Was für eine Energieverschwendung!« Prisca kommt nicht weg vom
Theater. Theaterwut. Schüttelt sich. Theaterzorn. Rumpelstilzchen.
Theaterdonner. Leuchten. Beleuchtung. Lichteffekte. Apparate. Ha-
logen. Magnesium. Schiller-Rampen. Scharfes Seitenlicht. Svoboda-
Rampen. Power-Star. Stimmungen. Auf hundert. Die Zwä-ru-fuchzg
auf 100 Grad. Kochplatte. Wegleuchten. Rampensäue? Nein, den
Ausdruck kennt sie nicht.

Nein, Mahler hat keine Oper geschrieben. Das Lied von der Erde ist
und bleibt Mahlers einzige Oper. Berg, Schönberg? Zwölftollhaus!
Anton Webern? Webernwebernwebern! Horch hat noch den Kohn
im Ohr.

Warum schweigen auch sie, die alten heilgen Theater?
Warum freuet sich denn nicht der geweihete Tanz?

»Strom für eine ganze Kleinstadt, nur damit drei Stunden ein paar
hundert depperte Leut' in ein Guckkasterl gucken können!« Klingt
wie Taubengurren.

Da steht sie, die kleine Venus im Pelz, vor dem Grab von Sacher-Ma-
soch und ist ganz ein Mensch. Ein Mensch im Profil. Er betrachtet
sie im Abstand von drei, vier Schritten. Geht auf Distanz. Ganz di-
stanziert und besonnen. Nüchtern. Nichts von Haarflaum im Gesicht
und nirgends sonst. Das sind nur Erscheinungen, optische Täuschun-
gen, Lichttäuschungen, Luftspiegelungen. Fata Morgana, die du bist
im Himmel.

Ächzen und Stöhnen nebenan. Eine Witwe hat sich hinuntergebückt
zum Grab, zur Bepflanzung, ein Unkraut gezupft und kommt nun
nicht mehr hoch. Knirschende Knorpel. Hexenschuß? Ischiasnerv?
Morbus Bechterew? Also packen sie an. Packen zu und richten die
Witwe auf. »Ihr Mann liegt da?« Schnauft, steht jetzt schwankend,
aber fest, hat noch einen Stock zum Stützen, das sehen sie jetzt erst.

Krückt sich auf die Krücke. Sie sehen ihr ins Gesicht, mitten ins Angesicht: Damenbart. Das nennt Horch getrost einen Witwenbart. Lange einzelne graue Haare, abstehend vom Kinn nach unten. Aber nein, nicht der Mann läge da. »Net der Mo. Net amo. Jessas, die Öitan!« Fast wäre sie nicht mehr hochgekommen, womöglich fast zerbrochen.

Die Eltern ziehen einen nach unten. Horch kennt das. Wollen einen nicht hochkommen lassen. Wollen einen zu sich ziehen nach unten, in den Dreck, in das Arbeitermilieu, die Unterschicht, zu den Toten. Bloß nichts einbilden! Willkommen in der Unterschicht. In der Unterwelt. Die Paula Wessely? Nein, die lebt noch. Ist aus ganz einfachen Verhältnissen; eines Fleischers Tochter. Lebt jetzt allein im Tirolerhaus. Schläft nicht auf Stroh.

Familie hält einen am Boden fest. Familiengrab. Familiengruft. In der Höhle auf dem Felde von Machpela, die Abraham gekauft hatte mit dem Acker zum Erbbegräbnis von Ephron, dem Hethiter, gegenüber Mamre. Unter der Terebinthe die Götzen des Schwiegervaters. Alles voller Familie. Dabei die Brüder immer bereit, einander zu übervorteilen, zu betrügen, zu verklagen. Am Anfang war der Mord. Die Menschheit beginnt mit Brudermord. Karin, wo ist dein Bruder? Die meisten Verbrechen geschehen in der Familie. Atreus, Thyestes, Agamemnon, Klytaimnestra, Orest. Überhaupt ist Theater eine durch und durch familiäre Angelegenheit. Regisseure inszenieren ihre Frauen, mit denen sie Kinder haben, die Schauspieler werden. Noelte und Trantow. Neuenfels und Trissenaar. Stein und Lampe. Willy Millowitsch und Heidi Kabel.

Als Thomas Mann die Buddenbrooks veröffentlicht hatte, setzte ein Onkel eine Anzeige in die Lübecker Zeitung, daß der Thomas nicht mehr als Mitglied der Familie Mann zu gelten habe. Vogelfrei. Jeder dürfe sein Wasser an ihm abschlagen. Köpfte man ihn, der Täter ginge straffrei aus. Geh aus, mein Herz. Horchs Prinzip: kein Verkehr mit Verwandten.

Das sagt er jetzt nicht, das geht ihm so durch den Kopf. Dieses Patriarchalische von Regisseuren hat er immer verabscheut. Die Gattin auf der Bühne, die Assistentin im Bett. Im Krankheitsfalle flößt die Mutti Tropfen ein, und sei es aus der Tullamore-Flasche. Kaum kregel, vergewaltigte er die Kostümbildnerin, bevor auch ihm aller Tage Abend wurde. »Mit muß er!« So der authentische Bericht des Opfers. Das ist alles schleimig und gleichzeitig unverfroren.

Sollte man das ernsthaft erwägen? Bilderverbot im Kuckkasten? Klappe zu ein für allemal? Anstelle des Burgtheaters ein Tempel, eine Kathedrale, eine Moschee? Der Islam kennt kein Theater außer dem Gebrüll des Muezzin. Neuerdings die berühmtesten Sehenswürdigkeiten in Wien: der Stephansdom und die Burgmoschee. Am Schottentor verkaufen sie schon die Ansichtskarten. Scharia Serail Burkagebot. Im Landtmann nur noch Tee und Mokka. Wüste und Mekka. Prinz Eugen in tempore belli. Sei doch kein Muselmann.

Männer sterben eher als Frauen. Vor den Müttern sterben die Väter. Solange der Vater lebt, bleibt der Mann ein Sohn. Die Kindheit endet erst mit dem Tod der Mutter. Horch hat seine Mutter nicht umgebracht, hätte eher *sie* umbringen sollen als sich selbst. Grund dazu wäre genug gewesen. Ein Fluch? Der Traum von der *vendetta*. Juristisch jede Menge mildernder Umstände gegeben. Und einen anderen Bildungsroman: der Prozeß als Schule. Das Gefängnis als Tor zur Gesellschaft der Erwachsenen. Abgesessen auf einer Backe statt Konfirmation. Und ginge herum wie ein brüllender Löwe. Du sollst deine Eltern nicht ehren, wenn sie dich nicht respektieren als Mensch. Kinder sind doch Menschen. Sind doch auch nur Menschen. Statt dessen ein Leben als tragischer Held? Auf daß es dir nicht wohl ergehe, sondern elend?

KLYTAIMNESTRA
 So schlägt das Kind die eigne Mutter tot?
OREST
 Du hast dir selbst den Tod verhängt, nicht ich.

KLYTAIMNESTRA
Das ist der Drache, den mein Schoß gebar!
OREST
Ein guter Seher war dein banger Traum!
Nun nimm für böse Tat den bösen Lohn!

Aber warum schweigen die alten Theater? Weil sie keine Märchen zu
erzählen bestellt waren. Die Tragödie erzählt keine Geschichten. Ich
weiß was, ich weiß was, ich weiß, was dir fehlt: ein Mann, der dir
keine Märchen erzählt. Prisca freilich ist zu jung, um den Schlager zu
kennen. Diese Idee, das Theater solle Geschichten erzählen, ist eine
aus dem Tollhaus. Dieser Brecht-Wahnsinn! Brecht, ein Mann, der
sich nicht wusch, mit Mühe und Not ein paar Zotenverse im Kasino-
ton zusammengeschmiert hat und für seine erbärmlichen Klamot-
ten Hilfsschreiber und Souffleusen beschäftigte, weil er selbst keinen
vernünftigen Dialog zustande gebracht hat, aber großmäulig, wie er
war, ein Programm verfaßte, wie und was auf der Bühne sein sollte:
Kleiner Orgasmus für das Theater. Eine kraftvolle Sauerei, bestenfalls. Brecht, der alleine kein einziges Stück schreiben konnte! Dem
seit fümmunvierzich alle deutschen Theater hörig sind und verkünden, sie müßten Geschichten erzählen. Geschichten erzählen auf der
Bühne! Hat man so was schon mal gehört? Schauspieler sind Schauspieler und keine Geschichtenerzähler. Theater ist doch kein Basar!
Sei doch kein Muselmann. Wozu gibt es Romane? Märchenbücher?
Sagen des klassischen Altertums. Deutsche Herzen, deutsche Helden.
Reiseerzählungen. Im Reiche des silbernen Löwen. Im Reich des Inka.
Im Reich der Tiere. Der Schatz im Silbersee, Winnetou eins, Winnetou zwei, Winnetou drei, Winnetous Erben, Winnetou Zuckmayer,
Winnetou Kampmann. Friede auf Erden. Die Kunst, blochend zu
schillern. Versuch, das Länderspiel zu verstehen. Wollschläger sehen
dich an. Wie Adorno einmal um seinen wohlverdienten Mittagsschlaf
gebracht wurde. Warte nur, balde winnestou auch.

Keine messa in tempore belli, kein bello gallico, kein Tempel und keine Moschee, kein Auto und keine Chaussee, sondern: ein Theater, das keine Geschichten erzählt. Ein Theater, das die Erhabenheit der Tragödie wiederherstellt. In der Tragödie begegnet der Mensch dem Gott. Sonst leben die ja in Parallelwelten. Was gehen den Gott die Menschen an? Parallelen schneiden sich im Unendlichen. Aber sie schneiden sich. Und in diesem Unendlichen wohnen die Götter. Davon gibt die Tragödie das Bild. Den Zustand. Die Erscheinung. Ein Theater der Gleichzeitigkeit von Weltangst und Götterzorn, von Furcht und Zittern, Heulen und Zähneklappern, von Katastrophe und Katharsis.

Prisca ist aufgebracht. »Die Leut' solln sich füachten?« Ja, fürchten sollen sie sich, fürchten und zittern. Die Zuschauer, die sollen sich schämen ihrer Neugier, den Schaulustigen soll es vergehen, das Gaffen. Schluß mit den Würstchen in der Pause, nie wieder Herva mit Mosel.

Ungeheuer ist viel. Doch nichts
Ungeheuerer als der Mensch.
Und der Himmlischen erhabene Erde,
Die unverderbliche, unermüdete,
Reibet er auf.

Das Theater hat mit Zuschauern und Publikum gar nichts zu tun. Wieso? »Die Leute sollen doch in den Guckkasten gucken.« Später vielleicht, wenn es nicht mehr drauf ankommt. Guck guck Gurrelieder. Zunächst ist der Kuckkasten ja nur für den Regisseur da. Der sitzt in der siebenten Reihe oder in der fünften, je nach Größe des Parketts, und kommandiert. »Wie ein Kapitän auf der Kommandobrücke?« Genau so, aber viel bequemer. Vor allem hat er festen Boden unter seinen Füßen. Da sitzt er also vor dem Kasten, eine ergebene Truppe von Technikern, Beleuchtern, Tonmeistern hinter sich, und betrachtet im Kasten eine Welt, die er erschaffen hat, mit Räumen, Landschaften, Orten. Da hinein stellt er Personen, die tun, was er will. Diese Personen werden dargestellt, mit Liebe und Hingabe, mit

Gefühlen und Geist, mit Herz und Verstand, mit Gnade vor Recht, von den Schauspielern. Mit ihnen und durch sie beginnt der eigentliche Zauber, das künstliche Leben, das im Kasten der Bühne oft wirklicher wirkt als die wirkliche Wirklichkeit. Diese Darsteller sind Auferstandene, auferstanden aus dem längst vergangenen Totenreich der Literatur, der Geschichte, der Gedanken. Neues Leben im alten Kasten. Und der Regisseur ist der Schöpfer dieses neuen Lebens, der Gott, der Creator und gleichzeitig, wenn man will, der Erlöser. Seht her: Soter! Er hat die Fäden in der Hand. »Die Fäden der Marionetten?« Nein, die Fäden des Schicksals. Er kann die Personen ins Unglück reißen, er kann sie Lust und Liebe erleben lassen, Krankheit und Wahnsinn, und er kann sie sterben lassen, wenn er nur will. Er ist ihr Herr, sie sollen keinen andern haben neben sich.

Prisca steht da, schaut Horch an und hält die Handinnenfläche vor den Mund. »Die san ausgliefert!« Ja, vollständig ausgeliefert. Das Theater ist ein totalitäres System, eine Art Diktatur der Unterwelt, eine Auferstehung, etwas Heiliges. Das ist der Grund, warum man die Theater so prächtig gebaut hat, jedenfalls früher, als man noch wußte, was man tat mit der Kunst. Wie Kirchen. Theater sind Kathedralen, in denen das Göttliche tatsächlich erscheint. Gewissermaßen zum Anfassen. Das Jenseitige der wirklichen Welt wird hier Ereignis; unmittelbare Gegenwart. Wenn auch nur für Momente.

Für den Beruf bedeutet das: Die Regisseure sind die Könige. Sie haben die schönsten Frauen, die größten Autos und verdienen das meiste Geld. Sie wohnen in Häusern mit marmornen Fensterbänken und Türklinken aus Gold und Platin. Ihre Badewannen sind wie Schwimmbecken so groß und ihre Gewänder aus Samt und Seide. Jeden Morgen vor der Probe lassen sie sich von den Regieassistentinnen salben mit Salböl und duftenden Essenzen. Wie in Sänften werden sie von ihren Limousinen zum Bühneneingang getragen und in die siebente Reihe oder in die fünfte, je nach Größe des Parketts, gesetzt. Ein Regiepult wird vor ihnen installiert, als Altar, und dann beginnen sie die Ausübung ihrer unumschränkten Herrschaft.

Wenn während der Probe, in einer Pause, der Dramaturg kommt, ein Mann übrigens, den am Theater alle verachten, weil er keine Macht hat und nichts kann außer lesen, und seinem Gebieter den Entwurf für das Programmheft vorlegt, schlägt der Regisseur ihm, ohne hinzukucken, die Blätter aus den Händen mit den Worten: »So geht's ja nun mal gar nicht!«

So geht das Wochen, Monate bisweilen. Die Zeit ist aufgehoben. Im Licht der Scheinwerfer, die eine Unmenge Energie verschlingen, gibt es keinen Unterschied zwischen Tag und Nacht. Die Kantine hat durchgehend auf und versorgt den Regisseur mit Champagner, Kaviar, Vodka Kubanskaya, Hummersalat und gefülltem Störkopf.

»Und wann ist Premiere?« Wenn es dem Regisseur langweilig wird. Wenn er Lust hat auf was Neues, auf eine neue Welt mit anderen Schauspielern, eine andere Auferstehung. Dann läßt er die Türen öffnen, die sonst fest geschlossen sind, und das Volk hineinströmen: die Zuschauer, das Publikum, die Leute von der Straße. Sollen sie sich doch amüsieren.

Die Kunst, als höchste Blüthe alles Muthes und Uebermuthes zum Leben, gewinnt ins Unermessliche Anschauung und Anregung aus dem dionysischen Cult. Der letzte Gipfel griechischer Dichtung, das Drama, steigt aus den Chören dionysischer Feste empor. Wie aber die Kunst des Schauspielers, in einen fremden Charakter einzugehn und aus diesem heraus zu reden und zu handeln, immer noch in dunkler Tiefe zusammenhängt mit ihrer letzten Wurzel, jener Verwandlung des eigenen Wesens, die, in der Ekstasis, der wahrhaft begeisterte Theilnehmer an den nächtlichen Tanzfesten des Dionysos an sich vorgehen fühlt: so haben sich in allen Wandlungen und Umbildungen seines ursprünglichen Wesens die Grundlinien des Dionysos, wie er aus der Fremde zu den Griechen gekommen war, nicht völlig verwischt.

Womöglich hat Prisca ganz recht. Das ist alles Geschichte, das ist alles von früher, hoffnungslos überholt, abgelöst. Altmodisch. Nur noch Staub. Mythos bestenfalls. Der große Attila ist tot. Norbert Kappen hatte sich schon zuvor, aus Gram über den Tod Desdemonas, das Leben genommen. Auch Hans Lietzau, der große Vorleser, lebt nicht mehr. Die meisten, die allermeisten sind nicht mehr. Nur die älteste Hörbiger-Tochter tritt noch jeden Abend im Fernsehen auf als verzweifelte Hausfrau.

Inzwischen sitzen die beiden in der 38, die ihre Grinzinger Kehre ordentlich gemacht hat und gespannt auf die Abfahrt zum Schottentor wartet. Übermüdete Schüler steigen ein und bespucken einander mit Apfelstücken. »Das heißt, die Theater stehen jetzt leer?« Ja, gewissermaßen. Es gibt Bühnenmeister, die ab und zu die Züge rauf- und runterfahren lassen, um zu kontrollieren, ob die Maschinerie noch funktioniert. Das ist aber ganz überflüssig, denn sie wird nicht mehr gebraucht. Die Straßenbahn ruckt an und rumpelt um die Ecke rum in die Grinzinger Allee: An den langen Lüssen. Es wird ersucht, die Sitzplätze zu überlassen. Derweil ist aus Langeweile das Apfelspukken in eine halb ernstgemeinte Keilerei mit Migrationshintergrund übergegangen.

Ein Theater, das mit den Schrecken der Welt versöhnt. Deus ex machina. Apokatastasis.

Dans la verte vallée où règnent les bons anges
Jadis un beau palais, un rayonnant palais
       S'élevait
Le Roi Pensée avait ses assises étranges
       Dans ce palais.
Et la terre n'offrit jamais à ses bons anges
       Pour y déployer leur vol
       Un plus merveilleux palais.

Was Lüsse sind? Lange Lüsse? An den langen Lüssen? Ach so. Das kommt von Losen. Grinzing an den Lüssen. Äcker, die per Los zugeteilt wurden. Lange Äcker, lange Lüssen. Lange Gasse. Ja, die gibt's auch, in der Josefstadt.

Paradisgasse. Einziger Ort, wo ihrer gedacht wird, der blinden Kaiserin des Pianoforte. Horch dachte früher immer: Paradiesgasse. Daß uns beim Hören das Sehen verginge! Wie Nietzsche vor Tristan die Augen schloß. Wie oft – geschätzt – hat Nietzsche Tristan gehört? Es gab ja keine Platten CDs Aufnahmen, nur die Möglichkeit, der Aufführung beizuwohnen in physischer Präsenz, in unmittelbarer Gegenwart. Wie oft hat Mahler Tristan dirigiert? Öfter vermutlich, als Nietzsche ihn gehört hat, die Augen nach innen hinter den Lidern. Die Theaterbühne, der einzige Ort, wo die Welt abbildbar ist in allen Teilen, auch den dunklen. Aber das war im Barock, und außerdem fällt es Horch viel zu spät ein. Er ist müde. Sie sind lange gegangen. Jetzt erst, im Sitzen in der Bim, spürt er seine Müdigkeit, der Horch. Nicht mehr der Jüngste. Was hört einer, der Noten in Blindenschrift liest? Was hören Blinde in der Oper? Was sehen Taube? Was sängen Taubstumme, wenn sie könnten für einen Tag? Wir bitten, die Sitzplätze zu überlassen.

Bim-bamm, bim-bamm. Abwärts mit der Bim, stadteinwärts. Der Schachladen rechts an der Nußdorfer Straße. Horch stand oft vor dem Schaufenster, versunken in die exotischen Schachwelten. Ein ägyptisches Spiel mit Echnaton, Nofretete, Priestern, Kamelen und Pyramiden an Turmes Statt. Die Bauern logischerweise Steineschlepper. Sinuhe der Ägypter. Michael der Finne. Mika Waltari. Helsinki, eine weiße Stadt vor blauem Hintergrund, wie die Fahne. Eine weiße Stadt wie Belgrad. Mika Häkkinen. Natürlich auch Schachfiguren à la Mittelalter: König Ottokars Glück und Ende. Richtige Bauern mit Sensen und Eggen über der Schulter. Auch Onyxsteine, die aussehen wie aus Plastik. Trapper und Indianer mit Washington als weißem König, Ming-Dynastien mit schwarzen Zöpfen aus Naturhaar, ein Sultanatsspiel mit Haremsdame und Kalif im Schneidersitz, Reitern mit Turbanen und Krummsäbeln. Janitscharen vor Wien. Schotten mit Röcken und Dudelsäcken gegen Royal Guards mit Bärenfellmützen. Für Metaller ein Spiel aus Stahl mit Flügelmutter als Dame und König als Kreuzschlitzschraube. Was fehlt: ein Spiel Katholiken gegen Protestanten. Der Papst ist König, Mutter Teresa Dame und Luther und Katharina auf der weißen Seite. So was kommt hier allerdings nicht ins Schaufenster; nur drinnen für Bücklinge gegen Vorlage des Personalausweises. Und: Formel Eins gegen DTM. Bauern als Boxenschrauber. Blitzschnelles Blitzschach. Doch ist Schach nicht ein langsames Spiel und ein leises? Obwohl: die karierte Zieleingangsfahne! Wieviel Felder hat die?

Als Kind hatten Horch und seine Freunde kleine Rennautos aus Blei mit Gummibereifung. Man schob sie an, wessen Auto weiter fuhr auf den Bordsteinen aus Granit. Klebten noch Knetgummi drunter, damit sie schwerer wurden. Kraft mal Weg oder Kilopond später in der Physik oder so. Frisierte Motoren. Warum eigentlich frisiert? Großer Preis von Lockenheim? Stirling Moss. Graf Berghe von Trips. Huschke von Hanstein. Das war der Adel. Mußten ganz gerade angeschoben werden, die Dinger, damit sie nicht runterfielen. Rutschte vom Rinnstein.

Rutscht die Währinger Straße runter, die Bim, die Bahn, die Bimbam, Bimbam: lustig im Tempo und keck im Ausdruck. Beim Doderer. Da unten links ist die Strudlhofstiege. Alles Universität jetzt und seine Wohnung ein kaputtes Museum. Die Kunst des Bogenschießens. Immer in den Düften von Lavendel und Capstan. Gin war ihm das vernünftigste Getränk. Linksverkehr zu seinen Zeiten, anders ist der Unfall am 21. September 1925 gar nicht nachzuvollziehen. Bloody Mary K. in der spätsommerlichen Hitze der Roßauer Lände. Dodererwetter in der Ernstfallgegend. Was kommt vom Böhmischen Bahnhof? Nichts Gutes.

Das Leiden der Könige auf der Bühne ist längst abgelöst durch den gespreizten Triumph der Regisseure im Parkett. »Des Buagtheata is ka Faß ohne Boden«, sagte mahnend der Kommerzialrat Dr. Weber. Aber da war es schon zu spät. Karl hatte sämtliche Etats überzogen und den Technischen Leiter, den tapferen Herrn Kratochvil, als der sagte: »Des kemma net moochn«, einfach über die Rampe gekippt. Für Karl war ein Faß aufgemacht, ein Goldfaßl, das Unfaßbare wollte er mit Händen greifen, den Bühnenraum in die Unendlichkeit vergrößern. Den Bühnenboden ins Bodenlose ausdehnen. Dem Faß den Boden ausschlagen. Der Regisseur, der Bodenlose, kauft sich bei Frey 'ne Lodenhose und geht mit Thomas Bernhard essen. Zu den drei Krapfen auf die Sulzwiesn. Ein Schnitzler-Schnitzerl, das jeden Rahmen sprengt. Die Wörter zerfallen mir wie Pilze auf der Zunge.

Karl, der Frauenverbraucher, Frauenbetrüger, Frauensammler. Don Carlo. Wann besucht ihn der Steinerne Gast?

Prisca schaut auf die Währinger Straße hinaus. Wangen, Nase, Kinn, die Stirn: alles sprüht vor Licht und Leuchten. Dabei ist Weihnachten lange vorbei. Von den Fußsohlen steigt's durch Waden, Knie, Schenkel in den Unter-, Ober-, linken, rechten Seitenbauch zum Herzen hin: »Sie ist das schönste Tier der Welt.« Denkt Horch in diesem Moment. A Momenterl amol.

Theater Regisseure Schauspieler Grausamkeit organloser Körper Artaud: Pippifax, Papperlapapp, Schnickdischnackdi, Quackeldiquack. Alles Mumpitz. Es gibt nur die Tragödie. Das Theater ist nur der Tragödie wegen erfunden worden. (Nebenbei gesagt: es gibt auch keine komische Musik. Musik ist immer Klage und Trauer, oder sie ist keine. Punkt.) Die kosmische Schnittstelle, die einzige Verbindung zwischen den Parallelwelten der Götter und der Menschen, ist das Leiden, das Leiden der Menschen. Aus dem Leiden heraus hat der Mensch sich die Götter erfunden. Er könnte es sonst ja gar nicht aushalten. Wer sollte ihm denn Trost spenden? Andere Menschen, die selber leiden? Habe die Ehre! Soll ein Sterbender Zuspruch erwarten von einem, der selber als nächster sterben wird? Servus Kaiser! Wir sind doch allein. Allein allein und allein.

»Mutterseelenallein?« – HEAST! Laß die Mutter aus dem Spiel. Mit niemandem ist man so allein wie mit der Mutter. (Das versteht sie vielleicht nicht, aber es ist ihm egal. Sowas von. Legal illegal scheißegal. Mutterseelenegal.) Mutter, weiche von mir!

Theater beschwört die raren Momente herauf, wo Götter und Menschen sich begegnen. Heilige Momente. Deshalb der Prunk und all das Zeug. Von früher. Von Anno Tobak. Heute sind die Kirchen ja auch neusachlich: Glas, Beton und Kinderkritzeleien. Danke, Maria, für die Eins im Turnen. Mosebach reicht den Wein aus dem Plastikbecher, den Leib als Hasenbrot. Ei, so geht's. Wenn es denn nicht anders geht. Die Pius-Brüder lesen die Messe auch in der Tiefgarage des Plattenbaus, am Flaschencontainer. Auf dem Schrottplatz. Lieber Gott!

Nicht führ uns in Versuchung, großer Gott!
Und nun, mein Sohn, im Angesicht der Leiche,
Vor diesem Toten, der ein König war,
Belehn' ich dich mit Östreichs weitem Erbe.

Grillparzer brauchte noch eine Kathedrale für seine Stücke. Aus dessen Zeit ist das Burgtheater. Semperoper Hamburger Schauspielhaus Schiffbauerdamm. Paläste! Da war Theater den Leuten noch was wert. Heute? Ach. Was willste machen? Was das Wort heißt? Welches Wort? Ach so: TRAGÖDIE.

Na tulli. »Bocksgesang.« Das glaubste jetzt nicht? Theater war Ritual. Opferfest. Als Höhepunkt wurde ein Ziegenbock geopfert. Machen die Türken heute noch. (Sei bloß kein Muselmann!) Drumherum Gesang. Gesänge. Anrufung des Dionysos. Im Grunde so was wie die Heilige Messe. Chöre. Wechselgesang. Dialog.

Kein Bock auf Theater? Kann ich verstehen. Irgendwie peinlich, wie? Voll. Voll peinlich, sich zu verkleiden und all das Ummadummwacheln. So, findest du? »Genau!« Es ist ja auch vorbei. Consummatum est. Verloren. Vergessen. Verbraucht. Ist's vorüber, lacht man drüber.

Horch steckt seine Nase in ihre Nackenhaare und schnüffelt wie von Hund zu Hund. Ein Geruch. Nach Zwiebeln? Ja, aber nach noch anderem. Womöglich ist es gar nicht Zwiebelgeruch, sondern etwas ganz anderes, das sich damit tarnt. Ein Geruch nach nassen Wollsachen. So riechen die Pullover von Kindern im Schnee. Der Backfisch zieht den älteren dem jüngeren Mann vor. Horch fühlt Luft von anderem Planeten. Halb zieht es ihn, halb sinkt er hin. Pädagogischer Eros: der Fisch will schwimmen lernen. Junge Mädchen pflücken Blumen, lieben Pferde, alte Herren Knaben im vorbartlichen Flaum. Horchs Tierchen als verkappter Knabe? Knappe? Knäpplein klein? Verknappt: »Komm in den totgeparkten Sarg.« Ideen aus der Tollhausgasse? Richard Gerstl pinselte die Gattin. Der von seiner Frau verlassene Schönberg stand vor der Alternative: Selbstmord oder was Neues erfinden. Also denn doch lieber was Neues: Zwölftonmusik. Die Wut nach außen bringen, aus sich herausdrücken. Eine Erfindung aus dem Tollhaus.

Mir blassen durch das dunkel die gesichter
Die freundlich eben noch sich zu mir drehten

Art Déco espressivo. Langsam, nicht schleppend, ein Dröhnen nur der heiligen Stimme, deren Wort mir fehlt. Am Ende erhängte sich der Maler. So war das Familienleben wiederhergestellt. Die Dodekaphonie, eine Idee aus der Mördergrube. Gegen die Familie kommt keine Liebe an.

Schwarzspanierstraße. Nur, um Freuds Adresse nicht ausrufen zu müssen. Als sollte die Scham ihn überleben. Klingt unheimlich? Der schwarzen Spanier wegen? Horch sieht den Sandemann vor sich. Das

Sherry-Logo der schwarzen Silhouette des Hutträgers mit Capa. Waren aber Benediktinermönche aus Spanien in schwarzen Kutten, die da ein Kloster gegründet hatten. Anno Tobak. Aber auch Weininger verrichtete da seine letzten Dinge. Mit dreiundzwanzig weiß kein Mensch, was Geschlecht ist und Charakter ausmacht. »Wenn er ein Genie war?« Dann erst recht nicht. Ein Genie in diesem Alter ist eher geistig behindert. Vielleicht war er sich selbst nicht geheuer. Ging jedenfalls in Beethovens Sterbehaus – Schwarzspanierstraße 15 – und schoß sich ins Herz. Dadada Damm.

Prisca fährt mit der Hand nach der linken Brust. Hat völlig schwachsinnige Formeln entwickelt, der Weininger, nach denen Männlichkeit das Vollkommene ist. Das Vollkommenste aber jedoch sei der Religionsstifter. Damit meinte er zwei: Jesus Christus und Richard Wagner. Sie sinnt nach den Formeln. »So mathematische?« Jaja, Gleichungen mit einer Unbekannten: der Frau. Gleichungen, bei denen am Ende rauskommt, daß Frauen und Juden der Abschaum sind. Warum? Unrein. Daß Frauen und Juden unrein seien, war um die Wiener Jahrhundertwende eine verbreitete Annahme. »Meine dreckigen Götter ...« Sind wir nicht alle irgendwie Rassisten? Nein. Definitiv.

»Und warum hat er sich dann erschossen?« Weil er der Meinung war, ein anständiger Mensch habe selbst in den Tod zu gehen, wenn er – und jetzt wörtlich – »fühlt, daß er endgültig böse wird.« Böse mit dreiundzwanzig, endgültig. Horch ist sich seiner sicher. Weißt du, der meinte gar nicht »böse«, der meinte schwul. Er konnte es nicht länger verbergen, sich nicht und anderen gegenüber nicht. Das war das Ende. Frauenhaß ist der Schwulen erste Tugend. Bis auf die Mutter. Frauenhaß und Muttervergötterung. Alle Mütter wollen, daß ihr Sohn schwul ist. Jedenfalls insgeheim. Definitiv.

Die Bahn ruckt an. Links die Berggasse bleibt zurück. Der Eros? »Was für ein Eros?« Der Gott, die kleine Figur, der landende Engel. Hat sie den mitgehen lassen? Horch mag es ihr nicht zutrauen. Wozu auch?

Die Figur hat ihr gefallen, nun ja. Aber deshalb kriminell? Border-
line? Asozialenmilieu? Das nun wieder doch nicht. Wem würde ein
solcher Eros nicht gefallen?

Schönberg, ein glühender Bewunderer dieses Weininger. Luft von anderem Planeten. George war schließlich auch schwul.

Ein gestohlener Gott? Sie hatte das gestern gar nicht mehr mitge-
kriegt. War da schon weg. Der Diebstahl, die Polizei. Schon über alle
Berge. Die Berggasse runter. Ab trimoh. Auf und davon. Sich das Leben nehmen. Man nimmt sich das Leben und gibt sich den Tod. Geben und Nehmen. Sich dem Nichts überlassen. Totale Negativität.
Der unwiderrufbare Tod. Wenn man nicht mehr lebt, erinnert man
sich nicht mehr. Horch wird seinen Tod nicht erleben können, weil er
ihn nicht erinnern wird. Nur das Erinnerte hat wirklich stattgefun-
den, nur das Erinnerte ist Leben. Danach herrscht die ewige Stille,
das Schweigen. Das Schweigen ist die Sprache des Todes.

Schottentor. U 2 bis Volkstheater. Die U-Bahn ist überheizt. Das Knirschen des hereingeschleppten Schotters auf den Böden zwischen den
Sitzen. Vor den Köpfen Kronenzeitungen. Volkstheater, Menschen-
massen. Beginn der Vorstellung. Einen Jux will er sich machen. Umsteigen in die U 3, Neubaugasse, Zieglergasse, Westbahnhof. Leerer
wird's in der U 6 nach Siebenhirten. Liesing. Rodaun. Hofmannsthal.
Unglückszahl sieben. Die böse Sieben im Wappen. Der Tod bleibt immer nur Zukunft.

Ein verschwundener Gott. Das war doch der Satz am Schluß des Vor-
trags: »Nur ein Gott kann uns retten.« Apokatastasis. Aber es gibt
keinen Gott. Keinen, der sich uns noch zuwenden könnte. Die Götter sind der Menschen müd geworden. Die Menschen sind ihnen wie
weggeworfene Spielsachen. Aus dem Alter raus. Die Götter sind groß
geworden. Danach sind sie alt geworden, alt und dreckig. Schließlich
versunken. Ruhen sanft. Mühsam müssen sie ausgegraben werden

aus den felsigen Böden des Orients. Viel Steine gab's und wenig Brot. Unser täglich Brot. Ist dies mein Leib? Unser täglich Blut. Eros, sein Reich komme. Aber ohne Kinder. Sexus, das ist Fortpflanzung. Das ist Familie. Alle kucken zu. Eros ist das Geheime. Sein Wille geschehe. Das Furchtbare bringt er mit. Der landende Engel, jederzeit bereit zum Abflug. Flüchtig, gliederlösend, ein Lufthauch von anderem Planeten. Wo die Familie sich ausbreitet, ist Eros bereits um Längen voraus.

Längenfeldgasse, Bruno-Pittermann-Platz. Wurde aus der SPÖ ausgeschlossen, weil er die Kronenzeitung mit Gewerkschaftsgeldern neu gegründet hatte. So ging das, so geht das alleweil. Tu felix. Niederhofstraße. Draußen ist es kalt und dunkel. Die Leute auf dem Heimweg in dicken Mänteln, Schals und Mützen sehen genauso aus wie in Hannover oder Berlin. Im Sprechen aber sind es ganz Fremde. Fremdes Leben, denn die Sprache des Todes ist das Schweigen. Der schwarze Weg des Schweigens. Jetzt gemma heim.

Eine Ampel noch, dann läßt sie das Schlüsselbund klappern. Ein klarer Nachthimmel über Meidling. Eine schmale Gasse, eine Gasse wie jede andere auch. Autos poltern über das Kopfsteinpflaster. Keine Kutsche weit und breit, keine Traumnovelle, kein Traum. Die Hausnummer. Die Haustür. Der Name am Namensschild. Prisca. Priscilla. Piroschka. Betont auf der ersten Silbe, verdammt noch mal: Píroschka! Aber nichts dergleichen. Der Name ist Schall und Rauch. Horch denkt: Wir sind es auch.

Im Reich der Tiere

Jugendstilfliesen an den Wänden, ein Ornamentfries. Warum heißt der Jugendstil Jugendstil? Weil es der Stil der Jugend war. Ehrlich gesagt, ich weiß es auch nicht. Wahrscheinlich hatte man damals, um die Jahrhundertwende, vom neuen Jahrhundert sich etwas Neues versprochen, was Junges, Frisches. Es gibt für 'ne Frau nichts Dümmeres, als der Mann nimmt sich was Jüngeres. Ich habe mir was Jüngeres genommen. Habe es an der Angel, einen dicken, nein: kleinen Fisch an der Angel. Fischlein, deck dich.

Ein paar Stufen hoch, halbe Treppe vor dem Mezzanin, ein hohes Fenster zum Hof. Nein, kein Hof, nur ein Lichtschacht. Das Glas seit Jahren nicht geputzt. Sie ist schon weiter, ich bleibe stehen und schaue hinaus in den Lichtschacht bei letztem Licht. Es wird schon gleich dunkel, es wird schon gleich Nacht. Auf dem Boden des Lichtschachts haufenweise Taubendreck und tote Tauben. Verwest, halbverwest, ein Flügel ragt aus der Masse heraus. Taubenfriedhof. Tausend tote Tauben. Ich blicke auf den Tod und bin wieder ganz bei mir. Bin beisammen. Une charogne. Versammelt, konzentriert, zusammengesammelt. Ich ist kein anderer. Ich soll kein anderes Ich haben neben mir.

Zwiebeln. Das Treppenhaus, das sie hier Stiegenhaus nennen, riecht nach Zwiebeln. Nicht nach gebratenen aus den Küchen, sondern nach Anbau. Und richtig: auf den Fensterbänken überall Blumentöpfe, Blumenkästen, Ölkanister mit Zwiebelpflanzen. Dicke Knollen drängeln sich über die Ränder der Kübel aus Ton und Blech. Aus zerbeulten Konservendosen wächst Petersilie in dichten Büschen. Hier wohnen die Türken und betreiben im Stiegenhaus ihre Landwirtschaft. Terrassenanbau. Sie ruft nach unten: »Jetzt komm halt!«

Das ist Paminens Stimme. Eine hübsche, eine niedliche Stimme, Kinderstimme. Jaja. Meine Stimme ist mir manchmal fremd, als spräche ein anderer. Als hörte ich mir selbst zu im Sprechen. Als lauschte ich einer anderen Stimme, die in einer Sprache spricht, die ich nicht verstehe. Mir ist ja meine Sprache früh abhanden gekommen. War der Welt abhanden gekommen. Mir war die Sprache kurzerhand weggenommen worden, kaum daß ich sprechen konnte. Redete dann nur noch in Fragmenten, in Scherben. Nicht in Zungen, in Zungenwurst. Der Geigenkasten steht auf dem Kohlenkasten. Solche Sätze. Ist die Sprache, die ich jetzt spreche, meine Sprache? Oder ist sie eine gelernte Fremdsprache? Ist die Stimme, die aus mir spricht, meine Stimme? »Jetzt komm halt!« Jaja, das ist Paminens Stimme.

Der Zwiebelgeruch hat etwas Scharfes, beißt in der Nase, sogar auf der Zunge. Wir sind lange gegangen heute, jetzt bis zur dritten Etage, das Mezzanin nicht mitgerechnet. Vier Treppen hoch. Da geht einem schon mal die Puste aus. Mir geht die Puste aus, ihr nicht. Sie ist schon oben, sie ist schon da. Erster sein, zweiter sein, letzter sein. Vor der letzten halben Stiege noch einmal ein Blick durch die verdreckte Scheibe des Lichtschachts. Kein Licht mehr. Es ist plötzlich stockfinster geworden draußen. Nur dumpfes Taubengurren von unten? Von oben? Irgendwoher. Duster draußen wie im Sack.

Ihre Wohnung ist eine typische Wiener Kleinwohnung. Tür auf, und schon in der Küche. Rechts die Spüle, links der Küchenschrank. Dahinter das Zimmer mit Fenster zur Straße. Das ist Priscas Reich. So oam, aber so liab. Studentenbude. Studentinnenbude. Studierendenbude. Rechts ein kleiner Tisch mit zwei Stühlen, dahinter eine Kommode, deren Türen offenstehen. Frauen haben immer offene Schranktüren. Beklagen sich dann über die Motten. Kein Wunder! Den Mantel hat sie auf das Bett geworfen. Fenster auf. Links steht das Bett und daneben ein Regal. Bücher? Nein, Tiere. Stofftiere. Ein Regal voller Stofftiere. Wir drängen uns in das offene Fenster, hinauszuschauen. Das Haus gegenüber ist ein Flachbau. Werkstatt, Fabrik,

Farben und Lacke. Dahinter sieht man über den Hügeln den Himmel. Die Hügel, das ist die Baumgartner Höhe. Ach ja, Thomas Bernhard, da ist er wieder. Bei Tag sieht man die Otto-Wagner-Kirche. Jugendstil. Ich erinnere mich an den knuffigen Kuppelbau, wie eine Moschee mit den hochgeflügelten Engeln über dem Portal, konnte da immer nur von draußen reinkucken, weil sie immer geschlossen war, die Kirche. Eine besondere Kirche, ein Schmuckstück von Kirche, ein kleines Juwel in den grünen Samtkissen der Baumgartner Höhe. Über der Baumgartner Höhe ein türkischer Mond. Sterne auch. Und Flugzeuge. Immer fliegen Flugzeuge, blinkend und brummend, von links nach rechts. Eine Kirche zum Heiraten. Ich betrachte ihr Gesicht, ihren Mund. Wir beginnen uns lange zu küssen.

Ihr Rücken ist fest, sie trägt keinen BH. Lohnt sich wohl nicht. Sie riecht nach nassen Wollsachen. Wie mein Spielfreund damals, wenn wir uns nach langen Ferien mit den Familien wiedersahen. Sie riecht wie ein Junge. Sie riecht wie ein kleiner Junge, der gerade vom Spielen heraufkommt. Aber ihre Lippen sind weich, ihre Zunge putzig, ihre Zähnchen rundgeschliffen und ebenmäßig, und zwischen Nase und Oberlippe, am Kinn und an den Wangen, am Hals und in der Mulde des Schlüsselbeins trägt sie einen weichen, dichten Haarflaum auf der Haut.

Das Klo? Draußen, im Stiegenhaus die Tür gleich gegenüber. Hier ist der Schlüssel. Ein langes, schweres Ding wie im Mittelalter. Das Klo ist eiskalt, ich sehe nicht nur meinen Atem. Ich schlage mein Wasser ab, das dampft. Ich ziehe an einem mehrfach geknoteten Strick, das Wasser poltert aus dem Spülkasten, als wolle es mich mit in das Closett hinabreißen.

Ohne den anderen nicht leben können, das ist Liebe. Liebe Ehe Familie. Die unausrottbare Familie. Ich habe auf dieses Bild geschaut, im Preiselbeerwald hinter der Bahn, egal, ob da nun ICEs fuhren oder D-Züge oder Güterzüge mit und ohne Selbstmörder auf den Schienen, und mich gefragt, ob ich ohne sie leben könnte. Ohne diese Frau, ohne dieses Kind. Und die Antwort platzte in meinem Kopf wie eine Bombe: Ja. Explosion. Aber klar. Aber immer. Sofort. Jederzeit.

Prisca. Würde ich sie eines Tages auch so aus der Ferne sehen, nicht in einem Wald mit Preiselbeeren, vaccinium vitis-idaea, nicht hinter der Bahn, sondern unter Flugzeugen, die pausenlos fliegen von links nach rechts, im Salzkammergut vielleicht, denn da ist gut lustig sein, am Wolfgangsee, vorm Weißen Rössl, wir säßen da in dem fauligen Geruch von Wasser, Schilf und moderndem Holz – neulich schrieb so ein Büchner-Preisträger: »ältliches Schilf«, wofür ihm der Büchner-Preis sofort wieder abgenommen gehört – und blickten auf einen halb abgesoffenen Kahn, entdeckten Fische hier und dort dicht unter der Wasseroberfläche, eine Seeforelle etwa, den raren Perlfisch, die schlanke Maräne, einen bemoosten Karpfen von guten 20 Kilo, und ich würde mich fragen: Ohne sie leben? Und dann ab trimoh.

Sie ist schon im Bett. Ein mildes Nachtlicht brennt, kleiner Lampenschirm mit Marienkäfermuster. Ich ziehe mich aus unter Inaugenscheinnahme des Regals. Steiff Knopf im Ohr. Elefanten, blaue Teddybären, ein Äffchen mit Schleife, rosa Teddybären in verschiedenen Größen, einer im Rummelplatzformat. Wer will noch mal, wer hat noch nicht? Ein Bärchen aus Frottee, das auf dem Bauch liegt.

Unter der Decke spüre ich, daß sie am ganzen Körper behaart ist. Behaart ist übertrieben, beflaumt, aber das Wort behaart war zuerst da. Ich fasse ihre Pobacken mit beiden Händen und will schon sagen, sie soll sich ganz ausziehen. Aber sie *ist* ausgezogen, sie ist nackt, splitternackt, und hat doch ein Fell. Fasernackt. Die kleinen Brüste auch bepelzt bis auf die spitzen Zitzen. Erdbeerform Fehlanzeige. Wie wenn man einem Hund am Rücken über das Fell streicht. Über die Schnauze, wo das Fell weich ist beim Hund. Kurzhaardackel. Die Fellfaser geht stromlinienhaft nach unten, bildet einen Wirbel zwischen den Schenkeln, wo das Haar dick ist und fest wie Kupferdraht.

Lockiger Topfkratzer. Hat sie das im Sommer auch, oder ist es ihre Winterbehaarung, ihr Winterfell? Ein Wintermärchen. Am Ende der Wirbelsäule ein Knoten? Wo der Po anfängt, ein Schwänzchen, ein Knubbel? Ein Knubbelschwänzchen. Die Playboy-Bunnies haben so was in Weiß. Jetzt bloß nicht hinkucken. Sie riecht am ganzen Körper nach nassen Wollsachen.

Am Fußende des Bettes, vom Lampenlicht nicht erfaßt, ganz im Schatten des Stofftierregals eine Figur. Auf einem Bein. Auf der Zehenspitze. Flügel. Ein Engerl. Der Eros?

Ihre Hand tastet nach meinem Geschlecht. Männlichkeit in den Maßen 11,4 mal 10,5 Zentimeter. Zwischen den Oberschenkeln umschließt ihr Pfötchen mein Säckchen. Und? Richtig: es passiert nichts. Ich weiß im Augenblick, daß da auch nichts passieren wird. Ich bin mit einem Kind im Bett, mit einem Tier womöglich, einem Jungtier, einem Welpen, einer Welpin, einer Welpenden, das fühlt sich gut an, das fühlt sich warm an, das riecht nach nassen Wollsachen, sie hat meinen Penis in der Hand, und jetzt wird es mir natürlich peinlich. Peinlicher Penis. Schlapper Schwanz. Ob sie ein Schwänzchen hat? Tierchen hat ein Schwänzchen, kille kille Händchen. Aber es passiert nichts unter ihrem Händchen. Auch einem Kind gegenüber, auch einem Tier gegenüber, einem Tierchen gegenüber soll der Mann ein Begehren haben, das sich aufrichtet, das Stärke zeigt und Härte und in etwas einzudringen vermag, in das Begehrte nämlich, soll im Begehrten sein Begehren ausdrücken in gleichmäßig zarten, aber energischen Stößen, damit das Begehrte das Begehren auf sich beziehen und genießen kann, sich einer Eroberung erfreuen kann und erleben, wie der starke Mann an Stärke gewinnt und an Härte und stößt und der Frau eine Lust macht, im Stoßen eine Aufregung unterbreitet, im Innern des Bauches unterhalb des Nabels, im Gestöß ein Kitzeln, das wird schneller, ein Brennen, geht tiefer, ein Jubeln und Hochjubeln, ein Zustimmen, ein Jauchzen und Himmelhochjauchzen, ein Bitten, ein Flehen, ein Erlöstseinwollen und Fühlen, wie der Mann auf dem

Hochpunkt der Stärke, der Härte sich dessen entledigt, was juckt und zuckt und spuckt und Leben macht und in die Frau sich ergießt, sich schüttet, zerrüttet und schwach wird, ganz schwach und außer Atem und aus.

Nichts davon. Alles nichts, reine Negativität. Hier bin ich im falschen Film. In der falschen Tür. Im falschen Zimmer. Im falschen Bett. Liege hier rum wie Falschgeld. Denn schon hebt ein Gelächter an. Die Stofftiere tun das, was der Mann hätte tun sollen, aber schuldig geblieben ist. Sie schütten sich aus. Das muß man gesehen haben: Stofftiere, die sich ausschütten. Und dabei immer Steiff Knopf im Ohr. Ja, von wegen steif! Der Elefant schwenkt trompetend vor Lachen seinen Rüssel, das Äffchen dreht seine Schleife wie ein Lasso und schmeißt mit Bananen. Der Rummelplatzteddy hat das Gewehr von der Schießbude noch mitgebracht und feuert damit wild um sich. Die blauen Teddybären sind knallrot geworden, das Frotteebärchen hat sich aus dem Frottee geschält und kugelt sich vor Lachen, splitternackt. Das ist kein Bärchen, kein Stofftier, das ist ein Embryo.

Ich bin schon aus dem Bett, sie sitzt auf und sagt etwas. Ich kann es nicht hören. Die Tiere sind zu laut. Der Aufstand der Kuscheltiere übertönt alles. Gleich werden sich Nachbarn beschweren. Aber es ist noch nicht zehn, außerdem Türken alles, die machen selber Radau, sie schüttelt den Kopf. Ich ziehe meine Hose an, mein Hemd, greife nach Pullover und Mantel, steige im Gehen in die Schuhe, den Schal nicht vergessen, es ist Winter in Wien.

Ich sage: »Es tut mir leid.« Ich sage: »Es geht nicht.« Ich sage: »Entschuldige bitte.« Ich sage: »Ich muß einfach gehen.« Ich sage: »Ich kann nicht mit dir.« Ich sage: »Wir haben uns geirrt.« Ich sage: »Vergaloppiert.« Ich sage: »Schwamm drüber.« Ich sage: »Nix für ungut.« Ich sage: »Lebe wohl.« Ich sage das vielleicht alles auch nicht, denn ich höre meine Stimme nicht unter dem Gelächter, dem Gejohle, dem Gebrüll aus dem Kuscheltierregal. Die Stofftiere Steiff Knopf im Ohr sind außer Rand und Band. Margarete Steiff sollte das erleben. Was dieser Knopf im Ohr alles anrichten kann. Durch die Küche, ab durch die Küche, ab durch die Mitte, und ab trimoh.

Kinder? Vater ihrer Kinder. Vater ihrer Tiere. Eines Wurfes Erzeuger im Reich der Tiere. Alle meine Tiere. Zucht. Bärendienst. Beschäler. Vater unser, dein Reich bleibe mir vom Leib.

Im Stiegenhaus stehen die Zwiebeln und stinken. Die Tauben, die toten Tauben, die tausend toten Tauben gurren. Ich denke: Wenn jetzt unten die Haustür verschlossen ist! Mein hartes Ei habe ich noch in der Tasche. Zwei Stufen auf einmal, Mezzanin, endlich unten, die Faust um die Klinke, Tür auf, und den Göttern sei Dank!

Sieben **Westbahn**

Um sieben macht das Eiles auf, und Horch ist punkt halb acht auf seinem Lieblingsplatz, unter dem Bild der Traumnovelle. Jetzt weiß er, wie dem Insassen der Kutsche zumute sein könnte. Eine Kutsche wie auf dem Bild stand nicht zur Verfügung. An der Ruckergasse ein Taxi. Es mußte doch alles sehr viel länger gedauert haben. Vielleicht war ja doch noch eine Erektion zustande gekommen, wer weiß. Versuche, ihn zum Bleiben zu bewegen, gutes Zureden der Kuscheltiere, des Kuscheltierchens.

Mit dem Taxi ins Café Lange, die lange Nacht verbracht dort mit griechischem Wein. Die einzige Kneipe, die Retsina ausschenkt, ohne ein Grieche zu sein. Nichts klärt besser den Kopf als Retsina. Das bittere Harz der attischen Kiefern gibt dem Wein seinen Charakter, die demütige Grundhaltung des geduldigen Sokrates: »Ich weiß, daß ich nichts weiß.«

Allerdings, mein lieber Agathon, scheinst du mir deine Rede vortrefflich angelegt zu haben mit deiner Bemerkung, daß man zuerst von dem Eros an sich zeigen müsse, wie er beschaffen ist, und dann erst bei seinen Werken. Diesem Eingang stimme ich mit Freuden bei. Wohlan denn, sage mir vom Eros, da du seine übrigen Eigenschaften gar schön und herrlich entwickelt hast, auch noch dieses: Ist die Liebe in dieser ihrer Beschaffenheit Liebe von etwas oder von nichts?

Agape kennt keine Erektionen. Eine Tatsache, die dem Zölibat jene Strenge nimmt, die ihm von Laien immer unterstellt wird. Zölibatär saß er lange im Café Lange, so lange es eben ging. Draußen dann ein fernes Grummeln, im Himmel also wie auf Erden. Keine Flugzeuge. Oder sah er gar nicht hinauf? Im Flur der Pension Felicitas der zum

Scheitern verurteilte Versuch, das Klappern des Parketts beim Gehen zu vermeiden.

Die blonde Kellnerin mit den ungleichen Waden hat ihren Frühdienst. Jetzt, eine halbe Stunde nach Öffnung, erscheinen die Waden noch ganz gleichmäßig. Ein belastungsbedingtes Anschwellen der einen Wade also. Grund, mal zum Arzt zu gehen? Einem Arzt das mal zu zeigen, ihn die Wade betasten zu lassen? Ach was, die Ärzte wissen auch nichts. Probieren nur an den Patienten herum. Die klugen Ärzte schreiben Novellen oder Dramen. Schnitzler. Der Arzt am Scheideweg.

Einmal noch in das freundliche Gesicht mit den bitteren Zügen, den festen, hellrosa geschminkten Lippen, den tiefen Mundnasenfalten schauen. Abschied nehmen von der Kellnerin, vom Café Eiles, von der Traumnovelle, von der Kronenzeitung, der Presse, dem Standard. Die deutschen Zeitungen später am Bahnhof. Sie fallen hier bloß aus der Kaffeehaushalterung, weil sie zu schwer sind. Die Zeitungen Österreichs sind leicht, leichte Kost. Nur in der Presse womöglich ein bißchen Hofmannsthal, aber nur am Wochenende, bitte.

Der O-Saft kommt, der Große Braune, wenn man es dürfte, würde Horch ihr sagen, wie sehr sie ihm gefällt. Aber Horch ist kein Idiot, ein Vollidiot schon gar nicht. Also dankt er mit den Augen, läßt vom Vitamin C der Orange sich beleben und aufmuntern vom Koffein. Eine halbe Stunde noch, dann zur Westbahn.

Die Rolltreppe hoch, Gleis fünf, 9 Uhr 46, Hamburg Altona. Nur der Zug kann uns retten. Jetzt, jetzt aber bitte wirklich noch einmal aufschauen, bitte, zwischen Bahnsteigbedachung und ICE ein Stück Himmel. Grau, Winterwolken, Schneeluft. Bitte. Ja, er schaut, das Grau wird ihn bis nach Hannover nicht mehr verlassen. Was ist das? Ein Beben? Ein Rumoren? Zwei Gleise weiter ein Zug nach Beograd? Nee, das kann nicht sein. Schluß jetzt. Horch steigt ein, läßt es donnern. Man wird im Ernstfall nichts tun können dagegen.

Nur ein Gott. Wenn.

Wenn überhaupt.

Acht Das Alter

Wie seit Jahren pendelte ich zwischen Hannover und Bangenfeld im ehemaligen Zonenrandgebiet. Die Grenze war vor zwanzig Jahren gefallen, dennoch war das Nachbarland Sachsen-Anhalt noch immer Zone. Da wohnten die Ossis, die ewigen Jammerlappen, die den Solidaritätsbeitrag verjeuten, vom Kommunismus träumten und nationalsozialistisch wählten. Da wollte niemand hin. Man fuhr weder nach Salzwedel noch nach Magdeburg, wenn es nicht unbedingt sein mußte. Und es mußte nicht unbedingt sein. Niemand im Westen mußte unbedingt in den Osten. Es sei denn nach Berlin, der einzige Ort, wo sich Westen und Osten zur Unkenntlichkeit vermischt hatten zu einem größenwahnsinnigen Freizeitpark für Tagediebe, Möchtegerne und Radaubrüder.

Die Grenze, die mit ihren engmaschigen Zäunen und Flutlichtanlagen im unendlich scheinenden, flachen Niedersachsen dem Auge einen Halt gegeben hatte, war beseitigt. Darüber war niemand froh. Der Taumel der Vereinigungsfreude war längst vergessen. Jetzt kostete alles nur noch Geld. Der Osten verschlang Unsummen, die der Westen aufbringen mußte für ein Museum der Arbeitslosigkeit. Wenn ich den Blick aus dem Dachfenster meiner Wohnung schweifen ließ, sah ich Spaziergänger über den ehemaligen Todesstreifen laufen. Hundebesitzer ließen ihren Tieren freien Lauf, wo früher die scharfen Blutbestien auf Flüchtlinge gehetzt worden waren. Jetzt hört man das Klappern der Nordic-Walking-Stöcke bei Ostwind bis hierher.

Inzwischen hatten wir einen neuen Kanzler; eine Frau, und die auch noch von drüben. Es war das erste Mal, daß Deutschland von einer Frau regiert wurde. Es war aus Versehen passiert, niemand hatte das gewollt. Jener großen Volkspartei, die Deutschland immer für ihr Privateigentum gehalten hatte, waren die Männer abhanden gekommen. Alle waren in irgendeiner Weise der Korruption überführt worden, der schwarzen Kassen und Koffer, und mußten den Rückzug in die freie Wirtschaft antreten, wo sie herzlich empfangen und bereitwillig aufgenommen wurden. Übrig blieb eine unscheinbare kartoffelgesichtige Frau von der Ostseeküste, die man auf den ersten Blick für eine geistig leicht zurückgebliebene HO-Verkäuferin hätte halten können. In Wirklichkeit jedoch war sie promovierte Physikerin, kannte sich aus in der Mechanik des Aushebelns und der prismatischen Lichtbrechung. So fanden sich die wenigen verbliebenen männlichen Konkurrenten um den Parteivorsitz aus der Bahn geworfen oder geblendet.

Und dann hatte sie sogar die Wahl gewonnen. Mit knappem Vorsprung zwar, aber Mehrheit war Mehrheit. Noch am Wahlabend, während der Berliner Runde, machte der Ex-Kanzler seiner Nachfolgerin vor den laufenden Kameras der ARD einen Heiratsantrag. »Los, gnädige Frau, da geht ein Ruck durch Deutschland. Wir schaffen das!« Aber sie wollte nicht. Und es legte sich ein Ausdruck der Erleichterung auf das Gesicht des Verlierers, denn so blieb ihm eine weitere Scheidung erspart sowie eine pummelige Untersetzte ohne nennenswertes Gebiß.

Nachdem der ehemalige Regierungschef eine Woche nach der Wahl in »Bild am Sonntag« seinen Abschied aus der Politik verkündet hatte und von einem Tag auf den anderen die Position des Geschäftsführers eines russischen Limonadenkonzerns angetreten hatte, war der Weg frei für eine große, eine Elefantenkoalition der beiden Volksparteien. Klare Mehrheit der Regierung, die Opposition von dunkelrot über lofotengrün bis neidgelb hoffnungslos überkreuz.

Die Kanzlerin, im Hosenkostüm mit weitärmeliger Jacke, baute sich auf vor dem Parlament, hob beide Arme über ihren Kopf und rief über die Köpfe der Abgeordneten hinweg: »Wo wir sind, ist die Mitte, und wo die Mitte ist, sind wir!« Das war keine Regierungserklärung mehr, das war die Segenspende für die Hauptstadt und den Erdkreis. Bei allen möglichen Gelegenheiten wiederholte sie diese Geste und sprach in Interviews von einem »Hindurchregieren«. Aber von Regieren war keine Rede. Politisches Handeln gehörte endgültig der Vergangenheit an. »Ich bin eine Frau«, sagte die Kanzlerin, »ich verstehe nichts von Politik. Als es die DDR noch gab, wollte ich eine Jeans. Jetzt, wo ich sie haben könnte, gibt es keine in meiner Größe.«

Das Kapital diktierte die Gesetzgebung. Der Chef der Deutschen Bank nahm im Kanzleramt bei der Bundespressekonferenz die Kanzlerin auf den Schoß und sagte den Journalisten: »Die Kanzlerin ist an der Regierung, aber nicht an der Macht.« Alle im Westen hoben die Arme genauso wie die Kanzlerin und jubelten ihr zu. Nur das kleine Saarland und sein kommunistischer Führer, der aus Sympathie für das ZK der SED die Verkehrsampeln aus der DDR importiert hatte, krähte widerspenstig. Darüber lachte man sogar im Osten.

Im Rausch ihrer Erfolge nahm sich die Bundesregierung endlich des Rentenproblems an. Da die Leute immer älter wurden und die Arbeitsplätze der Jungen immer weniger, war die Altersversorgung aus den Rentenkassen beim besten Willen nicht mehr zu leisten. Auch waren die Kranken- und Pflegekosten für die Masse der Greisinnen und Greise von keiner Kasse mehr aufzubringen. Es mußte etwas geschehen. Die Jugend mußte entlastet, das Alter in die Schranken gewiesen werden.

Arbeitgeberverbände, Handel, Banken und Industrie, kurz: die Wirtschaft machte sich stark für ein »Lebensdauerbegrenzungsgesetz«, das vorsah, die Alten nach Vollendung des 75. Lebensjahres auf schmerzlose Art und in freiwillig gewählter Umgebung einzuschläfern.

Diskussionen, Proteste, Empörung folgten, doch, für viele überraschend, äußerten sich mehr und mehr Menschen, gerade auch ältere, positiv zu den Plänen. Ja, hieß es, alles hat einmal ein Ende und das Leben sowieso. Warum es nicht selbst bestimmen und damit wissen, wann es soweit ist? Die ewige Angst vor dem Tod rührte schließlich auch daher, daß es völlig ungewiß war, wann und wodurch er eintrat. Jeder wünschte sich nichts sehnlicher als einen schmerzlosen Tod. Jetzt sollte es möglich sein. Vom 70. Geburtstag an würde jeder wie wild gefeiert, und dann, nach dem 75., ab in die Kiste. Damit ließ sich doch leben!

Im Interview der »Tagesthemen« sagte ein beliebter Minister: »Früher hatten wir auch Kultur. Denken Sie an das Mittelalter und den Kölner Dom. Aber was hatte man da für eine Lebenserwartung? Man ist mit 40 fröhlich gestorben. Heute quält man sich bis weit über 80 und liegt dem Staat auf der Tasche. Das ist Lebensqual statt Lebensqualität.« Eine absolut werbetaugliche Aussage.

Generell war eine »politische Kommunikation« des Gesetzesvorhabens unerläßlich. Man wollte auch die Skeptiker gewinnen. Auch galt es, die Nachbarstaaten zu beruhigen, die sich bereits von massenhaften Fluchtbewegungen der Alten bedroht sahen. Polen und die Niederlande allerdings begriffen das Gesetz als Chance und prüften legale Möglichkeiten, ihre Rentner nach Deutschland abzuschieben.

Meine Agentur, die sich die Bundesregierung als Kunden mit allen möglichen Tricks hatte erhalten können, arbeitete auf Hochtouren. PocPocPoc durfte nicht mehr gesagt werden. Der Artdirector klopfte nur noch dreimal mit dem Mittelfingerknöchel auf die Tischplatte. Und los! Die Kampagne für das Lebensdauerbegrenzungsgesetz suchte ihre Headline. Ich hatte meine Rolle als Denker wieder eingenommen und machte mir gar keine Gedanken. Jedenfalls nicht über die humanitären Gesichtspunkte eines solchen Gesetzes. Demokratie ist Demokratie, Mehrheit ist Mehrheit, und wenn das Gesetz mehrheitlich verabschiedet werden würde, war nichts dagegen einzuwenden. Es erhob im übrigen auch niemand ernsthafte Einwände, von den ewigen Nörglern und Querulanten mal abgesehen. Die kritischen Fernseh- und Wochenmagazine malten Bilder von Vernichtungsanlagen in düstersten Farben. Dagegen sollte Werbung für das Gesetz einen positiven Akzent setzen. Die allgemeine gesellschaftliche Akzeptanz der Maßnahme stand außer Frage.

Das Finden einer Lösung zog sich länger hin, ich will hier auch nicht alle Vorstufen, die verworfen wurden, nennen. Am Ende zeigte das Plakat ein rüstiges Altenpaar, dessen wirkliches Alter man auf höchstens 40 Jahre schätzen durfte, das sich lachend auf einen Grabstein lehnte mit der Aufschrift »Petra und Peter Mustermann«. Headline: »Aufhören, wenn es am schönsten ist.« Darunter der neue Claim der Kanzlerin: »Voll die Mitte«.

Ein voller Erfolg bahnte sich an. Sterbeclubs wurden gegründet unter dem Slogan: »Gemeinsam sind wir tot« oder »Heute gut gelebt, morgen besser gestorben«. Die Themen der Talk-Shows drehten sich nicht um das »Ob« des gewollten Todes, sondern nur noch um das »Wie«. Vorschläge wurden diskutiert, das Einschläferungsalter noch weiter herunter- und das Rentenalter heraufzusetzen. »Nach der Arbeit ein Jahr Rente und dann Ende« textete eine Konkurrenzagentur. Bier- und Spirituosenmarken empfahlen sich für den Schlußtrunk: »Wenn alles getan ist« oder »Malteser: das Kreuz zum Schluß«.

Natürlich sollte es Ausnahmen geben für Prominente, für Politiker sowieso. Schließlich war Adenauer mit über achtzig noch Kanzler gewesen. Johannes Heesters war von dem Gesetz ebenso ausgenommen wie Simone Rethel, für die er als Bauchrednerpuppe unverzichtbar geworden war. Der greise Udo Jürgens trat in TV-Shows auf mit seinem berühmten 66er-Song, den er eigens umgetextet hatte:

Mit 75 Jahren, da ist nun einmal Schluß,
mit 75 Jahren, da gibt's den Gnadenschuß,
mit 75 Jahren, da ist das Ziel erreicht,
mit 75 ... da stirbt sich's ganz leicht.

Den Vogel der Nummer Eins in den Charts schoß diese Deutschrock-band ab mit dem Namen »Die toten Ärzte«, die sich die Gunst der Stunde und der Stimmung zunutze gemacht hatte.

Die Alten, die Alten, die nehm' uns alles weg.
Die Alten, die Alten erfüllen keinen Zweck.
Die Alten, die leben und essen unser Brot.
Wann sind die Alten, die Alten endlich tot?
Wann sind die Alten, die Alten endlich tot?
Wir sind die Jungen, uns gehört die Welt.
Da wird gerungen um Hab und Gut und Geld.
Und wenn es mal so aussieht, als würd'n wir was bekomm',
dann waren schon die Alten da und haben alles mitgenomm',
dann waren schon die Alten da und haben alles mitgenomm'.
Fragt man uns: Wann hört das auf?
Dann antworten wir: Jetzt!
Wir brauchen ein Lebensdauerbegrenzungsgesetz.
Wer über 75 ist, man fragt nicht, ob er will,
der kommt in einer Plastiktüte in den Sondermüll,
der kommt in einer Plastiktüte in den Sondermüll.

Touristikfirmen organisierten »Die letzte Reise« mit einem »One-Way-Ticket ins Nirwana«. Weniger Wohlhabende wurden auf Kosten des Steuerzahlers in Entsorgungsparks mit dem Namen »Finis Humanae Vitae« verbracht. Einmalzahlung statt Versorgung ohne Ende. Jetzt wußte jeder, wann für ihn die letzte Stunde schlagen würde.

Eines Nachts sah ich im »History-TV« des Zweiten Deutschen Fernsehens die ich weiß nicht wievielte Dokumentation über Aufstieg und Ende Hitlers und seiner Komplizen. Nürnberger Prozeß. Da kam mir plötzlich – womöglich infolge der Übermüdung durch die Arbeitsbelastung in der Agentur – die Frage in den Sinn: Was, wenn die Alten sich wehren? Wenn sie zurückschlagen? Wenn aus dem Ausland Interventionen kommen im Namen der Menschenrechte oder sonstwas. Hat dann das Kapital die Kraft und den Willen, uns zu schützen? Oder würde es sich dünne machen wie damals, um getrost die Geschäfte des Wiederaufbaus zu erwarten?

Das Hitler-Regime war auf 1000 Jahre angelegt und hielt mal gerade ein Dutzend. Für die DDR war nach 40 Jahren Feierabend. Danach wurde abgerechnet. Wie lange hält diese Demokratie noch? Was kommt danach? Wer rechnet mit uns ab?

Als was würde die Justiz einer Nachfolgeregierung mich einstufen? Als Täter oder als Mitläufer? Schreibtischtäter wäre ich allemal. Freier Mitarbeiter einer Agentur. Ein Agent. Ein Handelnder mithin. Es war nur ein Job. Wovon sollte man leben, wenn das Bücherschreiben nichts einbrachte? Bis 75 waren es bei mir noch ein paar Jährchen hin.

Am nächsten Tag, zwischen Glasbeton, Linoleum und Lamellen, ging ich schweigend an meinen Rechner, löschte alle das Lebensdauerbegrenzungsgesetz betreffenden Dateien, schloß das Programm, meldete mich ab und klickte auf: »Computer ausschalten: Ruhezustand, Standby, Ausschalten, Neu starten.« Ausschalten; definitiv.

Wir haben alles vergeigt. In der größten Freiheit wollten wir den Kommunismus und haben die größten Schlächter bewundert. Danach den Bhagwan, die Kohlrabi-Apostel und das Matriarchat. Wir haben zugesehen, wie alles, wofür ich Abitur gemacht habe, der Lächerlichkeit preisgegeben wurde. Als sie auf der Bühne anfingen, zu ficken, zu kacken und zu kotzen, sind wir einfach nicht mehr hingegangen, anstatt diese überkandidelten Kinder reicher Leute von den Brettern zu fegen und nach Afrika zu verschicken, in fest verschnürten Paketen. Wir haben es uns im Frieden bequem gemacht und Aikidō und Taekwondo gelernt, einfach so aus Gymnastik, anstatt damit die Übeltäter auszuschalten. Man hätte ja nicht gleich morden müssen. Ihnen wenigstens einen Schrecken einjagen. Aber selbst zu einer energischen Ermahnung waren wir zu feige, zu schwach, zu impotent. Was hätten wir auch dagegenzusetzen gehabt?

Abenteuer, Selbsterfahrung, Therapie. Analyse des Vergangenen. Immer nur nach innen, immer nur zurück. Immer rückwärts gewandt. Den Kopf nach hinten über die Schulter. Was war? Was ist gewesen? Bestenfalls haben wir konsumiert. Uns zurückgelehnt und riesige Sammlungen angelegt: Bücher, Platten, Filme. Verbraucherinnen und Verbraucher. Nichts als Verbrauchende. Inzwischen ist alles verbraucht. Consummatum est. Vita activa? Ach wo, bloß nicht aus'm Sessel raus. Der wippt so schön nach hinten. Wohnst du schon, oder lebst du noch? Nein, wir ruhen uns noch ein bißchen aus. Wovon?

Ich habe nicht gearbeitet, ich habe gejobbt. Jobben, habe ich gedacht, bringt nichts hervor und geht ohne Verantwortung. Werbung ist weder Kunst noch Politik. Es ist nur Kommunikation. Dabei ist es die womöglich größte selbstgemachte Katastrophe, der die Menschen ausgesetzt sind. Das schlimmste, sie halten Kommunikation für das ganze Gegenteil des Unheils. Sie erwarten von ihr die Erlösung. Dabei weiß ich: je mehr Kommunikation, desto endgültiger der Untergang. Tragödie im wahrsten Sinne des Wortes.

Ja, ich war Täter und Mittäter, ich hatte vergessen, wozu man in diesem Land fähig ist. Hatte mich in der Illusion gewiegt, daß derlei Geschichte sei. Daß Flucht, Emigration, Exil etwas für andere war. Daß, solange demokratisch abgestimmt würde, alles Rechtens sei. Daß die Leute ja selber schuld seien, wenn sie sich das bieten ließen. Aber plötzlich wußte ich: Du bist schuld. Ich redete mich mit Du an. Von jetzt an wollte und konnte ich das nicht mehr mitmachen.

Kreativdirektorin und Artdirector fielen aus allen Wolken, als ich meinen Abschied verkündete. Sie hielten mich tatsächlich für unersetzbar. Besonders in Hinblick auf die Folgekampagne. Welche Folgekampagne? Na, die zur Privatisierung der Luft. Privatisierung der was? Der Luft! Der Staat konsolidiert seinen Haushalt, indem er Luft kubikmeterweise verkauft. Das bedeutet, daß die Bürgerinnen und Bürger, je nachdem, wo sie sich aufhalten, ihre Atemgebühr an den jeweiligen Luftanbieter abzuführen haben. Atemgebühr? Luftanbieter? Ja, das muß man natürlich politisch kommunizieren. Ich sagte: »Jetzt haltet mal die Luft an.« Die Kreativdirektorin und der Artdirector hielten das für einen Vorschlag und schüttelten beide die Köpfe: »Zu negativ.«

Was konnte ich machen? Wieder zum Theater? Diese Kunst existierte nicht mehr. Auf die Bühne durften inzwischen alle: Arbeits- und Obdachlose, Kinder, Kranke. Schauspieler sah man nur noch selten, und wenn, waren sie zu Schlagersängern degradiert oder Pornodarstellern. Die Regisseure waren nach Las Vegas gegangen, um ihren königlichen Lebensstandard zu wahren. Die Theatergebäude waren heruntergekommen zu Kindergärten, Hospitälern, Asylen, Tanzpalästen, Bordellen. Man hatte das voraussehen können, man war sogar hier und da bereit gewesen, den Verfall aufzuhalten. Nicht nur im Theater übrigens. Überall. Man war zunächst entschlossen gewesen, das Ende der menschlichen Existenz aufzuhalten oder wenigstens würdevoll zu gestalten. Pustekuchen! Nichts da. Es war vergeblich. Jedem war das Ende willkommen, sei es als Katastrophe, Krieg, Seuche, Verbrechen. Nur recht schnell wünschte man es sich. Da kam das Gesetz zur Lebensdauerbegrenzung gerade recht.

Im Moment hatte ich beschlossen, unabhängig davon, ob ich das 75. Lebensjahr überhaupt erreichen würde, das Land zu verlassen. Noch war ich ein freier Mann, Herr meiner Vernunft und Sinne. Der Ort der Zuflucht war rasch gewählt. Freunde hatten auf einer ägäischen Insel ein Anwesen erworben und suchten einen Mitbewohner. Sie erwarteten mich. Es war alles schnell geregelt.

Der Termin meiner Abreise, einer Abreise vielleicht für immer, war rasch festgelegt. Beim Aufräumen und Ausmisten alter Papiere in Bangenfeld fand ich eine Postkarte. Ansicht vom Stephansdom. In unbeholfener Kinderhandschrift »Mein ist dein Herz.« Ja, Menschenskind! Ich war nicht dazu gekommen, das geplante Buch zu schreiben. Nach dieser kurzen Zeit in Wien schon gar nicht, aber auch später hatte ich dieses Vorhabens gar nicht mehr gedacht. Ich muß wohl froh gewesen sein, das Ganze heil überstanden zu haben. Jetzt aber kamen die Bilder wieder, nicht klar und deutlich, eher in bunten Flecken, aber nicht abwaschbar oder auszureiben. Zuerst Ahnungen, die Gerüche, der Geschmack. Zwiebeln, nasse Wollsachen. Der Strom der Erinnerungen kam in Bewegung und breitete sich aus.

Den Tag des Aufbruchs konnte ich kaum erwarten. Ich hoffte auf eine ungehinderte Ausreise: Schengener Abkommen, geschenkte Flucht. Kalauer bis zum Schluß. Auf der Insel erst einmal gelandet, würde ich im Haus der Freunde die Postkarte mit der Handschrift nach oben auf den Tisch legen und sagen: »Ich habe mir Arbeit mitgebracht.«

Vielleicht ließ sich ja doch ein kleines, ein winziges Bausteinchen Positives zum Ende der Welt beitragen. Zum Ende unserer Welt. Das große, ganze Universum geht ja doch immer weiter, dehnt sich aus, zerplatzt. Aber einmal noch etwas zusammenlegen, etwas lindern, sich zumindest des ganzen Unrechts, das man verzapft hat, bewußt werden. In Demut, in Trauer, in tätiger Reue. In den Fußgängerzonen wird kniehoch das Gras wachsen, die Tiere werden uns einholen, das Elektroauto, der umweltverträgliche Lupo, sie werden überholt werden von den Antilopen.

Ägäis. Lieber alle zehn Jahre ein Erdbeben als jedes Jahr Winter. Als noch einmal Winter in Wien. Ich sage nein zu deutschem Wetter. Ein Buch schreiben über die Unbeholfenheit. Manchen zur Erbauung, anderen zur Warnung. Und immer dafür sorgen, daß es Kunst ist, Dichtung. Ich bin nicht Horch. Und einen Whisky werde ich nicht stehenlassen.

Ach ja. Von der Agentur hörte ich noch, daß sie, nach der Privatisierung der Luft, im Auftrag eines großen Energiekonzerns verzweifelt ein knuffiges Wort für »Atemgebühr« suchten. Mir fiel sofort eines ein, aber ich verriet es niemandem.

Das Buch enthält wörtliche Zitate folgender Autoren in der Reihenfolge ihres Auftretens: Friedrich Hagedorn, Heraklit, Charles Baudelaire, Georg Wilhelm Friedrich Hegel, Friedrich Hölderlin, Stefan George, Hans Bethge, Ludwig Uhland, Leonard Cohen, Sade Adu, Reinhold Schneider, Aischylos, Sophokles, Erwin Rohde, Antonin Artaud, Franz Grillparzer, Platon

Dank für Inspirationen und Leihgaben an: Stefan Andres, Hans Urs von Balthasar, Ludwig van Beethoven, Ralph Benatzky, Gottfried Benn, Thomas Bernhard, Anton Bruckner, Richard Dehmel, Heinz von Foerster, Max Frisch, Johann Wolfgang Goethe, Martin Heidegger, Hugo von Hofmannsthal, Ernst Jandl, Ludwig Klages, Franz Lehár, Doris Lessing, Thomas Mann, Carson McCullers, Friedrich Nietzsche, Origenes, Ovid, Pet Shop Boys, Marcel Proust, Freddy Quinn, Rainer Maria Rilke, Sergei Rachmaninow, William Shakespeare, Sokrates, Robert Stolz, Richard Wagner, Josef Weinheber, Xenophon, Franz Graf Zedtwitz

Ein Stück Malheur

Roman
180 Seiten, Fadenheftung,
fester Einband, Schutzumschlag, 19 Euro
978-3-931135-48-5

Der Junior

Roman
148 Seiten, Fadenheftung,
fester Einband, Schutzumschlag, 19 Euro
978-3-931135-86-7

Plötzlich ging alles ganz schnell

Roman
148 Seiten, Fadenheftung,
fester Einband, Schutzumschlag, 21 Euro
978-3-938803-02-8

Ben Witter Preis 2007 an Jörg W. Gronius

»Der Vorstand der Ben Witter Stiftung, dem Aloys Behler, Joachim Kersten, Rolf Michaelis und Theo Sommer angehören, vergibt den mit 15.000 Euro dotierten Ben Witter Preis an den 1952 in Berlin geborenen Schriftsteller Jörg W. Gronius. Die Ben Witter Stiftung zeichnet Jörg W. Gronius für seine Romantrilogie *Ein Stück Malheur, Der Junior* und *Plötzlich ging alles ganz schnell* aus. Diese Romane sind in den Jahren 2000, 2005 und 2007 im Weidle Verlag, Bonn, erschienen. Der Autor schildert darin seine Berliner Kindheit, Jugend und Studienzeit witzig, melancholisch und grotesk – es ist ihm damit ein szenenreiches Diorama der 1950er, 60er und 70er Jahre gelungen.«

© 2012 Weidle Verlag

Beethovenplatz 4, 53115 Bonn

www.weidle-verlag.de

Lektorat: Angelika Singer

Schutzumschlag-Photographien: Gerhard Spring

Gestaltung, Satz: Friedrich Forssman

Druck: Reinheimer, Darmstadt

978-3-938803-36-3

Dieses Buch wurde klimaneutral gedruckt.

natureOffice.com | DE-293-876898

Die Deutsche Bibliothek – CIP-Einheitsaufnahme

Ein Titeldatensatz für diese Publikation

ist bei der Deutschen Bibliothek erhältlich.